圆来如此。

高中自——著

人民东方出版传媒
People's Oriental Publishing & Media

东方出版社
The Oriental Press

图书在版编目（CIP）数据

圆来如此 / 高中自 著 . — 北京：东方出版社，2022.9
ISBN 978-7-5207-1409-9

Ⅰ . ①圆… Ⅱ . ①高… Ⅲ . ①散文集—中国—当代②诗集—中国—当代 Ⅳ . ① I217.2

中国版本图书馆 CIP 数据核字（2022）第 092055 号

圆来如此

（YUAN LAI RUCI）

作　　者：高中自
责任编辑：张永俊
出　　版：东方出版社
发　　行：人民东方出版传媒有限公司
地　　址：北京市西城区北三环中路 6 号
邮　　编：100120
印　　刷：北京明恒达印务有限公司
版　　次：2022 年 9 月第 1 版
印　　次：2022 年 9 月第 1 次印刷
开　　本：710 毫米 × 1000 毫米　1/16
印　　张：22
字　　数：240 千字
书　　号：ISBN 978-7-5207-1409-9
定　　价：58.00 元
发行电话：（010）85924663　85924644　85924641

序一　一部充满哲思的文学读本

/ 杨明生

2020 年初，我在风景宜人的海南清水湾度假。在这个仅有 12 公里长的碧海银滩热带海湾，我与高中自先生时常相聚在一起喝茶聊天，相谈甚欢。一次，中自告诉我他即将出本新书，并希望我能为其作序，随后他陆续发给我文稿。读后，我欣然应允。

《圆来如此》集成了中自先生对生命、人生及社会等方面的诸多体验和感悟，重点以"圆"的特征、规律、主线叙之，以万物皆数、万数（无数）皆圆、万物皆圆、圆来如此推之。这本书内容丰富、颇具哲理，有创新、有思考，读后让人受益良多，主要表现出如下特点。

一、圆是帮助我们认识事物的一个独特视角及有效方法

圆是中华民族传统文化的形态象征，自古以来为中国人所崇尚。老子曰："曲则全，枉则直。"《易经·系辞上》曰："曲成万物而不遗。"事物的发展只有经过曲的过程才会成全、达到圆满。在对"曲则圆"做哲学思考时，中自先生另辟蹊径，通过一个简单的 1+1 算术题，证明了圆（010）与"010 定律"，揭示了圆的内涵与外延的无穷魅力。

二进制数中两个 1 相加，01+01=010，逢二进一为圆（010）。圆（010）内涵，是一个由 0 到 1，又从 1 归 0 的圆（010）。同理，无限个 1 相加，得到无穷圆（010）；圆（010）外延，是无穷圆（010）转动，犹如宇宙万事万物之无穷变化，亦如宇宙万物之普遍真理。恍然间，我们顿悟宇宙世

界与万事万物及人生"圆来如此"简洁。

圆以静态之美、动态之妙、永恒之灵，彰显数学最美图形、美学最美图画、哲学最美思辨、宇宙世界运动变化精彩绝伦。圆是科学、哲学、宗教学的最完美统一。中自将圆（010）这个规律定义为"010定律"，仿佛在我们传统认知中又打开了一扇窗户，抑或尝试了一种新的认知方法。

二、应用圆（010）数字定量分析方法观察、研究人生和社会更富有逻辑性与理性

中自通过不断的脱产学习及在职进修，完成了数学、物理、金融、中国史等专业的学习，为积累知识、开阔思路、独立思考奠定了扎实基础。他在农业银行长期从事金融科技工作，以计算机编程的逻辑思维方式，潜心文学创作，个性鲜明，自成一体，难能可贵，令人敬佩。特别是他通过数学、物理、计算机等理科逻辑思维、定量分析方法抽象出圆（010），并应用到文学、历史、哲学、宗教、社会等人文学科的定性分析方法中，值得称道。随笔《证明题二》通过数学证明题的方法，逻辑推导出"健康、平安、快乐"人生宝典，并深入探讨了其中的奥秘；诗歌篇《人生八态》指面对客观四种状态，持主观四种心态，"未发生时／等待／第一次／慎重／发生过／节制／最后一次／珍惜"，充满哲思、发人深省。

三、圆来如此亦圆满人生

我与中自都生于20世纪50年代中期，有着深刻的时代烙印及人生反思。如何完成从无知、无畏、青涩走向成功、成熟、归零的圆满一生，对每一个人来说都是一个新的课题与严峻考验，特别是对于一个事业发展处在巅峰状态的精英来说，更是一个严酷的挑战。诗歌篇《偶然容易必然难》讲述易与难的关系，耐人寻味："有欲偶然／无欲必然／有欲容易／无欲难／0到1偶然／1归0必然／0到1容易／1归0难／有则偶然／无则必然／偶然容

易／必然难／没有偶然／何谈必然／顺其自然／谈何难。"

圆来如此，贵在归零，归零方成圆，圆则生生不息、薪火相传。然而，人生归零前的"反省、补课、修正"尤为必要。每个人前半生的必经之路是从 0 到 1，无论这个 1 有多么成功、多么伟大、多么与众不同，最终，后半生必经从 1 到 0，1 总是要归 0 的。归零的过程中，反省是前提，反省不仅需要头脑清醒，还需要莫大的智慧与勇气，更需要不断地补课、读书、充电，方有能力悔过、修正，最终成功归零。中自先生在这方面的认知甚是深刻到位，且能结合自己的人生体验进行有益的探讨并有所斩获。

幼承家学的中自先生，为秉承祖训，年过半百还自费去北京师范大学历史学院研修中国史博士专业。继而，力求以史家的视角去关注、学习、了解祖父高振霄的生平事迹与义举，以及清末民国历史。完成了《辛亥功臣高振霄史迹录》《高振霄三部曲》，成功塑造了"中国近代民主革命家、洪门先贤、首义金刚、护法中坚、抗日英烈高振霄"的爱国主义英雄形象，收到了良好的社会效果。同时，中自在工作和生活中不断思考、笔耕不辍，通过坚持不懈地读书学习，持续不断地反省、反思、补课、修正，撰写了《圆来如此》这部颇具哲思、充满正能量、独具匠心的作品。

寻找地址需要凭借参照物，计算题要依据公式，做人做事要符合公理，《圆来如此》或许可作为我们为人处世的参照物、公式、公理、依循吧。望本书的出版能够给读者以新的人生启迪。

是为序。

杨明生，曾任中国农业银行党委书记、行长，中国保险监督管理委员会副主席，中国人寿保险（集团）公司党委书记、董事长；现任中国人民政治协商会议第十三届全国委员会常务委员会委员，南开大学兼职教授。

序二 数字与科学的文学魅力

/ 徐祖哲

高中自先生送来《圆来如此》书稿，嘱我撰序。拜读之后，耳目一新，有了强烈共鸣，受益良多。作者把身边的生活事例以及对自然、社会、人生的看法，用数字解读，以科学定律解释，并归结出新的见解与规律，以此解读人生、探索人生、赞美人生。这是作者难能可贵之处，也是作品尤为耐读之处，更是文学创作另辟蹊径的魅力之处。

人类社会开始生产活动之后，便有了计数的概念，从数字到计算工具，从手脚指头派生出来最广泛应用的十进制、英国钱币的十二进制、计时的六十进制，不一而足。18世纪，德国数理哲学大师莱布尼茨发现二进制数，他系统地提出了二进制数的运算法则，用两个不同的符号0（代表零）和1（代表壹）来表示。

早在2000多年前，中国的《易经》中就出现了表示阴阳的符号"—"和"– –"，后人称之为阳爻和阴爻，两种符号按照一定的规则组成八种不同形式，叫作八卦，代表八种事物。1716年，莱布尼茨发表了《论中国的哲学》一文，指出二进制与八卦有共通之处。人类对数字的应用与理解，东西方是相通的。

二进制对200多年后计算机的发展产生了深远的影响，就是因为它的电路实现非常简便，用电路通断、电位高低来表示0和1。可以说没有二进制，就没有被称为第三次科技革命的计算机革命。

70年前，科学家就提出，历史上的发明，都是用来减轻人的体力劳动的，但电子计算机的发明，却给我们开辟了一个新的时代，人类开始用机器来节省脑力劳动的时代。计算机成为"人类智力放大工具"。自从电子计算机引进了二进制的数字0和1之后，便一发不可收，轰轰烈烈，席卷全球。如今，从工程计算到数据处理，从人口管理到交通出行，从会计记账到网上支付，一直延伸扩展到数字城市、数字地球，直到数字化社会，所有领域的最底层要素，全都离不开数字0和1。

作者的这本书在更大的领域里探讨数字0和1，派生出新的概念与规律。他在书中突出了一个圆的概念，强调万事万物均在循环之中。在本书第一辑"万物皆圆"，前三篇文章"圆来如此""010定律告诉了我们什么？""010定律：还原一个精彩绝伦的世界"中，提出并应用"010定律"分析、解读了宇宙、自然与社会、人生诸多现象，这是本书的核心内容。

作者通过古希腊哲学家、数学家毕达哥拉斯的"万物皆数"，推导、引证"万数皆圆""万数皆二进制圆（010）"，即宇宙万物运动均是二进制数010圆之无穷循环，亦即宇宙万物运动遵从"010定律"。万物皆数、万数皆圆、万数皆二进制圆（010）、万物皆圆（010），这是作者逻辑推理的结论。

当今计算机利用0、1二进制数码的不同排列组合计算，可以为我们提供任何需求的解决方案，并按其解决方案完美实施。伟大的科学家王选用最精简的数字表示了汉字的轮廓，而且实现了在计算机中的快速压缩与变化，他的"激光照排"为汉字进入现代印刷传播，功不可没。这也是对2600年前毕达哥拉斯提出的"万物皆数"的一个最好证明。

当然，关于宇宙万事万物运动更深层次奥秘之研究，以及科学家的深入探索与实践，依然是当今世界科学前沿的一个神秘话题，值得我们永不停歇地学习与探究。

书中第一辑"万物皆圆"中提出的"三同效应"，即在相同的时间、相同的地点，做相同的事，方可事半功倍，效率高。例如人们每天定时喝茶、散步、睡眠、起床等，归纳为"相同、相似、相近频率的不同能量波交集，叠加后振幅增加，能量增加，亦获得正能量"。"三同效应"揭示了"安居乐业""习惯成自然"的真谛，是我们日常生活中一个非常普遍而又重要的现象与规律。

作者提出，正确地理解、运用好我们工作和生活乃至生命中如影随形的"三大惯性定律"——物体惯性定律、身体惯性定律、生活惯性定律，不仅可以避免或减少物体惯性、身体惯性、生活惯性给人类带来的伤害，而且还为稳定我们正常的社会与生活秩序起到重要作用。或许这是作者对"牛顿第一定律"的最好应用、继承与发扬。

看得出来，作者是一个有深厚阅历及深度思考习惯的成熟人士，他将人生的顺境逆境视作圆的一个部分，并站在圆外，能够乐观地看待这个宏观上如水波展开成一圈一圈的圆，将压力转换成动力，从逆境中走出去，从顺境中迎来新的进程，最终成为一个个丰满的圆。

作者是我多年挚友，他历经多年的挖掘、采集、编写，完成了《辛亥功臣高振霄史迹录》《高振霄三部曲》等 200 余万字的作品，保存了辛亥革命前后的一段宝贵历史。

《圆来如此》是他近十余年学习、研究、感悟的成果，是他不懈努力、坚持、追求，将深厚的数学、物理、金融、史学等跨学科底蕴与丰富的人生经历相结合而结出的丰硕成果。

笔者见证了高中自先生利用计算机原理 0 与 1 二进制数，提出"010定律"、万物皆圆规律，为认识宇宙万物、社会人生建立起一个新的科学与社会交互平台，并以此平台书写出一篇篇颇具哲学思辨、富有文学魅力的散文与诗歌，彰显出作者的美好人生与幸福生活。我为之高兴与赞赏，并愿意将这部佳作推荐给读者。

徐祖哲，原全国青年委员、北京信息产业协会秘书长，中国计算机历史研究学者，著有《信息跨越》《溯源中国计算机》等专著。

目　录

第一辑　万物皆圆

第二辑　人生亦圆

第三辑　花好月圆

第四辑　魂牵梦圆

第五辑　自然而圆

第一辑

万物皆圆

发现、证明、应用 010 定律，由此观察宇宙万物皆圆。

抑或是一种世界观。

抑或是一种认识论。

抑或是一种方法论。

抑或是自然法则。

万物皆圆——010 圆。

圆来如此

万数皆圆

大道至简，从嘀嗒、嘀嗒钟表运行中，我们仿佛读出了宇宙万事万物变化与运动之奥妙。

静观钟表。秒针，六十进制，沿顺时针走过 60 个刻度，即旋转一圈是 60 秒，逢 60 进一位，60 秒为一圈或一圆，是 1 分钟；分针，六十进制，沿顺时针走过 60 个刻度，即旋转一圈是 60 分钟，逢 60 进一位，60 分钟为一圈或一圆，是 1 小时；时针，十二进制，沿顺时针走过 12 个刻度，即旋转一圈是 12 小时，逢 12 进一位，12 小时为一圈或一圆，是一昼或一夜。而二进制数、七进制数、十进制数等其他不同进制数又何尝不是如此呢？二进制数中，2 根筷子为 1 双，逢 2 进一位，2 是一个圆；七进制数中，7 天（昼夜）为 1 周，逢 7 进一位，7 是一个圆；十进制数在生活中更是比比皆是，10 厘米为 1 分米，10 分米为 1 米，逢 10 进一位，10 是一个圆，直至 10 米、100 米、1 公里、10 公里、10^n 公里。

逝者如流水，不舍昼夜，钟表旋转同圆，周而复始。无论是秒分，还是日年，无论是一周时空，还是漫无边际的宇宙，寰宇世界总是一秒一秒、一分一分、一天一天、一年一年地度过，都是按照不同的周期，一圈一圈不停旋转，以不同的圆，一圆一圆重复循环。

如果我们将钟表六十进制数、十二进制数以及生活中各种七进制数、十进制数等不同"N"进制数（"N"进制数圆，逢"N"进一，亦逢"N"

增加一个圆，"N"为该圆周期）均换算成二进制数，则这个二进制钟表（"2"进制数圆，逢"2"进1，亦逢"2"增加一个圆，"2"为该圆周期），就是一个以 0——1——0 刻度不停旋转的圆。从而，我们不仅得出"万数皆圆"，而且换算出"万数皆二进制数圆 010"。

万物皆圆

数字具有高度抽象性，古希腊哲学家、数学家毕达哥拉斯曾说过"万物皆数"，任何物质之长度、质量、空间、颜色、活动、形态等属性均可用数字量化表示，物质的运动变化，如同自然数 0+（1+1）+（1+1）+（1+1）……=0+010+010+010……（等号左边是十进制数从 0 到无穷个 1 相加为无穷大数；右边是二进制数从 0 到无穷个 010 相加为 010 圆之无穷循环）不断增加直至无穷大，亦二进制数 010 圆之无穷循环。此刻，我们欣喜地发现，无穷大（数）、无穷循环圆与无边无际、无始无终之宇宙，及其万事万物永恒之变化与运动同构，以至达到完美统一——无穷循环"010"圆。

此刻，我们不仅知道了"万物皆数"，而且还推导出"万数皆圆"，从而得出"万物皆圆"，且"万物皆二进制数圆 010"。我抑制不住内心的激动与惊叹！仿佛发现了新知，不妨解构"万物皆圆"，将 0——1——0 循环变化规律定义为"010 定律"，"010 定律"的几何意义为圆（010）。

"010 定律"，简单而又简约，她有两个曼妙之节点：0 和 1。0 到 1 是增量，是量变，1 归 0 是进位，是质变。量变到质变，完成了事物变化运动圆满周期，0——1——0 浑然天成，运化自然万物生命韵律闭合圆；"010 定律"，贵在增量，重在归零。没有增量，就没有变化与运动，没有归零，就没有发展与升华，0——1——0 天造地设，神奇美妙而又包罗万象圆；"010 定律"，是无与有相互转变，0 到 1 是无到有，1 归 0 是有归无。似乎我们从中看到了宇宙苍穹，道生一、一生二、二生三、三生万物、万物归道之寰宇景象，0——1——0 道法自然，彰显宇宙万象无与有无穷变化循环圆。

茫茫宇宙，"010定律"，如影随心，如同法国哲学家笛卡尔的哲学命题"我思故我在"。从我看到的、听到的、嗅到的、想到的、感受到的世界上每一个画面，每一个故事，每一段情缘，均表示我存在，如是1，过去了，则为0。你的意识指向哪里，哪里就有010圆之场景。如同你站在讲台上，拿起一支粉笔朝黑板的任意地方点去，手臂一挥，信手画出一个圆。这是一个完美的010圆，抑或是一个"010定律"的经典创作。此时此刻，你想什么就是什么，你说什么就是什么，活脱脱一个心想事成、自圆其说圆之呈现。

我曾想，这难道就是量子纠缠，或者是心灵感应的"现实版"吗？是的，你画出的圆，可以绘声绘色地述说，是月亮自转围绕地球公转，地球自转围绕着太阳公转，太阳自转围绕银河系中心公转，一圈（010）、一圈（010）、又一圈（010）；黑夜、白天、黑夜，一天（010）、一天（010）、又一天（010）；春、夏、秋、冬，一年（010）、一年（010）、又一年（010）。还可以激情飞扬地宣讲，清晨，你从爱巢里走出来，站在神圣之讲堂上，演讲咏唱挥洒自如；夜晚，又回到温馨港湾，又是一个圆（010）。

老子早在2500年前就开示我们："飘风不终朝，骤雨不终日，天地尚不能久，而况于人乎？"狂风刮不了一个早晨，暴雨下不了一整天，连老天都无法让狂风暴雨长久维持而不停止，更何况是我们凡人呢？愈是急风暴雨，愈是难以长久。人同此理，一切大祸大福、大悲大喜都将会过去，万事万物终究会恢复到往日的平静之中，也就是归0，是010圆。先贤智者老子又曰："大曰逝，逝曰远，远曰反。"道广大无边，伸展辽远，最终无穷远而返回本原，亦道无穷大兮，道无穷远兮，道无穷大回归之圆也。

"万物皆数"，"万数皆圆"，亦万物皆圆。禅师站在高山上遥视远方，最后看到的是自己的后脑勺。科学家在探究宇宙边缘的漫漫长路上，最终发现的是宇宙大爆炸的始点。如果从宇宙大爆炸的始点继续苦苦追寻，再经过148亿年又回到了我们的今天。

人生亦圆

大凡有智慧、有修为之圆满人生，都是按照"010定律"控制与发展的，经历了完整的010圆人生归零过程。我们不妨将"010定律"称作"人生过程控制定律"，自律我们的人生。

抑或是从无，什么都没有，发展到有物质财富，再从物质财富转变成精神（010）。

抑或是从无，什么都没有，发展到有知识，再从知识转变成智慧（010）。

抑或是从自然属性之感性发展到社会属性之理性，再从社会属性之理性回归自然属性之感性（010）。

抑或是从无为发展到有为，再从有为回归无为，亦无为而治，无为而无不治（010）。

抑或是一切作为均从"自己不知道"，到图"回报"，再到"让人知道"，上升到"只有自己知道"，最终又回归"自己不知道"，如同"左手做了好事，右手都不知道"，达到人、身、心与自然和谐的天人合一境界（010）。

万物皆数，万数（无数）皆圆，万物皆圆，人生亦圆。探其究竟，宇宙万事万物运动与变化皆遵从"010定律"，终点即始点，圆来如此。

010定律告诉了我们什么?

——010定律发现与应用

黎明,当第一缕晨曦从窗外洒落户内,人们匆匆起床,迎着朝阳劳作。傍晚,伴着晚霞而归,结束一天劳顿与兴奋,卧榻而息,酣然入睡。清晨,又迎来新的一天。人类"日出而作,日入而息",周而复始、世代相传,创造了数千年灿烂辉煌的历史与文化。然而,现代人却未能活得像2400余年前庄子说的那样,"逍遥于天地之间而心意自得"。这值得我们从生活中每一天的黎明、朝阳、晚霞、深夜去思考,我们或许在哪里出现了问题?

010定律发现与证明

从0开始作二进制数0+1+1+……计算。为了便于观察,将每4个运算结果作为一组数据,并用逗号分隔(包括开始初值0),则运算结果排列如下:

0 1 10 11, 100 101 110 111, 1000 1001 1010 1011, 1100 1101 1110 1111, 10000 10001 10010 10011, 10100 10101 10110 10111, 11000 11001 11010 11011, 11100 11101 11110 11111, 100000 ……(数据1)。

我们稍加注意就会发现:每组数据前3个运算结果个位数都是010,第4个运算结果后两位均为11。如果作无限次0+1+1+……(N、N+1)计算,则这个规律就会无穷循环下去。即 010 11,010 11,010 11 ,010 11……(数据 1.1）①。

由此，我们可以得出，经过无限次 0+1+1+……计算，"数据1"将成为一个无穷大，这个无穷大则是 0 到 1 与 1 归 0 的无穷转换，亦是 01011 圆无穷循环②。将"010"变化视为显态③，"11"视为潜态④，01011 无穷循环又表现"010"显态与"11"潜态无穷转换，亦为无数个潜化与显化过程⑤。我们将"010"变化规律定义为"010 定律"。

从一道数学命题运算中，发现并证明得到 010 定律。有限"010"变化是线段，是圆；无穷"010"变化是无穷大"直线"，亦无穷大闭合曲线，亦无穷大圆。

010 定律帮助我们认识宇宙世界

应用 010 定律，解读无穷无尽的圆周运动、周而复始的岁月变化及生生不息的生命延续等自然现象及其运动规律，能够帮助我们直观、清晰地认识宇宙万物的运动规律。

首先，我们观察一张白纸上是如何画圆的。从圆上任意一点 A（设为起点 0）开始，沿着任意方向（顺时针或逆时针）移动到任意位置 B（设为1），继续移动，最终 B 与终点 C 重合（由 A=0 到 B=1 到 C=0），圆的整个过程是 010。由此，第一个圆，起点 A（A=0）、任意位置点 B（B=01）、终

---

① 如果作无限次 0+1+1+……（N、N+1）（共加 N+1 个 1，N=0、1、2、3……N、N+1）计算，则这个规律就会无穷循环下去。即 010 11 010 11 010 11 010 11……（数据 1.1）。

② 为了直观，将二进制数（数据 1）换算成十进制数（包括开始初值 0），则为 0 1 2 3，4 5 6 7，8 9 10 11，12 13 14 15，16 17 18 19，20 21 22 23，24 25 26 27，28 29 30 31，32……N N+1（数据 2）〔（数据 1）与（数据 2）等价〕。"数据 2"中 N 表示了 N+1 个 0 与 1 的变换次数；"数据 1.1"中设定 4 次 0 与 1 的变换为一圈（01011），则（N+1）/4= 圈数（亦该圆的二进制周长为 01011，十进制周长为 4）。举例说明：当 N=7（7 个 1 相加）时，则"数据 2"是 N+1=8，即 8 次 0 与 1 的变换，（N+1）/4=8/4=2（圈），亦旋转 2 圈或 2 个（01011）。即当 N 无穷大时，则"数据 2"无穷大，则 0 与 1 的变换次数无穷大（多），则（N+1）/4= 圈数（设定 1 圈 =01011）无穷大（圈）。

③ 显态：显在信息态，已被物质表达出来的信息（如植物体）。

④ 潜态：潜在信息态，未被物质表达出来的信息（如植物种子）。

⑤ 显态转化为潜态的过程称潜化，反之为显化。

点 C（C=10），其过程为：0——01——10，该过程视为圆之显态，——11 视为圆之潜态；接着，画第二个圆，起点 A（A=100）、任意位置点 B（B=101）、终点 C（C=110），其过程：100——101——110，该过程视为第二个圆之显态，——111 视为第二个圆之潜态。循环往复，一圈一圈又一圈。一年四季，春、夏、秋、冬。《史记》曰：春生、夏长、秋收、冬藏，亦表示，春生（0）、夏长（01）、秋收（10）、冬藏（11），其过程为：0——01——10——11；其中 0——01——10 视为年之显态，——11 视为年之潜态；新年伊始，春生（100）、夏长（101）、秋收（110）、冬藏（111）。周而复始，一年一年又一年。生命也是如此，出生（0）、生长（01）、死亡（10），其过程为：0——01——10，并视为生命的显态，——11 视为生命的潜态。新的一生，出生（100）、生长（101）、死亡（110），此过程视为生命的显态，——111 视为生命的潜态。生命轮回，一生一生又一生。

同样，月亮自转并围绕地球公转，地球自转并围绕太阳公转，太阳自转并围绕银河系中心公转，银河系自转并围绕……从薪火相传、生命延续，到四季更替、岁月变换；从沧海桑田变迁，乃至天体星辰运转，宇宙万物生命运动均是从零（0）开始，零生一（01）增长，一归零（10）进位；显态（010）潜化潜态（011），潜态（11）显化显态（010），一归零进位（100），新生命重新开始。宇宙万物之演化，是一次又一次零生一量变，与一归零质变无穷级转换；是一场又一场潜化，与显化无数次变化；是一轮又一轮显态，与潜态无尽数交替；是一个又一个"010"圆无限循环。宇宙万物，生生不息、代代相传。

010 定律让我们走近道尊老子

零为无，无亦道（0），零生一（01），即道生一；一归零（10=2），即一生二；潜态（11=3），即二生三；新一轮循环开始（100），即三生万物。由此看出，010 定律中二进制数据变化"0——01——10——11——100，新一轮开始……"与《道德经》中十进制数据换算结果"0——1——2——

3——万物……"即"道生一，一生二，二生三，三生万物"等价。刹那间，仰慕老子之心，再次油然而生，细细品嚼和默默思考先贤智慧经典，原来，3是二进制数11，11为潜态，潜态显化显态，诞生新世界；11进位归零为100，量变到质变，开始新一轮生命。老子信手拈来，对三生万物昭示，赋予严谨科学论据和大成智慧，真乃天造地设、精妙绝伦。我想，或许，道尊老子早在2500年前，就已发现二进制数，并将宇宙化生规律十进制数与二进制数完美统一，换算应用得如此精准，只是我们不知道而已。或许，这正是对"道可道，非常道，名可名，非常名"哲人圣典之最好诠释；或许，我们真的有幸，今天终于从道祖天尊的经典中找到了答案。

兴奋之余，颇感欣慰，010定律将成为我们学习、认识事物的一种视角与方法。通过该视角与方法，仰望大师及拜读其经典，特别是学习《道德经》，颇有茅塞顿开之效。

010 定律彰显宇宙大爱

三生万物、光阴荏苒、斗转星移。010定律客观反映宇宙万物运动规律，一方面表明，宇宙万物之运行轨迹是无穷无尽的螺旋式圆周运动（椭圆），这已被宇宙重演全息圈定律所证明，并成为宇宙自然界中一条普遍真理；另一方面，我们仿佛看到了无穷无尽的圆周运动、周而复始的岁月变化，以及生生不息的生命延续中，存在一种神奇的宇宙能量，作用宇宙万物，推动显态与潜态之无穷无尽转换。按照宇宙全息统一论理论，宇宙万物，包括一切生命的组合，人类的智慧，飞舞的电子，浩瀚的星系，广袤无垠的宇宙都是按照宇宙全息统一规律构成的，宇宙万物皆为场，宇宙万物之运动与规律均源自宇宙统一场。

北方冬季，树木似乎已没有了生命迹象。枯木逢春，这是我们难得看到的生命"死亡"与"重生"现象，是一种生命状态转换为另一种生命状态，亦由冬季树木"死亡"显态生命形式，转成春季树木生长潜态生命形式的生命过程。看似枯萎的树木，显态生命已经"死亡"，其实，枯树潜态生命依然在活动。在宇宙统一场，能量无形"推手"的作用下，枯树耐过寒冬，俗称冬藏，悄然孕育出新的生命。

英国诗人雪莱《西风颂》中说："冬天来了，春天还会远吗？"是的，冬天是四季中的潜态，它正在养育显化春天的到来。春天终于来了，植物开始了新一轮发芽、变绿、生长。大地回春，郁郁葱葱，好一派生机盎然的景象。同样，人之生死，或者呱呱落地，或者羽化飞天，都是一种生命状态转向另一种生命状态的生命过程，是宇宙统一场之作用，是宇宙大爱，是潜态能量的爆发与显化。

宇宙是自然万物之主体，她主宰着自然万物的一切活动，包括人类的一切活动与信息，都是宇宙统一场、能量波、磁场力作用之反映与体现，我们人间的爱与信仰皆为其子集。

010 定律亦人生过程控制定律

010 定律，同样符合人生发展规律，亦作"人生过程控制定律"，可用来检验我们人生的成熟度。

人生 010 过程，如同人着装：开始，穿没有 Logo 的简装；后来，穿戴品牌，西装革履；再后来，又回到没有 Logo 的舒适布衣。如同人吃饭：创业初期的年轻人，吃饭就是单纯吃饭，为了温饱，为了生存；后来发达了，吃饭不为吃饭，甚至连续出席数场饭局，更多为应酬、交际或者炫耀；再到后来到了一定的高度，觉悟了，吃饭还是吃饭，简简单单地吃饭。如同人成长：小时候一穷二白，从什么都没有开始努力；慢慢发展，创造财富，走向成功；再取之于社会用之于社会，如被美国人传颂"除了父亲之外最值得尊敬的男人"巴菲特所言："如果一个人行将就木之时，还留有万贯家产是可耻的。"热心从事爱心慈善活动，积极投入发展公益福利事业，从成功走向成熟。

由以上规律可知，人生境界有两次升华。第一次由 0 上升到 1，发生了量变，第二次由 1 归 0 进位，发生了质变。宋代禅宗大师，青原行思提出参禅三重境界：参禅之初，看山是山，看水是水，视为 0 状态；后来，禅有悟时，看山不是山，看水不是水，视为 1 状态；再后来，禅中彻悟，看山仍然是山，看水仍然是水，回归到 0 状态。人生过程贵在归零，返璞归真是做人处世之最高境界。

大凡有智慧、有修为的圆满人生，都是按照"人生过程控制定律"，经历人生 010 归零过程。抑或是从无发展到有物质，再从物质转变成精神；抑或是从无发展到有知识，再从知识转变成智慧；抑或是从自然属性发展到社会属性，再从社会属性回归自然属性；抑或是从无为发展到有为，再从有为回归无为。无为而为，无为而无不为，方得始终。

文末，我想借用《涛声依旧》中的一段歌词来回应文首提出的思考并作为本文结尾。今天的你我怎样重复昨天的故事，这一张旧船票能否登上"黎明（0）、朝阳（01）、晚霞（10）、深夜（11）——01011……"的客船。让我们的步伐与灵魂同行，让人与自然、人与社会、人与人、人身与心和谐，"逍遥于天地之间而心意自得"。

生命回归，三生万物，冬天过去，迎来满园春色。

010定律：还原一个精彩绝伦的世界

——010定律存在性与意义

010定律存在性

物质运动与变化的客观规律，通过数学中"累加1"计算得到彰显。为了便于理解，我们分别作有限次与无限次从0开始累加1的计算。

一、如果从0开始作二进制数有限次0+1+1+……累加1计算（假定32个1相加），则运算结果排列如下。

0、1、10，11、100，101、110，111、1000，1001、1010，1011、1100，1101、1110，1111、10000，10001、10010，10011、10100，10101、10110，10111、11000，11001、11010，11011、11100，11101、11110，11111、100000（数据1）。

对应十进制换算结果排列如下：

0、1、2，3、4，5、6，7、8，9、10，11、12，13、14，15、16，17、18，19、20，21、22，23、24，25、26，27、28，29、30，31、32（数据2）。

我们稍作观察，"数据1"运算结果过程排列是0，0+1=001，001+1=010，010+1=011，011+1=100……此时，100等同于2个010相加，即010+010=100。同理，"数据1"中100000是16个010相加。"数据1"又表示为：0 、1、10 ，11、010+010，……010+010+010+010+010+010+010+010+010+010+010+010+010+010+010+010（数据3）。

假设将每个重复的 010 视为一个圆（二进制中逢二进一圆），则（数据1）中 100000 由 16 个 010 圆组成；假设"数据 2"表示一段直线，该直线长度 32 是由 32 个线段 1 相加组成。从"数据 1""数据 2""数据 3"相等中得出，二进制数 100000 等于十进制数 32 个 1 之和，或等同于 16 个（010）圆之和。

二、如果从 0 开始作二进制数无限次 0+1+1+……累加 1 计算，如上述分析推理得到，"数据 1""数据 2""数据 3"均成为无穷大数。这个无穷大数则是 0 到 1 与 1 归 0 的无穷转换，亦是 010 圆的无穷循环。我们将 010 变化规律定义为"010 定律"。

010 定律不仅符合从 0 开始作二进制数有限次 0+1+1+……累加 1 计算（特殊性），而且也符合从 0 开始作二进制数无限次 0+1+1+……累加 1 计算（一般性）。根据"存在是被物质实践着的物质存在"的定义，笔者认为010 定律存在性成立。

010 定律的几何意义

一、当作有限次 0+1+1+……累加 1 计算，010 定律几何意义如下：

010 定律表示数的变化或数的增加（二进制数增加：0、01、10；十进制数增加：0、1、2）；

010 定律表示直线长度变化，亦表示体积变化、质量等物质的运动与变化（数字具有高度之抽象性）；

010 定律表示圆变化（0——1——0，始点 0 到任意点 1，再到终点 0 的重复变化）；

010 定律表示变化直线长度与其运动圆（010）转动圈数之对应关系。

如下图所示：

"数据 1"几何图形：二进制数 100000 是由 16 个 010 相加组成。

—————————————————————————————————————
——

"数据2"几何图形：十进制数32表示其直线长度是由32个线段1相加组成。

○○○○○○○○○○○○○○○○

"数据3"几何图形：表示由16个010圆组成，其圆应该是重叠的圆圈（如同车轮旋转16圈，即16个010圆）。

二、当无限次0+1+1+……累加1计算，010定律几何意义如下：

010定律表示无穷大数（数据1、数据2、数据3）；

010定律表示无穷大"直线"，或无穷大"闭合曲线"，或无穷大"圆"（数据2）；

010定律表示（010）、（010）、（010）……无穷循环圆（数据3）；

010定律表示在无穷大"直线"上，一圈一圈无穷循环010圆。

假设0为无，1为有，则010定律中的无穷循环圆（010），始终是从无（0）开始，无（0）中生有（01），继续发展到终点，终点亦始点，由有（01）变无（10），无有无有无……兴衰往复。从"数据1"几何图形（＿￣＿￣＿……）亦可看出，如果图下线＿为0或无，上线￣为1或有，则"数据1"既表示循环010圆，又可以表示"无有无"循环"圆"。故010定律可以表示为无穷大"直线"、无穷大"圆"、无穷循环010圆、无穷循环"无有无"圆。

数字之伟大，其意义是具有高度抽象性。假设"累加1"变化可以比喻物质的运动与变化，则物质运动与变化规律（模型）对应为圆运动。或者说，物质的运动与变化以及事物之变化与发展规律亦如圆的旋转，符合"010定律"。

010定律：还原一个精彩绝伦的世界

宇宙万事万物变化运动及其本质规律，包括数学、物理、计算机等科学以及生命、哲学、宗教、宇宙、维度空间变化等现象都是无数个大大小小有限圆与无限圆的无穷转换。抑或是无穷大"直线"（无穷大圆），抑或是010无穷循环圆，抑或是"无有无"无穷循环圆。其运动的变化过程、状态、规律，皆遵从"010定律"。

一圈、一圈汽车车轮飞速旋转，记录了这部老车饱经风霜雪雨的洗礼与驰骋大地的沧桑历程；嘀嗒、嘀嗒钟表表针无情转动，记载了这个世界风云变幻的时代变迁与跌宕起伏的历史人生。

永不歇息的月亮自转并围绕地球公转，周而复始的地球自转并围绕太阳公转，生机勃勃的太阳自转并围绕银河系中心公转，浩瀚无垠的银河系守望着无穷多个已知或未知行星、恒星、星系……

神秘莫测的宇宙大帝，时刻固守自然万物复杂纷繁而又变化有序的平衡，寰宇超自然能量使然，无处不在承载世界万象亘古不变却又不竭运动的永恒。

禅师站在高山上遥视远方，最后看到的是自己的后脑勺；科学家在探究宇宙边缘的漫漫长路上，最终发现的是宇宙大爆炸的始点。

自编自导的010定律，各行其道，美妙绝伦；自娱自乐的010圆，大道至简，道法自然；一切都是最好的安排，大千世界，异曲同工；芸芸众生，殊途同归；宇宙是个圆，是一圈一圈又一圈的无穷圆。

附记： 2016年，笔者撰写《010定律告诉了我们什么？——010定律发现与应用》，在"金融咨询网"发表，并获"2017年第三届中国金融文学奖（散文类）"，接着又发表了《千里之行止于足下——应用"010定律"学习经典》，引起读者广泛兴趣与关注。作家朱晔发表书评《高老师的二进制》，对作者另辟蹊径的创作手法表示肯定与赞赏，称道"是一次'计算机文学'的创新与尝试"。为了回馈读者关心及所提问题，笔者力求简约直观，对010定律的论证作了简化，删去了相关潜态、显态等概念，并增加010定律几何意义等内容。谨以此文表示对朱晔老师及读者的感谢与回馈。

幸福是永远的现在　痛苦是过去和未来

——宏观中永远是现在，微观里只有过去和未来

当你站在树下等人，看到的可能是 100 米远处的来人；当你爬到树上等人，看到的可能是 500 米远处的来人；假设你爬到无限高的"树上"等人，看到的可能是无限远处"过去"的来人，那么昨天、前天甚至是历史上曾经的事件均会发生在现在。

当你站在树下送人，看到的可能只是 100 米远处人的背影；当你爬到树上目送，看到的可能是 500 米远处人的背影；假设你爬到无限高的"树上"目送，看到的可能是无限远处"未来"的人，那么明天、后天甚至是未来的事件均会发生在现在。

因此，在无限高处观望的宏观世界里没有过去和未来，都是永远的现在。此时，你已融入了无限的宏观世界与时间即宇宙中，与其合为"一"，成为整体。时间将无始无终、始终相连，空间将无边无界、边界相依；没有过去、没有未来，一切都成为现在；无生无死，生命与死亡融为一体，前身、今生、来世，都成为现世；相对、短暂的生命与绝对、永远的死亡一样，与大自然融为一体，将成为永恒！

假如有上帝，那么上帝看我们人类短暂的一生，就如同我们看寿命短暂的蜉蝣。蜉蝣自蛹壳孵化出来后通常只能活上几小时。当我们人类一直注视它，能够看到它从没有生命的前身，到现在有生命的今生，再到生命结束的来世这一宏观过程，没有过去、没有未来，一切都成为我们人类目

光下的现在。人同此心，心同此理。此时，我们看到蚂蚁、昆虫等小生命，岂不如同上帝看待我们短暂、渺小的人类吗？我们祈祷上帝保佑我们人类自己，首先我们要学会善待蚂蚁、昆虫等小生命。只要稍加留心，我们将成为蚂蚁、昆虫等小生命世界的保护神；稍有不慎，或许成为屠杀无辜者的恶魔。刹那间，我们佛陀般的善良、爱心、怜悯之心油然而生。

昨天是今天的因，明天是今天的果。愿上帝保佑——如同让我们站在宇宙这棵无限高大的树上，亦进入高维度空间，迎送我们的昨天、今天、明天，珍惜我们的昨天、今天、明天，享受我们的昨天、今天、明天，并成为我们当下永恒的健康、平安、快乐，成为我们永远的现在。

人的一生看似漫长，然而，在浩瀚的宇宙里，在无限宏观，整体的"一"里，就是微观世界里的一个瞬间，仿佛蜉蝣的一生，犹如"白驹过隙"，转瞬即逝。当我们与人交谈或者处事时，这个现象的发生看似是现在，实际上，当你看到的形状、听到的声音，传递到你的眼睛或者耳朵中，再反馈到大脑，当你意识到它发生了的时候，实际上这个现象已是"过去时了"。如果把时间划分得很小——无限小的时间段里，你是捕捉不到任何正在发生的事件或信息的。或者捕捉到的是已经发生的事件或信息，或者是等待捕捉未来的事件或信息，抑或是没有发生，抑或是已经过去。由此，在微观世界里，没有现在，只有过去和未来，何谈自己！

让我们想开、看透、放下、忘记、舍得，保持内心的淡定与从容。愿我们站在生命的无限高处，与宇宙宏观世界合为一体，使幸福、快乐成为宇宙宏观世界永远的现在；使每一次灾难、疾病、悲伤、痛苦在宇宙宏观世界里，成为无限小的瞬间，或者是过去，或者是未来，永远不属于现在，亦不属于我们自己。

物质世界真相知多少

回归高维空间，还原本来自己

科学观测宇宙万事万物，包括人类活动，总要在数学坐标系中进行。相互垂直坐标系按照维度增加，依次定义 0 维度点、一维度线、二维度面、三维度立体空间、四维度多重立体空间，直到据说目前已发现的十一维度空间，或者设想的 N 维度空间（N 为无穷大）。

我们虽然生活在三维立体空间，但是我们的感知却是三维立体空间的投影映射或截面，是二维平面，感知的信息不完整，生活的状态不真实。

一张普通二维照片，无论如何清晰、逼真，它只是截取了当时那个"主角"在三维立体空间活动的一个瞬间平面，如同一具"僵尸"，其实还有更多信息，包括声音、气味、温度、身体的运动、面部的表情变化等状况均被"低维化"。即便是电影、电视，也仅仅是一个个连续三维空间活动的截面，都不是真相。

当我们在某旅游区玩迷宫游戏时，迷宫里的人，被隔墙遮蔽了立体视线，只能从前后左右的二维平面里寻找出口。寻觅者伴随着无尽的迷茫与无望，虽然这只是游客的一种体验。当游客走出迷宫，站在高处，俯瞰迷宫，一目了然。顿时，感慨万千，人类一旦受限，降低维度生存，显得多么无知和无奈。同时，也为生活在三维空间，备感庆幸与自信。

"井中之蛙"，形容青蛙"坐井观天"，目光短浅，感知的天空只有井口那么大。该成语绝非嘲讽青蛙见识短浅，而是同情它不幸落入深井中的遭遇：青蛙从三维立体空间降至二维平面后，只能看到仅有井口大小的世界。

实际上，我们在三维立体空间看到的整个世界，都是被"降维"后的假象，是无限个不同大小、不同远近、不同高低平面的叠加，亦即三维立体空间的无限个投影。摊开你的手掌，你能看到它的背面与内在真实吗？我们自以为是的三维空间实体，只是投影的平面经过大脑和经验组合模拟的结果。我们对世界的认知是一场误导，但凡人类发生的悲情、悲剧以及人间发出的遗憾、叹息都是被误导的认知发出的哀叹，都是"低维化"惹的祸。

既然三维空间感知是"降维"后的二维平面，按照逻辑推理，四维空间投影才是真正的三维空间认知。从而激发了我们探索四维空间的兴趣与冲动。

四维空间将会是什么状态呢？我们首先观察三维立体空间，它是一个简单的三维（长、宽、高）立方体（在三维立体坐标系中，它是一个由8个顶点、12条线、6个面构成的直观立方体）。在这个三维立方体上再嵌套一个不同大小的三维立方体，并且将两个三维立方体的四个正交点两两相连接，组成多重三维空间立方体（在三维立体坐标系中，它是一个由16个顶点、32条线、24个面即8个立方体构成的超立方体），即四维空间。四维空间像克莱因瓶，从内看到外，没有视觉障碍，不仅能够看透一切，还能解脱身体束缚，超越时空，自由穿梭。

在四维空间里，茫茫宇宙中的无穷讯息好比无限多个"电视频道"，包括外星发射的各种频道。我们操控意念遥控器或意念照相机，一按键，出现一个三维"电视节目"，或闪出一张三维"照片"，我们身临其境，或许是现在，或许在遥远的过去；再按键，呈现另一个三维"电视节目"，照出另一张三维"照片"，我们感同身受，或许是另一个世界，或许是遥远的未来。意念使然，按不同键，扮演不同角色，呈现不同三维空间人生。

如此说来，我们的"老家"原本应该在四维空间那里，随着意识、意念、想法的变化构成不同人生，你可能是孔子、佛陀、爱因斯坦……不幸的是，我们被投影成为今天普通三维空间的你我他。

当你在睡梦中时，短暂的梦境能够穿越时空。或许你正在与已逝的亲人亲切交谈，不舍分离；或许你与熟悉而又陌生的故人、未来者相遇相识；或许"庄周梦蝶"脱俗成仙，或许"蝶梦庄周"步入喧嚣；或许"南柯一梦"不醒，或许"黄粱美梦"成真；或许这才是你回到了高维空间真实的人生。三维空间里的生活，竟然是高维空间的投影，我们存在的虚实，原来被本末倒置。梦醒时分，如同"咔嚓"一声，留下的仅仅是高维空间的"照片"而已。

当我们乘上高维空间飞船，以自己最为熟悉的三维立体空间为起点，向低维空间驶去，我们似乎体验到了一个鲜活的自己瞬间变成了一张呆板的二维平面照片，接着化成了一条狭窄且载有很少信息量的一维线段，再后来消失在一个什么都没有的 0 维点。继续向低维空间追溯，最终抵达宇宙大爆炸前的质点，不仅没有空间维度，连时间也消失了，这是宇宙大爆炸前时代，抑或是道，抑或是无，抑或是 0。

我们回头再向高维空间穿梭，来到四维空间或更高维度空间。往日如井中之蛙的我们，恍然变成了一条巨龙般的"双面"人。一端是含着微笑、闪着泪花，过去稚嫩柔弱婴孩时的你；另一端是迎着朝阳、英姿勃勃，现在年轻青春的你。而且仿佛还能看到你生命的起点与前身，似乎还能看到你生命的终点与来世。继续向高维空间穿梭，经过五维空间、六维空间乃至十一维空间，甚至更高的 N 维空间。

一路走来，我们感知宇宙世界各种物质及生命体，包括探索细胞、DNA、分子、原子（原子核、电子）、粒子（质子、中子）、量子及不同频率能量波、波粒二象性等无穷无尽的变化。从而我们不仅心领神会，而且可以轻而易举地将相对论、量子理论、玄理论及量子纠缠等先进科学理论，以及更多我们现在还无法知晓的科技成果应用到我们的工作与生活中。

继续向高维空间驶去，最终又回到了宇宙大爆炸前的质点，即没有宇宙诞生的时代，抑或是道，抑或是无，抑或是 0。

原来，无穷运动是圆 010，宇宙世界是圆 010，维度空间变化也是圆

010。

提升认知维度与佛学中的"拨云见日""破迷成佛"颇具殊途同归、异曲同工之妙。仿佛我们从"僵尸"照片中走出来，回到现实生活中，呈现出鲜活的生命；犹如我们从三维立体空间走出来，重返高维空间，回归本真，享有无数精彩人生。

物质世界是心中感知的世界

其实，我们对物质世界真相的认知并不仅仅是"低维化"惹的祸，还有其他多方面的原因。

先来看我们是怎样感知外界事物的。人体通过眼、耳、鼻、口舌、身体（皮肤），将外界事物的光线、声音、气息、味道、温度等信号传递到大脑。大脑接收到这些信号后，经过分析判断、经验对比、综合决策，在大脑感知区域绘制出一幅立体、多元、生动的物象。通过信号与眼、耳、鼻、口舌、身体（皮肤）等感官传递互动，为人提供了所谓的对外界事物的认知。

譬如，你所看到的"山林景象"是通过眼睛观察，耳朵倾听，鼻子嗅闻，口舌品尝，身体（皮肤）感觉，将这些信号传递给大脑的。大脑接收到这些信号后，经过分析判断、经验比对、综合决策，在大脑中呈现一个个栩栩如生的多元、立体画面：看到了茂密的绿树，还有高山峻岭、蓝天白云；听到了风声水声、鸟儿的鸣叫声；感觉到了清新、湿润、高负氧离子的空气令人清醒的气息。信号与眼、耳、鼻、口舌、身体（皮肤）等感官传递互动，从而为我们提供了所谓"山林景象"这种感受或者认知。

我们通过一个实验，同样可以达到如此效果。如果用计算机把"山林景象"传递给人脑的信号截取，或者模拟"山林景象"信号，完整地输送给电脑（假设这台电脑是高智能计算机，可以模拟人脑功能，并可以输出人体感官认知的色、香、味、声、温度等信息），那么我们在计算机终端智能屏幕上依然可以得到"山林景象"的体验。请问，高智能计算机终端智能屏幕上出现的"山林景象"还是我们亲身经历的"山林景象"吗？显然不是，高智能计算机终端智能屏幕上呈现的"山林景象"，与观察者真实的经历没有任何联系，仅仅是模拟信号。

于是乎，我们知道了，人类对世界的认知都是信号能量转换而来。一方面，外界事物发出的信号仅仅是人体接收信号的来源之一，还有大量模拟信号及其他不明信号来源，我们得到的信号来源本身就存在多元性与不真实性；另一方面，由于我们的感知器官功能受限，身体只能接收到外界事物的部分信号，因此，我们了解的客观世界只是它的一部分，并不完整。我们感知的世界不是世界的真相。

人类认知物质世界的感官系统存在严重缺陷，用它去感知世界，认知的结果还会真实可靠吗？

首先，人体感官功能有局限性。譬如，我们的视力、听力、嗅觉能力、品尝能力、身体（皮肤）感觉能力有限，能够看到、听到、嗅到、品尝到、感觉到的信号非常有限，是因为我们人体能够接收到的有效范围内频率的信号非常有限。例如人的可见光频率范围仅在 $4.2 \times 10^{14} \sim 7.8 \times 10^{14}$Hz。更多的颜色、更多的声音、更多的气味、更多的味道、更多的感觉，乃至更多频率的信号，人类无法获取或无法识别，往往是视而不见，充耳不闻，闻所未闻，不知其味，无知无觉。人类知道的有限，不知道的无限，而有限的感知岂能认知无限的世界呢？

其次，人类还有许多自己都不知道的功能，有待提高认识与开发。譬如，天眼、冥想、心识以及各种特殊感官及其功能，我们还只是听说而已；身体上还有许多类似发射或接收各种频率的"天线""发送器""接收器"，或者被深度掩埋、包裹，或者被屏蔽。如果这些特殊感官及其功能被开发、恢复，那么，世界还会是我们现在看到的、听到的、嗅到的、品尝到的、感受到的模样吗？

我们感知的世界不是世界的真相，除了外界事物传递给人体感官的信号不真实，以及由于我们人体感官功能的局限性接收不到完整信息这两个主要原因外，我们人类即使接收了完全相同的信号，亦不会得到相同的感知。

为什么我们同处一个世界，接收同样的信号信息，却有可能产生截然不同的认知呢？不同物种、不同人，甚至同一人对相同事物都有不同认知，亦即大脑接收相同信号后，经过分析判断、经验对比、综合决策，在大脑中所呈现的世界的模样大相径庭。

据说同样是水，人看到水，认为是饮品，是洗涤液；鱼看到水，认为是家，是食物；天使看到水，认为是琼浆，是玉液；魔鬼看到水，认为是污垢，是脓血。不同人看相同事物，也各有千秋，仁者见仁，智者见智，一千个读者眼里有一千个哈姆雷特。同一人看相同事物，也可能得到不一样的结果。过去，看山是山，看水是水；现在，看山不是山，看水不是水；后来，看山还是山，看水还是水。当然，蓝天、白云、高山、大海以及树木花草，各种植物对世界万物的感知，也各不相同，只是我们人类不得而知罢了。

但是，有一点可以肯定，宇宙万物均以不同频率能量波传播，天下众生对世界的认知都是不同频率能量波的传播，即信号的作用与反应。大千世界神奇美妙、精彩绝伦，均为天下众生心之感受与愿望之不同而导致。不同愿望、不同心情、不同感受、不同眼光、不同感应、不同世界，这一切都在于不同之心，心不同，则认知的世界就不同。

灵魂家园与旅行的 010

有人会质疑，难道我们亲眼所见的真相也不存在吗？我们的触觉所带来的真实、细腻的感知难道会是假的吗？

我们可以通过梦境，解读身边这些极为普遍又神秘莫测的现象。当你紧闭双眼，屏住呼吸，合上嘴巴，静静地躺在床上深度睡眠，大脑休息了，身体放松了，梦依然在进行。或许你舒心地在公园里散步，或许你紧握方向盘在高速公路上奔驰，一路上风景优美，令人心旷神怡；或许你与亲人聚会，或许你和朋友畅谈，情景中的喜怒哀乐，真真切切。我们不解，感官均被屏蔽，不再接收任何实体信号及模拟信号，梦境中的感知从何而来？

假设我们永远沉睡在梦中，梦中看得见、听得着、摸得到的真切感受，谁能说这不是真相？谁能说，这是虚化的梦境？只有人醒了，梦消失了，才会说原来这都是梦，是一场虚幻。在现实生活中，看得见、听得着、摸得到的真切感受，谁能说这不是真相？只要我们活着，谁敢说这不是现实？然而，事实不是这样的，如果再来一次"梦醒时分"，生命不存在了，现实生活消失了，同样会说"在现实生活中，看得见、听得着、摸得到的真切感受"原来也是一场虚幻的梦，我们自以为是的现实生活，依然是虚幻的一场梦。那些曾经拥有的存款、汽车、洋房以及亲人、朋友等美好世界的一切，相对逝者来说不就是一场梦、一场虚幻吗？

这一场接一场的现实与梦境的变换，到底哪个才是真相呢？我们遇到的每一次惊悚与喜悦又是谁的感受呢？真实的物质世界还存在吗？我们如何面对？我们情何以堪？

人有三场梦，第一场是睡梦，睡梦初醒，方知梦；第二场是"醒梦"，我们在客观世界与现实生活中，总是如痴如醉，信以为真，其实还是在梦境中，还是虚幻，因为我们迟早会被"唤醒"，"醒梦唤醒"方知梦；第三场是"不醒之梦"，倘若我们长眠于不醒的永久梦中，长梦不醒，何谈方知梦！那才是真相。然而，这第三场"不醒之梦"，终归还是会醒的，马上又迎来第一场睡梦、第二场"醒梦"、第三场"不醒之梦"……形成循环往复的 010 圆。

现代科学已证实，宇宙世界由物质、场、能量、信息四大要素组成，物质、场、能量、信息的本质都以不同频率能量波的形式存在、传播与转换，即电磁力的存在与作用。大千世界的各种物质与能量的转换，物质与精神的转换，实体与光波的转换，生与死的转换，有与无的转换，色亦空空亦色的转换，波与粒子的二重性转换等现象均是不同频率能量波的存在、传播与转换，即电磁力的作用。精神、灵魂、心识、意识、意念、记忆、梦境等亦皆如此。何况，目前宇宙的物质成分中，人类可知的物质仅占4%，更多是未知的暗物质与暗能量。

上述事例与科学论断基本告诉了我们真相：宇宙世界是不同频率的能量波，物质世界是一种幻象。我们在白天感知的世界是心从感官得到的知觉，是意识与物质的世界；我们在梦中所感知的世界，没有物质实体，是意识的世界；当我们身体不存在了，才是我们真正的归宿。亦即白天的认知是意识与物质的"心物"世界，梦境的感受是"准意识"世界，肉身死亡后的世界是心识世界、灵魂世界。

此时，不由得又引起我们对自古以来人类的终极哲学命题的热情与兴趣——"我是谁，我从哪里来，到哪里去？"

人类终极哲学命题，短短12个字，引起人类数千年的思考与诠释。恍然间，我仿佛对第一个最为关键、最为重要的字——我，有了新的认知。

我包含了大我和小我。大我是我心，是灵魂，是我的主宰者，是大宇宙，是神，是佛；大我在彼岸，在灵界，在灵魂的家园，在高维（四维或四维以上）空间；大我不受时空限制，不被身体及五官束缚，不受欲望的诱惑，在神灵的世界。小我是我身，是肉体，是小宇宙；小我在此生，在凡界，在三维空间，在人间的修行与旅途中；小我受时空限制，被身体及五官束缚，受欲望的诱惑，在凡人的世界游历。小我亦有灵魂，只不过是被肉身束缚住了，或者说是被感官的欲望迷住了心窍，成了凡夫俗子。

我是谁？我是大我和小我，我是我心，我是有血有肉、有鲜活生命与灵魂的我。我从哪里来？我从灵魂的彼岸中来，从灵界的高维空间来，从灵魂的家园里来。到哪里去？来到小我的世界，肉身的世界，三维空间的世界。

生活在三维空间的每一个人，如同当年亚当和夏娃，犯了天戒，带着原罪被贬罚到人间。他们是伴着惊恐不安，攥着拳头，哭喊着来到人世间。他们来到人间需要经受苦难，通过反省、修行，再游历一遭爱别离怨，经历一番生老病死，渐渐地修炼成熟，终成正果，获得重生。

最终，小我身亡，此死彼生，灵魂抵达彼岸，回归家园，成就大我。

我是010圆，我从灵魂的家园0来，到三维世界1走一遭，再回到灵魂的家园 0。

　　人生是 010 圆，人生是大我与小我的无穷个 010 圆，大我 0——小我 1——大我 0。010、010、010，一圈一圈又一圈……

　　一圆一圆又一圆……

　　　　当灵魂投胎到凡体

　　　　灵魂便从神圣国度

　　　　降维到物质身体里

　　　　灵魂从灵台清明的世界

　　　　谪降到蒙昧无知的状态

　　　　灵魂将被肉体裹缚

　　　　开始了沉睡和遗忘

　　　　只有摆脱物质身体感官

　　　　扭曲与差错

　　　　才能看到实在界本身

　　　　一个没有时间存在的

　　　　永恒国度

　　　　冲破身体限制

　　　　思考和理性更加清晰

　　　　心灵绽放

　　　　灵魂将在宇宙放飞

　　上文讲述了人类认知物质世界存在的三个短板。一是，我们生活的世界看似在三维立体空间里，实际感知却是三维立体空间的投影，即二维平面，如同相片，感知的信息不完整，生活的状态不真实。二是，我们观察外界事物时，接收到的信号分为实体信号与模拟信号两种，由于感知器官的局限性，接收不到完整的信号，造成认知的错误与缺陷。三是，通过解读梦境来获知外界事物之真相，如梦初醒，方知梦。虽然我们白天的活动总是如痴如醉，信以为真，其实仍然是在梦境中，称之为"醒梦"。倘若我们长梦不醒，人去了，何谈方知梦！那才是真相。所以物质世界的真相只有在长眠的"不醒之梦"中。最后，文中引出大我、小我概念，与人类终极哲学命题相契合。我是谁，我从哪里来，到哪里去——我是010圆，我从灵魂的家园0来，到三维世界1旅行，再回到灵魂的家园0。永恒的生命是大我0与小我1的无穷个010圆。

由此可知，物质世界是一种幻相，宇宙万物是不同频率之能量波，这也符合现代科学量子力学的"波粒二象性"，遵循佛学要义"色不异空空不异色"，与宇宙万物皆圆（010）这个基本哲学观、宇宙观异曲同工、殊途同归，亦遵从"010定律"。

目前的研究数据表明，宇宙天体包括太阳等各种星系发出的电磁波光谱，能够被当今天文学家观测到的，包括我们人类感知的波段，还不到宇宙天体电磁波的亿万分之一的亿万分之一。幸好太阳发射出了这种波段的光，正好透射大气层到达地球表面。宇宙星云各种恒星、行星等星系数目达万亿之多，科学家保守选定10%的数量，作为高等生物存活所需要的条件。如果地球生命的每个条件都要同时出现的话，能够构建地球生命必要条件的概率仅为十万亿分之一。

假设太阳的质量稍大或者稍小，太阳距地球的距离稍近或者稍远，则地球将会成为火球或者冰窟；假设月球的质量稍大或者稍小，月球距地球的距离稍近或者稍远，则地球将洪水泛滥、汪洋一片，或者四处干涸、死寂一般；假设地球稍大、稍小，地壳稍厚、稍薄，大气层稍浓、稍淡，都不会有我们人类存在。

假设我们人类真的能够接受物质世界真相包括所有真实的颜色、声音、气味、味道、感觉，亦能够接收各种频率的信号，世界将成为人间地狱。我们人类在强烈耀眼的光线下不能睁眼，在震耳欲聋的声响中失去了听觉，在难以忍受的气味里窒息，在不堪忍受的刺痛下昏厥，在什么都知道的真实颜色、声音、气味、味道、感觉里，我们将会如何？在这个混沌不堪的世界中早已化为乌有……

如此说来，在宇宙 148 亿年、人类历史数十万年、人类有文化记载的数千年之间，在浩瀚如烟的星系云际与人类历史长河中，我们每一个人的出现都是一个极小概率事件。

地球，我们人类赖以生存的家园，是宇宙经过"精调"后，在星云中选择的最佳位置，她与邻居星球和谐共生，即不拥挤又安全可靠，成为人类万物的"可居住区"，又是人类观察宇宙、研究宇宙星系之最佳点，正如爱因斯坦所说，"宇宙规律既美丽又简洁"；神奇地球与智慧人类及我们每个人的生命能够奇迹般地诞生，都是一种不可思议的耦合且又是如此恰到好处和不偏不倚，"一切都是最好的安排"，值得我们永久庆幸与珍重；地球与人类以及我们每一个人的生命，是上帝的"恩宠之星"与智慧作品。

或许这就是道法自然，或许这就是宇宙法则，或许这就是"上帝的创造"。

恍然间，我们内心顿感释然。感谢宇宙，感谢大自然，感谢上苍为我们作出最好的安排。我不由得面向善良宽容、敬畏自然、珍爱生命走去。

平日生活中或者散步时，特别警惕自己的脚下，切不要伤害了无辜的蚂蚁等小昆虫。如果稍不留心，将造成蚂蚁等小昆虫们的灭顶之灾。可怜的小动物们或许连抬头看看是谁干的机会都没有，便一命呜呼。我们脆弱、渺小的人类在宇宙面前，在大自然面前不也是这样吗？面对一次次滔天洪水、海啸地震、瘟疫灾难，我们只有拼命地逃脱，或者只有无奈地把自己封闭在家里，或者只有低着头，默默地祈祷、祝福。或许我们与蚂蚁等小昆虫们一样不知何故，瞬间死于非命，却永远猜不到造成巨大灾难的就是刚刚不经意踩了我们一下的那个巨大的魔鬼撒旦。

魔鬼与天使仅在一瞬间，从我做起，洁身自好，敬畏自然。

荷花情缘

阳历7月初，正是小暑节气，天气炎热，农作物从苗壮成长期渐入成熟期，也是人们赏荷花的最好季节。

午睡后，精神格外爽朗。我沿着河边小路径直向东行，穿过葡萄架长廊，不一会儿，鲜红醒目的"龙潭码头"四个字赫然出现在眼前。这就是号称"乡村旅游第一村"——大梨树村民逢客必夸的"龙潭湾荷花塘"。

伫立荷塘边，举目远望，眼前仿佛一幅构图美妙、层次分明的巨幅油画。浩瀚天空如同硕大画幕，蔚蓝色天际好比油画背景，充沛的阳光洒向皓然长空，将这硕大画幕与蔚蓝色背景照得通透明亮。妖媚缭绕的白云犹如妙龄少女翩翩起舞；巍峨起伏的群山势如英雄少年，为少女曼妙舞蹈站台助演；郁郁葱葱的白桦树、柳树及各种植被形成一道天然篱笆，像是无数个观众有序地坐在观众席上，一边专注欣赏这幅惟妙惟肖的大型油画，一边安静观赏这场大气恢宏的天然演出。

随着视线下移，荷塘远处水面宽阔，碧波涟涟，水边柳树葱郁，倒影婆娑。在烈日照耀下，荷塘水汽与空中阳光交织在一起，折射出袅袅青烟与道道彩虹，纵横交错，像是银幕灯光，又像是舞台烟火，一闪一闪、若隐若现。偶尔和风轻抚，带起片片涟漪，送来缕缕清香，水鸟不时掠过，响起串串啾鸣，与游船的划桨声、游人欢笑声、孩子嬉闹声交织在一起，犹如一串串跳动的音符，宛如一首首回响的旋律，依稀汇成一曲交响乐，为演出增辉添彩。

我扶着围栏，俯身向荷塘近处看去，满塘荷花尽收眼底。青青泛绿的荷叶，含苞欲放的花蕾，恣意绽放的荷花，"蜂窝"状的莲蓬，各具特色。

荷叶有刚刚长出嫩芽的，就像荷花茎上趴着纹丝不动的绿色昆虫；有刚长成卷曲状的，好似巴西牛仔的绿色草帽；有成熟展开的，宛如硕大的翡翠盘；还有枯萎飘落的，如同小孩儿用浅黄色的纸张折叠成的小船儿在水面上漂荡。花蕾有含苞待放的，像情窦初开、稚嫩青葱的少女；有半张半合的，像娇羞女子用白皙双手托着可爱的脸庞，犹抱琵琶半遮面，脉脉含情。盛开的荷花是荷塘色彩的主旋律，争相绽放的荷花，碧叶翠盖，素丽淡雅、清幽静美、芳香远溢；朵朵荷花有粉红色、橘黄色、紫色、白色，五彩缤纷、姹紫嫣红；"蜂窝"状莲蓬有核桃大小、苹果大小、石榴大小不等，个个壁厚坚实、成熟庄重。

我慢慢地仰起头，回放视线。阳光下的龙潭湾荷花塘，好一派"天水一色，浑然天成"的景象。我不由得作一首"天上仙女下凡来，荷塘悦色情满怀。荷叶连舟成海色，荷花如帆仰日开"直抒胸臆。

正当我沉浸在这场自导自演、自娱自乐的自我陶醉之中，猛然间，正前方颇为考究的木亭上的匾额楹联现于眼前。其额曰"水天阁"，其联曰："青山卧波这般碧，荷花映日别样红。"我顿时无语，深为刚才词不达意的拙句汗颜。"水天阁"，可谓历史巨匠对这幅鬼斧神工天然作品的经典命名；"青山卧波这般碧，荷花映日别样红"，正是艺术大师对这场别开生面音乐会的精彩解读。

据说，匾额原迹，源自南宋诗人杨万里之手，今天呈现在我们面前的这幅已是经过上千年"本地化"的作品，文字有些许变化。殊不知，匾额聚集了历史上多少文人墨客及民间高手的智慧与才华，这是千百年来中华传统文化的传承与写照，与其相见乃我辈之缘分与荣幸。

北宋学者周敦颐，千年前在《爱莲说》中，就对荷花有过这样令人叹为观止的描绘："予独爱莲之出淤泥而不染，濯清涟而不妖，中通外直，不蔓不枝，香远益清，亭亭净植，可远观而不可亵玩焉。"古人赞美荷花为花中君子，是因为荷花自有清白之品，超凡脱俗、宠辱不惊；荷花别名芙蓉花、莲花，"芙蓉"寓意"夫容"，二莲生一藕，"并莲同心"，象征爱情，忠贞不渝。荷花更被誉为吉祥物，佛教中有莲花座、莲花台，亦"有化如来坐宝莲上"之说。我深深仰慕荷花那洗尽铅华的孤高旷远，更为历史上众多文豪大家那空灵和脱俗的文字而赞美、惊叹。

当我漫步在古香古色廊桥上，忽然间，一阵风雨吹来，荷塘里"噼噼啪啪"作响。身边有个小女孩噘着小嘴，哀怨地指着前边撒落一地的花瓣，对着妈妈说："讨厌的风，吹落了这么多漂亮的荷花，好可惜！"接着，不知从哪里又传来一句："好一个怜香惜玉，现实版的林妹妹！"

随着风雨声与小女孩的迁怒声及旁人的怜惜声，我从荷花梦境中惊醒。

荷花是多年生宿根水生植物，终其一生，这点儿风雨考验并不算什么。冬天的龙潭湾荷花塘，银装素裹，白茫茫一片。直到春季姗姗来迟，冰雪开始消融，荷塘水面缓缓露出，荷花自己的季节随之到来。藕根发芽，荷叶从水面浮出，逐渐长大，直到花蕾打苞，开放，再到花谢，花瓣儿凋零撒落荷塘。这正是大自然赋予荷花的生命周期。

荷花一生经历了从无到有，再从有到无的生命历程——"010"圆。虽然荷花绽放时，光鲜与圣洁惹得无数人爱恋与不舍，但终究落得"香消玉殒"，找到了它自己的归宿。不管有无风雨来临，也不管人们的好恶意志，随着节气变化，当莲花悄然落入水面，茎上立刻爬上了"蜂窝"状莲蓬。莲蓬里的莲子是荷花的果实，是荷花生命的种子。任凭荷花使尽浑身解数，彰显一生的灿烂辉煌与富贵荣华，表白一世的冰清玉洁与高贵典雅，支撑起整个生命的意义仅为此一刻，方得始终。

荷花花落凄楚时，正是荷花静美处。荷花悄然落入水面的瞬间，正是荷花孕育莲子新生命的时刻，也是荷花从死亡转入新生的开始。花落是荷花生命的尽头，同时，又是荷花新生命之源头。生命是个圆，终点即始点，这是一种生命形式向另一种生命形式的转换，是一个新生命、新世界、新剧目的开始与出演。

从荷花生生不息的生命传承与轮回世界里，我们不仅读出了荷花从"显态"死亡，显化成"潜态"莲子生长的生命全部过程，我们还看到了大自然爱的力量，我们更懂得了宇宙能量之永恒，回归、循环、010无穷圆。

太阳西斜，气温回落，风清雨润的荷塘畔上游人仍是流连忘返。我耳际萦绕着刚才那个小女孩儿痛惜荷花撒落的声音，心中油然生起《黛玉葬花》中那段哀婉低吟："花谢花飞飞满天，红消香断有谁怜？"我自言自语道，那些不过都是涉世不深且心存善良的女子对花儿生命的垂青与哀怜，或是文人骚客们感怀身世与悲天悯人罢了。

在这个最美乡村，盛夏之季，荷花悄悄地告诉了我："花谢花落水无情，荷花莲子知我心。"

成功与成熟

每一次日出日落
每一回潮起潮伏
每一个花开花谢
揭示了大千世界精彩变化的周期

每一次呼吸循环
每一回心跳跌宕
每一个生命始终
承载着万物生命亘古神圣的轮回

当你迎着朝阳步入办公室、机房、会议室、机场，开始一天紧张、忙碌的工作，多少人，由内向外，从无到有，起早贪黑，那是成功的开始。

当你伴着月色回到家里，打开音乐，沏杯茶水，面对父母、妻女的温馨，多少事，由忙到闲，从繁到简，欢乐亲情，那是成熟的收获。

当你周围高朋满座，饮酒高歌，畅谈事业，挥洒中，酒似水，情更浓，豪气万丈，那是成功的骄傲。

当你从酒精的兴奋中慢慢苏醒，反省片刻，再喝碗粥，方感玉米的清香，那是成熟的回味。

当你登上山顶，俯瞰一座座山峦和一条条河流，蓦然间，山不是山，水不是水，感慨万千，那是成功的豪迈。

当你走下山来，喝口水，擦去汗，歇息片刻，回首望去，山依旧，水长流，那是成熟的回归。

当你在万众瞩目中登上领奖台，欢声雷动，鲜花簇拥、掌声不断、闪光灯此起彼伏，兴奋中，激情与自豪溢于言表，那是成功的辉煌。

当你从领奖台上缓缓走下来，再回到往日宁静、平常的工作与生活中，人事依旧，往事如烟，那是成熟的升华。

无论欢笑与哭泣

有欢笑就有哭泣

欢笑，是成功

哭泣，是成熟

无论健康与疾病

有健康就有疾病

健康，是成功

疾病，是成熟

无论聚与散

有聚就有散

每次聚，是一次成功

每次散，是一次成熟

无论进与退

有进就有退

每次进，是一次成功

每次退，是一次成熟

人生从无到有是成功

再由有回到无是成熟

从节衣缩食到锦衣玉食是成功

从锦衣玉食到布衣素食是成熟

从平淡无奇到声名显赫是成功

从声名显赫到默默无闻是成熟

从"自由王国"到"必然王国"是成功

从"必然王国"到"从心所欲不逾矩"是成熟

成功是人生从"0"到"1"

成熟是人生由"1"归"0"

成功是人生的"闪光线段"

成熟是人生的"闭合曲线"

成功是成熟的阶段

成熟是成功的永远

无论成功与成熟都是人生借来的时光

无论成熟与成功均是人生内心的感受

让我们每一个人的成功支撑生命精彩

愿我们每一个人的成熟彰显和谐圆满

喜欢即拥有

宇宙是一个全息统一场，万物（包括人）皆场。人对某个对象（人或事物）产生喜悦之心，表现喜欢之情，本质是人的主体场发出的能量波频率，与被喜欢对象（人或事物）的客体场发出的能量波频率相近、相似或相同，二者（多者）能量波互相作用叠加，形成合成能量波振幅增加（如共鸣或共振现象），亦即能量增加，就是我们常说的获得正能量。主客双方"内心"都会产生喜悦，表现喜欢，只是客体有其独特的表达形式，我们人类不知道或不懂而已。

一枚质地、品相、色泽均达到极致的玉，源自一块神奇宝石，埋藏在神秘的地方，经过大自然成千上万年甚至数亿年的孕育，聚集宇宙能量，吸纳自然精华，又经上天鬼斧神工的打磨，润化成富有生命与灵性并具特有能量波频率的尤物。古人将玉比作君子，说它具备五德，"润泽以温，仁之方也；鰓理自外，可以知中，义之方也；其声舒扬，专以远闻，智之方也；不挠而折，勇之方也；锐廉而不忮，洁之方也"。玉与君子有相同的特质，喜欢玉者必定是一个有学养、有文化的君子。一般人碰到这尤物，可能视之为一块普通石头，他们虽有交集，但彼此之波的频率相差甚远，合成波之振幅没有增加，能量没有增加，喜悦度没有提升，二者无动于衷，只能作罢。

君子有缘逢玉，抑或是一见钟情，抑或是一见如故，迸发激情与不舍，寓意君子好玉，乐之有道。君子与玉结缘，彼此场波通达，能量涌动，生命舒缓。君子目光炯炯、精神抖擞，美玉晶莹剔透、色泽温润。随着君子喜欢玉之品位与境界的提升，对美玉更是宠爱有加、爱不释手。玉为悦己者容，不仅悄然绽放精彩与美丽，彰显生命的灵性与质地，而且感恩与报答君子的赞美与呵护，为其带来养生保健与怡情养性之功效。如此良性循环，同频共振，能量增加，正如俗语所云，"人养玉三年，玉养人一生"。

然而，有多少人却毕生都劳碌在拥有更多物质财富的路上。其实，不管你拥有多少物质财富，真正有用的东西都非常有限。人只睡一张床，仅住一间房，其他部分都是感受，只是喜欢而已。世界上又有谁能拥有天下所有喜欢之物呢？面对琳琅满目的心爱之物，未必要拥有它的实体，只要是看到它、谈起它，甚至想起它，能够产生连连喜悦之心，带来绵绵喜欢之情，足矣。

高雅情趣陶冶人的情操，绵绵不断的愉悦之心与喜欢之情，令人心驰神往。你喜欢水，不仅拥有水，水还为悦己者容，将会变得清澈；你喜欢空气，不仅拥有空气，空气还为悦己者美，将会变得清新；你喜欢生活，不仅拥有生活，生活还会变得美好；你喜欢世界，不仅拥有世界，世界将会爱你。喜欢是大爱，喜欢是皆大欢喜。

喜欢蓝天，喜欢大海，喜欢高山，喜欢丛林，喜欢万物，喜欢自然。喜欢就是拥有，喜欢是最富有的拥有，喜欢是最安全的拥有，喜欢是最健康的拥有，喜欢是最快乐的拥有，喜欢是天下唯一趋利避害之拥有，亦即趋无尽喜欢拥有之利，避物质负累拥有之害。

拥有喜欢，就拥有爱，就拥有世界。喜欢即拥有。

珍惜身边的"三同效应"

万象皆为宇宙缩影

宇宙是各系统与其全息关联的统一整体。它既是一个统一体，又是一个全息统一场，千差万别的宇宙现象，均统一在宇宙统一体或宇宙全息统一场中。宇宙统一体是由无数个大大小小的物中物组成，宇宙全息统一场是由无数个大大小小的场中场构成。大大小小的物中物，全息对应着大大小小的场中场，物与场彼此所有全息对应部位即全息同类项，全息同类项中全息元与全息元之间皆全息相关，相互包含，即物与场之间相互对应、相互作用、相互包含，即"全息对应"。

由此可见，宇宙内所有物质、场、能量、信息等包括人类之活动及其感觉、梦境、意识、记忆等万象，都是宇宙之子集或缩影，也是场的作用与反应。不同场以不同频率、不同振幅（强度）能量波形式向宇宙发射、传播并相互作用。

和谐本质是增加能量

人与人、人与物、物与物之间的场，自始至终存在并以能量波形式发生作用，如果二者（场）能量波频率接近或相似或相同，能量波相互作用叠加后振幅增加，能量增加，即和谐，双方（或多方）均会感到熟悉、亲切、喜悦、快乐。同性之间，一见如故；异性之间，一见钟情；人物之间，赏心悦目，抑或是心旷神怡。反之，如果彼此能量波频率相差甚远，能量波相互作用叠加后振幅减少，能量降低，即不和谐，双方（或多方）会感到陌生、恐惧，甚至憎恶，还可能发生冲突。但是，如果经过长时间的了解、沟通与磨合后，彼此看到了对方的优点和给自己的诸多好处，慢慢又成为朋友；彼此发现了对方的优势和互相带来的诸多益处，慢慢视对方为心仪之物或美丽风景，本质是场之作用、能量波之作用。前者彼此能量波之频率接近、相似或相同；后者彼此能量波之频率虽有差异，但经过相互磨合，频率逐渐接近、相似或相同；还有一种情况，双方之能量波固有频率相差大且不易变化，难以磨合，相互频率不调和，合成振幅不增加，能量亦不能增加，就是我们常说的没有缘分，只得认命作罢。

"三同效应"是获得能量最大化的有效方法之一

每天下午，当我喝好了申时茶时，就感觉有一种冲动，自觉或不自觉地要去熟悉的院内散步。这个看似极为平常的活动，却有着明显的特点与效果，即在相同的时间、相同的地点，做相同的事，表现出身心愉悦、事半功倍之效，并极容易养成习惯，甚至形成自然，我将这种现象定义为"三同效应"。

任何事物都有自己的生物钟，能量波之频率随着生物钟的变化而变化，经过相同时间的调整，场能量波频率较为稳定。在相同时间、相同地点，做相同的事，人与外界环境能量波之频率经过了人与时间、人与地点、人与事物三个"相同"的持久磨合，彼此能量波之频率会逐渐接近或相似或相同，合成能量波振幅增加，能量亦增加，甚至会发生"共鸣"或"共振"现象。此时散步中的仁君，或许微闭双眼，屏住呼吸，凭着"第六感官"——感觉游走，全身心地吸纳宇宙大自然场的能量与万物精华，神清气爽、心旷神怡、才思涌动、悟性顿开，喜乐之心溢于言表。或许这就是人与自然、人与社会、人与人、身与心和谐的最大化，或许这就是"天时地利人和"，或许这就是道家所说的最高境界"天人合一"吧。

除了散步能够增强"三同效应"外，坚持每天喝茶、练气功、打太极拳、学习瑜伽均有神奇功效，包括我们平日起居有常、作息有序，以及工作、生活、学习都要形成规律，养成良好习惯亦如此。

　　当年苏格拉底面对一百个受训的小学生，要求他们天天做"甩手操"。最终，只有大名鼎鼎的哲学家柏拉图及另外三个成大器的孩子坚持到了最后。贵在坚持，重在"三同效应"，越是简单、相同、重复的事就越容易找到它们彼此所有全息对应部位或全息同类项，就越容易产生"共鸣"或"共振"现象，即"三同效应"最大化、获取能量最大化，最终方能成就自己。

2015 年 10 月

树的启示

树生命力强大，历史悠久，据说桫椤树的出现距今有三亿多年。我们观察任何一棵普通树，发现它们都有共同的规律，即底部都长得大、硬、粗、强、集中，往上面长逐渐变得小、软、细、弱、蓬松，可见根粗叶茂。

放眼看世界，但凡大自然界中生命力强大、历史久远的物种，也都有这样一个共同的规律。庞大、强悍、凶猛的鲸类、鲨鱼均生活在浩瀚的海洋里，中等体型的虎豹、鹿羊等动物活动在山间丛林及陆地草原中，最小的、轻的、弱的飞禽鸟类则飞翔在天空上。

纵观大千世界之变化及古今中外历史之变迁，发现恐龙的灭绝，历代朝政频繁更替，社会动荡不安，百姓备受折腾之苦，都是违背了"树状"及海洋、陆地、天空动物生态平衡之自然法则。

回望几千年的中国封建专制统治，亦不乏对政府、军队等国家机器如何强大的大肆宣传。其实，那些所谓高大上的雄才大略或安邦之策，都是国家行为，都是政府应该做好的事情，如同大树的根，理应深藏不露。相反，社会上应当大量宣扬百姓生活中，小、软、细、柔、弱的内容；大力倡导与百姓相关的舒适、温馨、悠闲、柔软的小民生活情调。犹如参天大树，宛如动物百态，方能与日月同辉，天长地久。

老子曰："鱼不可脱于渊，国之利器不可以示人。"政府与民众如鱼水关系不可分离，国家重器不能轻易彰显或被利用，这是道尊老子的智慧，是大自然的忠告，或许也是对民富国强的解读吧。

赞民富国强

参天大树
根深枝茂
根枝勿比强

民为贵
社稷次之
国民莫争上

民富国强
民富在上
民乐国藏

不知道

不同"物种"看相同事物，得到不同结果。人看到水，认为是饮品，是洗涤液；鱼看到水，认为是家，是食物；天使看到水，认为是琼浆，是玉液；魔鬼看到水，认为是污垢，是脓血。

不同人看相同事物，也是各有千秋。仁者见仁，智者见智，一千个人眼里有一千个哈姆雷特。

相同人看相同事物，亦得到不一样的结果。过去，看山是山，看水是水，现在，看山不是山，看水不是水，后来，看山还是山，看水还是水。

苏格拉底说过："智者自知自己无知，愚者不知自己无知。"他坦诚自己无知，并认为人类应该认识到自己的无知，认识到人类的有限性，以此不断追求智慧，使人类不至于丧失了爱智慧的本性。否则，狂妄自大，终将走上覆灭之路。

老子说过："道可道，非常道；名可名，非常名。"知道的道，不是真正的大道，知道的名，也不算是真正的大名；不知道的道，才有可能是真正的大道，不知道的名，才有可能是真正的大名。大道是不知道，大名是不知名，智者是不知。

我们惊奇地发现，早在两千五百年前，我们人类还处在没有现代通信技术与先进科技设备的时代里，却同处人类文明轴心时期。异处万里之遥的西方古希腊哲学大师苏格拉底思想，与东方中国道尊老子的经典如出一辙，共同道出人类极具相通性的智慧宝藏，颇有殊途同归、异曲同工之妙，真的是神奇和不可思议。如此说来，人类历史上还有多少大成智慧、名家宗师，我们至今无法晓知，他们却存在于无数个不知道中。

井中之蛙，乃一孔之见，曰："井口大的天下事，不就那么一丁点儿，偶尔刮刮风、下下雨，偶尔飞过一只鸟，我全知道！"海龟游弋于浩瀚无垠的大海，爬上一望无际的海滩，见到、听到、经历的很多。它不仅知道海洋世界深不可测的奥秘，而且深知海洋世界变幻莫测的危机以及无边无际海滩上发生的各种变故。这些深不可测的奥秘与变幻莫测的危机及形形色色的故事，本身蕴含无穷未知。老海龟虽然知道很多，但是不知道的更多，因为知道得越多，在这个越多的认知范围内，包含不知道的成分就越多。老海龟从不说自己知道很多，智者总是称自己无知。

看见有限，看不见无限，看见未必真实，看不见不等于不存在；听到有限，听不到无限，听到未必真实，听不到不等于不存在；知道有限，不知道无限，知道是不知道，不知道才是真正的知道。

人生不过百年，人类文明历史仅几千年，人类历史也莫过百万年，人类在无边无际、无穷无尽、无始无终的宇宙面前，只是一个瞬间。有数据描述地球在银河系里，如同太平洋沙滩里的一颗沙粒，我们人类在这个沙粒般大小的地球上生存并且仅仅是一个微不足道的瞬间，人类之渺小与无知可见一斑。

知道"井天上的事"有限，不知道"井天外的事"无限，知道的仅是"井天外"的不知道，不知道"井天外"的那些事，才是你真正的知道。如此说来，我们常常讥讽的那些"井中之蛙"和"坐井观天"之人，正是我们人类自己。

茫茫宇宙变幻莫测，唯一不变的是变化；大千世界无奇不有，唯一知道的是不知道。

2013 年 10 月

珍爱生命　享受过程

老子认为，胎婴时期阴阳性命浑化，生机最强，不仅身体最柔软，适应力、生命力最强，而且受到的保护也最强，婴儿无知无欲，无畏无惧，故"毒虫不螫，猛兽不据，攫鸟不搏"。

人的生命力在胎婴时期处于巅峰状态，随着人的成长，生命力逐渐走向消亡。一方面，胎儿出生进入后天，生命能量一天不如一天。从婴儿时期开始，随着年龄的增长，其适应力逐渐减弱，生命力逐渐衰退，生命能量逐渐耗竭。另一方面，从胎儿呱呱落地开始，受到的关怀和保护也是一天比一天弱。胎儿在母体子宫中，从羊水获取丰富的营养物质，同时备受母体天然保护；婴儿出生，攥着拳头，随着哭喊声唤起强大生命力，在父母及众亲人的期盼与欢笑中，来到世界上。此后，随着生命的成长，婴儿的这种理想的生存状态就会逐渐打破。

在父母悉心照料下，孩子哭笑自如、吃喝随意、拉撒任性，一切纯属本性使然；孩提未成年时代，受到家庭、学校、社会、法律特殊保护，孩子童言无忌、随心所欲，无忧无虑地玩耍、学习、历练、成长；成年后，自己要学会工作，去赚钱，还要为家庭、社会承担责任；再后来，把自己的孩子培养成人，为父母送终；最后，功成身退，渐渐年老体衰，在儿女及众亲人的悲痛中，撒手人间。

人生由母体天然滋养，到由父母悉心呵护，到完全由自己负责，到承担起社会与家庭责任，到生老病死而终，是一个渐衰过程。因此，你生命中的任何时间点，都是你未来生命过程中最美好的时光。当你意识到这一点时，赶快拍张照片留个影吧，因为当下、现在、此刻拍下的这张照片中的你，将是你未来生命中最年轻、最漂亮、最帅气、最富有生命力的样子。

珍爱生命，珍惜拥有，过好现在，活好每一天。

追梦

深夜，我来到一个四周不见墙壁、空旷的大厅里。厅内幽暗、肃穆、安静。时而，隐隐约约听到吟佛经声与颂圣经声。此时，我内心极为平静、舒缓。

忽然，有一个清晰的声音响起"阿弥陀佛"，接着是一声"哈里路亚"！接着，眼前一片光明，距我正前方约 10 米处，有一个 20 余米长宽，10 余米高山状的巨大白色玉雕。美玉如山，温润厚重，优美与灵气浑然一体。

过了一会儿，巨大的白色温润玉石慢慢地飘逸起来，勾魂摄魄，闪耀着紫、红、蓝、黄色光带，像是一把火炬。此刻，我心喜悦，感到一阵阵喜乐。同时，有一种身心往之，跟着要去的感觉。

猛然醒了，看表，时间是清晨 6 点整。我躺在枕边，仍然沉浸在极为享乐的余波中。我问自己，刚才看到的是佛光吗？吸引我的是西方极乐世界吗？有种向死而生的感觉，美极了，令人向往。

2013 年 10 月

证明题一

命题：*万物皆圆*

试证明：*万物皆圆*

求证：

根据毕达哥拉斯"万物皆数"理论，我们将物质的运动变化，视作从 0 开始作无穷个 1 相加，即 0+1+1+1+1+1+……到无穷。我们分别通过十进制数与二进制数计算结果。

首先用十进制数计算，表示（A）

0+1+1+1+1+1+……（A）

（A）可以表示（B）：

则 0+（1+1）+（1+1）+……（B）

如果把十进制数计算（B）换算成二进制数计算（C）

则 0+（1+1）+（1+1）+……=0+（001+001）+（001+001）+……=0+（010）+（010）+……（C）

又因为（A）=（B）=（C）

则 0+1+1+1+1+1+……=0+（1+1）+（1+1）+……=0+（010）+（010）+……（D）

即：从 0 开始作无穷个 1 相加。

则（D）最左端表示：

0+1+1+1+1+1+…… 无穷大，即线段无限延长，成为"无穷大直线""无穷大曲线"，即"无穷大圆"。

（D）最右端表示：

0+（010）+（010）+……亦无穷大，即小圆（010）作无穷个循环转动。

所以（D）表示：小圆（010）在"无穷大直线"，亦"无穷大曲线"，即"无穷大圆（010）"上作无穷个圆（010）转动。

假设把从0开始作无穷个1相加，比喻为物质运动变化，其运动变化犹如圆（010）转动圈数与其周长的直线关系：抑或是汽车轮子（圆010）在马路（直线）上转动，抑或是月球自转围绕地球公转，抑或是地球自转围绕太阳公转，抑或是太阳自转围绕银河系中心公转……

仰望星空，放眼看世界。

生活常识是圆（010），看书的过程，从闭合书（0）到打开书（1），再到闭合书（0），是圆（010）；使用电脑的过程，从关闭电脑（0）到打开电脑（1），再到关闭电脑（0），是圆（010）。同理，开灯关灯的过程是圆（010）；端起盏，喝完茶，放下盏的过程是圆（010），出门到回家的路上是圆（010）。

人生亦圆（010），从年轻什么都没有（0），到中年成功辉煌（1），再到老年释放财富及能量归0，是圆（010）；从看山是山，看水是水（0），到看山不是山，看水不是水（1），再到看山还是山，看水还是水（0），是圆（010）；生命从无（0），到出生、成长、成熟（1），再到死亡（0）的过程是圆（010）。

大千世界皆圆，花开花谢是圆，潮涨潮落是圆，云卷云舒是圆，白天黑夜是圆，一年四季是圆，生命轮回是圆，"不忘初心方得始终"是圆，返本归真是圆，道法自然是圆。

所以万物皆圆，亦即宇宙万物运动皆为周而复始圆（010）运动。

第二辑

人生亦圆

人生从自然、不知道开始，到身体欲望满足，图回报、文明；再到头脑欲望满足，让人知道、文化；再到心之欲望满足，自己知道、信仰；又回到自然、不知道。

人类从原点自然开始经由文明、文化、信仰三个层次，走过人生不知道、图回报、让人知道、自己知道、不知道五个阶段，又回转到原点自然，完成一个圆，获得圆满人生。

人生亦圆——010圆。

人生是圆

一

婴儿，宛如晨曦中一缕柔美阳光，

从地平线上冉冉升起，

撒向天空，

开始了一场全然不知，

一切皆由天性使然的人生旅程。

二

青年时期，"旭日东升"，是人生成长关键时期，同时又是人生学习重要阶段。

青年时期，要树立目标，为将来发展奠定基础。

青年时期，崇尚"法家"，学习管仲、韩非，做改革、创新、求变的"弄潮儿"。

青年时期，"戒色"、志于学，惜时勤业，勇于创新，自强不息，自立立人。

青年时期，从无到有，从学习到实践，从生存到发展，从创业到成功。

青年时期，是人生充满斗志阶段，同时又会面临抉择与迷茫，是人生最为艰辛、困苦的时期。

三

中年时期，"如日中天"，是人生成功辉煌时期，同时又是人生谨慎守业阶段。

中年时期，要创造业绩，为社会发展作出贡献。

中年时期，崇尚"儒家"，以孔子、孟子思想为经典，和而不同，海纳百川。

中年时期，"戒斗"、和为贵，高端做事，低调做人，厚德载物，自达达人。

中年时期，从有到优，从实践到抉择，从发展到壮大，从成功到辉煌。

中年时期，是人生事业巅峰阶段，又是健康身体发生变化的拐点，同时还承担家庭与社会重任，是人生最为脆弱、危险的时期。

四

老年时期，夕阳圆融，是人生智慧成熟时期，也是人生境界最高阶段。

老年时期，要回馈社会，取之于民用之于民。

老年时期，崇尚"道家"，像老子、庄子那样，行云流水，道法自然。

老年时期，"戒得"、放下，好善乐施，逍遥自在，心静如水，无为而治，无为而无不治。

老年时期，从优到无，从抉择到喜欢，从文明、文化到信仰，从辉煌到成熟。

老年时期，是人生回归自然阶段，与大自然共舞，享受天伦之乐，是人生最为幸福、快乐的时期。

老年时期，犹如落日余晖的晚霞，渐渐地从地平线上消失，去迎接明日初升的太阳。

五

人生从身体需求满足，到头脑需求满足，上升到心灵需求满足，达到身心和谐。

人生从物质文明，走向精神文化，上升到灵魂信仰，达到人与社会的和谐。

人生从"体行"，到"脑思维"，再到"心悟"，达到人与人的和谐。

人生做事从"不知道"，到图"回报"，再到"让人知道"，上升到"只有自己知道"，又回归到"不知道"，达到人与自然的和谐。

人生是"二进制"数，从0到1，又从1归0。0、1、0都美满。

人生是"正态分布"曲线，从零点开始逐渐到最高点，又从最高点逐渐到零点，点点均丰满。

人生是圆，从哪里来，又回到哪里去。终点即始点，来回皆圆满。

我是人生归零的受益者

人生是圆（010），这一生命观帮助我们理解了西方哲学命题——人生终极意义："我是谁？我从哪里来？要到哪里去？"我是圆，我从 0 来，到 1，最终又回归 0。它同时让我们感悟到东方文化经典之精粹："不忘初心，方得始终，初心易得，始终难守。"不忘初心 0，方得始终圆（010），是人生之圆满；初心 0 易得，始终（010）归零难守，道出了人生是圆（010）的圆满境界之重要性与修养归零之艰辛。人生是圆（010），还告诉我们，只有归 0 的圆满人生（010），终点即始点，生命方能延续，人生是圆（010），方可循环往复，得到永生。

每个人的成长经历都充满"010"圆特征。我的童年与天下所有孩子一样天真无邪，如同一张白纸为 0。我的青少年时代是在学习"生的伟大、死的光荣"的刘胡兰、用身体堵枪眼的黄继光、手举炸药包炸敌碉堡的董存瑞、为不暴露目标宁愿被烧死也不动一动的邱少云、抢救朝鲜落水儿童的罗盛教，到学习雷锋拾金不昧，甘当一颗永不生锈的螺丝钉的革命精神鼓舞下度过的。当时虽然物资匮乏、生活贫穷，但是我们仍然觉得自己生活在全世界最伟大、最幸福的国家与时代。我从小立志，要像雷锋同志那样，在平凡的岗位上，做出不平凡的业绩，像刘胡兰、黄继光、董存瑞、邱少云、罗盛教、金训华等英雄那样，时刻准备着为革命事业献身。我甚至盼望有一天，一场裹挟着电线杆或木头等公共财产的洪水向我滚滚而来。

机会终于来了。我 18 岁高中毕业后，直接成为一名下乡知青。翌年夏天一个酷热的中午，上游决堤，洪水顺着渠道奔腾而下。为了截断水流，我不假思索地随着水管员、老贫农老马福跳了下去……最终，抢救到了什么我不知道，只觉着我被众人连拉带拽解救了上来。当年我被评选为"农场级"先进知青。

70年代末，迎来了改革开放。当时，最为时髦的一句话是"把过去损失的青春与时间夺回来"。我们义无反顾地承担起读书、工作及家庭并举的"三大"历史重任。我们学会了考取各种学历、证书，学会了不顾一切地努力拼搏，学会了不甘落后地相互竞争。我们努力了，也收获了，号称无愧于伟大的时代。

然而，随着社会快速发展，似乎觉着哪里出现了问题，身体疲惫不堪、内心焦躁不安。我们哪里做错了，我们到底缺了些什么？

每个人都是时代的产物。我们成长于一个"与天奋斗其乐无穷，与地奋斗其乐无穷，与人奋斗其乐无穷"的年代；成长于一个时刻准备着为共产主义事业奋斗牺牲的年代；成长于一个无限崇尚革命英雄主义情怀的年代。后来在"7×24小时"不间断运转及"5+2白加黑"紧张工作程序里，我们却不知道敬畏，不懂得包容，不理解妥协，我们成了机器，我们忘记了自己。

从某种意义上讲，事业发展与人性回归是两个方向发展的岔路口，社会属性光环愈亮丽，事业愈有成就，人的自然属性就愈黯淡、愈加扭曲。成功者与精英分子身上虽然挂满了社会上的各种光环，可能声名显赫，不缺权力、金钱、名气，但是他们在社会激烈竞争的摸爬滚打中，可能掩饰了真情、个性等人性方面的自然属性，亏欠了朋友、亲人、身体和内心。发展到了一定程度便会寻找对象倾诉，设法通过身体与内心沟通、对话，求得心灵的安慰与自在。

人生是圆（010），意味着人生要归零。人生怎样才能算得上正确归零呢？只有经过"反省、补课、修正"三部曲才能得以实现。反省是尊重与珍爱生命及人生的态度与追求；补课是启迪与提高反省的觉悟与能力；修正是反省与补课的践行，是完善人生1，为人生1归0做好准备。

在"反省、补课、修正"，完善人生1的践行中，在人生归0的过程中，在人生是圆（010）的图画中，我发现自己与文学、史学、哲学有缘，敬仰宗教、宇宙、自然。我从过去单纯学习数学、物理、计算机等理科知识到逐步尝试与文学、史学、哲学等人文素养融合，用理科定量分析与人文学科定性分析相结合的方法观察、对待社会与人生，受益良多。

比如，通过认识"身体惯性定律"，即人的身体总是要保持原来正常系统运行状态，尽量避免或减少外界变化引起身体内在变化，从而减少身体惯性给人体带来的伤害；经过长期实践"三同效应"即相同的时间、相同的地方、做相同的事，身心的频率与外界频率"同频共振"，从而使能量增加，获得正能量亦即喜悦；感悟万物皆圆（010），人生亦圆（010），方懂得"千里之行始于足下"与"千里之行止于足下"之因果逻辑关系。人生之难不仅难在开头，即始于足下（0），更难在知足（1）和止于足下（0）；发现"010定律"，领会宇宙万物本质皆为不同频率能量波。仿佛回归高维空间，拨云见日，"破迷开悟"，明白生命渺小、短暂与通透、永恒；顿悟道生万物、万物归道，道法自然、自然而圆，犹如解开了人类千年哲学思考的终极命题，仿佛回答了道祖老子2500年前留给后人的问卷，喜乐之心溢于言表。特别是坚持有规律地喝茶、散步、读书、看电影、文学写作等方式，通过身心对话，身心沟通，打通了心结。

我惊奇地发现，自己十余年来，久治不愈的周期性头痛、腰酸膝痛、脸部的皮肤炎症等，不治自愈。不知道是哪位神医，哪般妙药，在哪一天里，让我突然康复，而不再复发。我从惊喜到欣喜到喜乐，原来是心通，一通百通。我的身、心、灵得到了福报，我在"反省、补课、修正"中获益，我是践行人生是圆（010）的受益者。

当我们身、心、灵和谐共生，享受笃定自信、喜乐满满生活的时候，愈加珍惜人生"反省、补课、修正"的必要性，理解人生是圆（010）归0之重要性。让我们的身体，不再带着不知道敬畏的无知、不懂得包容的愚昧、不理解妥协的愚蠢，裸奔一生；让我们的生命，不再戴着假面具，小心翼翼、如履薄冰，身心分离；让我们的生活，不再锁定在设定的程序机器里无休止转动，直到某一天戛然而止；让我们的人生，不再披着花环，被簇拥在舞台上，却不知何时突然跌入万丈深渊；让我们的墓碑，不能刻着"不以为耻反以为荣"的字样竖立在历史的坟场。

我的人生之圆轨迹中，有浓厚的自我"反省、补课、修正，由1归0"的笔墨，同时表现出从"立场决定态度"到"位置决定态度"再上升到"年龄决定态度"的人生转变。在践行人生"010圆"的归零途中释疑解惑、自然通透，如同一枚果实从青涩变得成熟。

外浴

冬季在北京泡露天温泉是件很惬意的事，不仅可以得到美好享受，还能够充分展示人的自然属性，感悟人生真谛。

经过一个半小时车程，抵达北京凤山户外温泉。

天上洒着雪花，吹着冷飕飕的寒风，温泉池台边上流淌着细雨，弥漫着热腾腾的蒸汽。朝水近处望去，池中泉水清澈通透，不时咕嘟嘟地冒着热水泡，一眼到底。

池外的人，有的穿着羽绒服，有的裹着浴袍，有的只穿着泳衣。穿泳衣的明显比穿羽绒服和裹着浴袍的高兴，比比画画、跳来蹦去不止。池里的人比池外的人多，男女老少不同，肥瘦高矮各异。水里的明显比没下水的人兴奋，大呼小叫、叽叽喳喳不停，尽情享受封闭与开放变换、冰冷与烫热交替带来的感官刺激。

年轻、漂亮、身段优美的姑娘肆意舞弄着身姿，展示着几乎一览无遗的优美曲线和柔润肌肤，吸引众人眼球，获得更充分的身心满足；年轻、英俊、身体强壮的男子挺着身躯，绷着肌肉，向姑娘们展示，向男人示威。仿佛每个人都在欣赏、品尝、追忆着什么，似乎在说，我们正沉浸在人类祖先原始沐浴的快感之中，一道"天地雪雾水人合一"的亮丽风景，凸显北京冬季露天温泉独有的魅力。

水慢慢地浸润我的身体，水面上浮出热汽，像缕缕白烟缭绕不散，身体仿佛置于如梦如幻的世界中，各种凡世俗尘，瞬间消失，换得一身神清气爽，心旷神怡。我闭住双眼把头枕在池边，身体仰浮在水面上，如同在太空中一般，飘飘荡荡。汗水开始从我身上每一个毛孔往外渗，渐渐地，我感觉全身松软。

池里的人，一会儿热了，想凉爽点儿，冲出水面站着，或坐在池边歇一会儿、落点雪花、吸点凉气，很是舒服；池外的人，一会儿冷了，想热点儿，又钻进水里，或躺在池里泡一会儿，暖流涌心、热浪沁骨，甚是欢喜。恍然间，什么是幸福，什么是痛苦，这个一生都难以说清楚的人性命题，在这进进出出、冷热交换的"外浴"中得到了验证：想得到的，得到了，则为幸福；想得到的，未能得到，则为痛苦。在水中泡久了，热了，想凉一凉，就冲出水面，凉爽少许，凉快了，得到了，满足了，快乐了，幸福了；在外面歇久了，冷了，想热一热，就钻进热水中，浸泡片刻，温暖了，得到了，满足了，快乐了，幸福了。然而，如果是冷了，却不能够到热水里取暖；反之，热了，不让你出水面凉快，得不到你想要得到的，那又是一种什么滋味！冷啊，真冷！热啊，真热！难受、难耐、愤懑，这就是痛苦！哈哈！原来，什么叫幸福，什么叫痛苦，这个一生难解的疑惑，来趟露天温泉就有了答案！什么是幸福，什么是痛苦，人类一生追求的终极目标，在一场"外浴"中就得到了证验！

当然，有人会说，那只是瞬间快乐，暂时幸福。其实，将瞬间快乐、暂时幸福，变成一生永恒快乐和幸福并不难。只要改变我们自己，找回我们那颗淡定、从容的初心。内心安静，少有欲望，不想得到则没有得到，等价想得到则已得到，这岂不是人生最长远的满足、快乐和幸福吗？正如智者所说，最大富翁是不追求财富者。

天渐渐黑了，我仅穿条泳裤，不由自主顶着飘落的雪花向池外山间小路纵深处走去。或许是长时间的"外浴"，人与外界融为了一体。我的大脑一片空白，身心通透、随性而至。时而微闭双眼，披着雪花，顺着风儿，"信马由缰"、随遇而安、顺其自然。天气有多冷，走了多长时间，路过了什么地方，碰到了谁，发生了什么，我浑然不觉。

返程路上，车里人个个蜷曲着身体，紧裹着外衣，安安静静，没有人说话。是累了吗？不完全是。是困了吗？也不完全是。

喜欢水，是人类源于水，爱暴露，是祖先缘于裸，天性使然。当我们望着渐渐远去的露天温泉时，心里默默发出了依恋与不舍。远离了祖先无拘无束与自由自在的水，遮蔽了身体的原始与自然美，我们还能说什么呢？

原来做好事竟然有这么多的好处

暑期，我受邀赴高雄参加"第八届洪门忠义文化高峰论坛"暨"第四届台湾国际武术文化节"等活动。不巧，正赶上第 9 号台风"纳沙"。高雄及屏东县等地区发出台风期间各种活动禁止令，取消包括在屏东县立体育场馆举办的武术竞赛活动。然而，我却"因祸得福"，从这场台风中得到了意外收获。

2017 年 7 月 29 日下午三点左右，接到通知，我与上海表哥琪珉兄，由竞赛处黄先生带领，从屏东县立体育场馆出发，去高雄洪门总部，与中华全球洪门联盟总会长、中国洪门五圣山山主、洪门国际武术协会名誉理事长刘会进博士会面。

推开体育馆侧门，一股狂风席卷暴雨迎面袭来。黄先生走在前面，琪珉兄居中，我紧随其后，顺路寻找出租车。虽然我们每人都撑着伞，但是狂风暴雨夹击，瞬间，雨伞失去作用，人顿时被雨淋透了。正当我们举步维艰、进退两难时，似乎听到一阵急促的汽车鸣笛声从我身后左侧传来。车的右前窗开了一条缝，隐约看到一位三十岁模样的女士，急切地向我们招手，并说道："上车！上车！"习惯思维作祟，可能是"趁火打劫"的不法分子，也可能是乘人之危宰客的行骗者。我没有丝毫犹豫，回过身，径直往前走。"嘀嘀嘀""嘀嘀嘀"，愈加急促的汽车喇叭声伴随着她严肃果断的命令——"雨太大了，赶快上车！赶快上车！"女司机那种不容商量的语气，以及不离不弃的态度，使我突然想到，哦！可能是因为雨太大，体育馆派来接送我们的专车吧。我忙向走在最前面的黄先生喊道："黄先生，您看是咱自己的车吗？"黄先生转过身，直接招呼我们上了车。

车子很普通，当增加了我们三人后，明显感到车子负重增加了许多。后排座位上凌乱堆放着许多装满蔬菜水果的食品袋，一看便知道是女主人，赶在台风登陆前，特意去市场备好的家用应急食品。我一边将后座上散落的物品往里归置，尽快坐下，一边听着副驾驶座位上黄先生与女司机的对话。女司机说："你们要去的地方还不近呢！"黄先生道："是的，雨天里大约需要三十分钟吧！"他俩随意交谈，我却认真在听。但是，自始至终，我都未听出车主与体育馆派送专车有什么关系，更没有听到我一直关心的那个需要付多少钱的话题。车在暴风雨中行进了四十多分钟，终于到达目的地。女司机面带微笑，温和地说："打好你们的伞，可以下车了。"我们都未顾得上向女司机道声谢，打开伞下了车，顶着哗哗的暴雨，一溜烟地躲进了避雨棚。

我以为是撞上了"趁火打劫"的"女匪车"，我以为是遇到了"发国难财"讹人的"宰客"车，我以为是发现了接送我们自己的专车，我以为是碰上了仅仅把我们交给出租车司机的好心周转车。结果，完全出乎我的判断。下车后，我怀着诸多疑虑追问黄先生："为什么她没有向我们收钱呢？"对方淡淡地回答道："不会收钱的，任何人需要帮助的时候，都会这样做的。"虽然我还沉浸在被帮助的感激与温暖中，但是我心里还是隐隐地责备黄先生："咱们大男人，最起码也应该让让吧，不收钱是对方的事，或者向对方要个电话，回头表示感谢才是！"

第二天上午，我与琪珉兄"打的"到高雄高铁站，送他赶往台北乘飞机返沪。返回时，我打算尝试乘公交车以感受城市风光及民情。从高铁站出来不一会儿，就来到公交车站旁停靠的一辆空大巴前，有位男性司乘人员正在车前门的座位上看手机。我递上宾馆名片，客气地向对方询问如何选乘公交车。男士走下车来，仔细端详名片地址，少刻间，说道："虽然现在雨停了，但是今天仍然是全市台风禁止活动期间，出行人很少，故公交车也相应减少车次，您要等大约一小时，才有可能等到您需要乘坐的公交车。"他建议我乘地铁，既安全方便又经济。接着，他耐心地告诉我，应该从哪个站上地铁，在哪个站换乘地铁，到哪个站下，再怎么走，大约多长时间可以到云云。

走出地铁口，我这个"路痴"又不知去向了。看到十字路口斑马线旁，有位大学生模样的男生正在等红灯。我迎过去，指着宾馆地址名片向他请教。对方看了一会儿，连声说对不起，自己不是本地人，不是很清楚。接着说，您稍等，我在 GPS 上查查看，不一会儿，对方告诉了我具体路线。我顺着大学生指向，走了 200 余米，顺利抵达宾馆。

回到北京，重归往日平静生活。但是，在高雄经历的那几件事儿及黄先生平淡而又振聋发聩的话语——"任何人需要帮助的时候，都会这样做的"——总是浮现于眼前，回响于耳边。我不禁想起曾经发生在自己身上同样的事，却是另外一个结果。

两年前，在北京一个周末的傍晚，一场暴雨突如其来。我提前结束了羽毛球场馆的锻炼活动，匆忙从球馆出来，驾车赶路。来势凶猛的暴雨直扑车窗，车前雨刷器已经来不及刷掉挡风玻璃上的雨水，借着灯光我看到路面上的积水已漫过行人的脚踝，甚至有的地方深过膝盖。我无视路上艰难行进的老人、妇女、小孩及其他任何人。心里只有一个概念，不能停车，不能让水冲进车内，不能让水损坏了发动机。我打开远光灯，脚踩油门，狼狈地逃回了家。第二天，我发现后车牌被前一天的大雨冲没了。

相形见绌的我，深为自己"以小人之心度君子之腹"的卑劣心理自惭形秽；深为自诩是成熟老男人，却误读了美丽女司机那颗善良真诚的心而汗颜羞愧；深为那场不堪回首的狼狈逃窜而无地自容；更为面对需要帮助的老人和小孩，却表现出那副事不关己的寡情薄义嘴脸而痛心疾首。

时间虽已过去数月，故事仍然在发酵。茶余饭后，我常常将自己经历的这些事悉数讲给周围人听，时而也爆料发生在自己身上的"糗事"。每每这样，都会给我及身边的每一位听众带来感动，和对施助者的敬意与祝福，同时也会给自己带来难以名状的释怀。不仅于此，我们身边每一个人的每一次真情感动，和对施助者的崇高敬意与美好祝福，以及我们被教化、洗涤后升华的内心，与每一次想着、念着、说着、写着的这些美丽故事，传颂给更多人，唤起更多人的感同身受，汇聚成强大的场与波，穿过千山万水，跨越遥远时空，与最美女司机、爱心男司乘、热心大学生相遇。彼此相似、相近、相同频率的善良波、爱心波、义举波，相互作用，叠加成振幅增大的合成能量波，亦即能量增加，甚至发生共鸣与共振，产生喜悦之心与美好之情。这就是我们常说的获得了正能量，即和谐。

恍然间，我似乎懂得了佛法大师开示语"存好心、说好话、行好事、做好人"的真谛。人生路上，真正受益的是那些存好心、说好话、行好事、做好人的施助者。相由心生，存好心者即心地善良者。心地善良，心里就会快乐，心情就会舒畅，身体各个器官、系统就会通畅，免疫力就会增强，生命力就会强大，就一定年轻、健康、貌美。受助者是受益之因，施助者是受益之果。这颗受益之果不以施助者的意识而存在，也不以施助者的意志为转移，无论施助者知道不知道，也无论施助者需要不需要，施助者受益之果——获得了能量增量是客观存在的事实，这正是对存好心、说好话、行好事、做好人的最好诠释与直接回报！

大爱场与和谐波均为磁场力，承载着满满的正能量，如同阳光雨露，洒向大地万物，传递给天下每一个具足善良、爱心、义举的人，他们心情愉悦、天趣盎然、心想事成，享受年轻、健康的花样年华，彰显美丽、英俊的靓丽风采。我恍然大悟，终于找到了解读"任何人需要帮助的时候，都会这样做的"这句话的钥匙。

做好事，做一个施助者，你不仅会帮助他人渡过难关，而且还会教人思考、反省、净化心灵，让世间变得美好；做好事，做一个施助者，你不仅自己享受善良与助人之快乐，还会源源不断地接受感动、感激、感谢、感恩、祝福、祝愿等信息场、能量波的滋润与呵护；做好事，做一个施助者，你不仅行善积德，而且还会连绵不绝地吸纳大自然的爱。正如古人所言：积德无须人见，行善自有天知。人为善，福虽未至，祸已远离。行善之人，如春园之草，不见其长，日有所增。

最美女司机、爱心男司乘、热心大学生，你们不仅仅是爱的使者，还是天下最健康、平安、快乐，最年轻、漂亮、英俊的天使！

爬山有感

初夏时节，与几位同事结伴前往京郊爬山。一路走来，些许感触不禁涌向笔端。略言一二，自我勉励，并与读者分享。

一

当攀登陡峭山路的时候，那可是铆足了劲，落得个汗流浃背，气喘吁吁。但爬到较为平缓的山路，便感到轻松。恍然感到，身体轻盈了，四肢有力了，呼吸畅快了。

当跃过较为平缓的山路，再走到平坦的路面上，那就更惬意了。抑或是和朋友谈笑风生，抑或是独自高歌一曲。蓦然发现，空气清新了，天气凉爽了，眼前透亮了。

当走在平坦的路面上，偶尔停下匆匆脚步，驻足山间，倾听山林的声音，呼吸草木的气息，品尝山野的味道。向外远眺，蓝天、白云、山峦、飞鸟，万物尽逍遥。

当路经一片草地，得以小憩片刻，倚坐在百花丛中，微闭双目，树荫洒下一片阴凉，轻风吹拂发梢。在这半睡半醒的梦境里，身心恍若与自然浑然一体，好比神仙。

爬山归来，喝水，水甜，吃饭，饭香，一觉睡到自然醒。

回到家里，孩子向你问好，爱人向你微笑。

来日上班，精神抖擞，效率提高。

二

我虽没下榻过天下最高级的酒店,却拥有过最甜美的梦。曾从伊犁那拉提草原乘车出发,翻越天山山脉,前往丝路古龟兹之乡阿克苏。旅途劳顿,长路颠簸,蒙眬醉意,令人身心俱倦。盛夏的巴音布鲁克大草原、原始天鹅湖、"九曲十八弯",一路景色迷人。当路经"大龙池"时,我终于抑制不住内心的激动,请求司机师傅停车,急匆匆跳下车。放眼看去,映入眼帘的是一片仙境。阳光下的湖水,碧波涟涟,清透得像是承载着一池子翡翠。湖面上,水鸟不时掠过,偶尔和风轻抚,带起一片涟漪。湖畔,碧草连天,繁星般的野花点缀其间。一眼望去,天边、湖畔、水面连成一片,浩瀚、璀璨、斑斓。我情不自禁找到一片舒适的草坪躺下,眼前的景色慢慢氤氲开来。恍然间,意识与我渐行渐远……一觉醒来,不知何时,不知何地,不知和谁,不知发生了什么,只感到这隐隐约约镶嵌在内心深处的美好,永久驻留在我的记忆间。

我虽没品尝过天下最令人垂涎的美味佳肴,却满足了口腹之欲。那是登华山的经历。为了看到次日黎明日出,我们近乎整夜不停歇地攀登跋涉,终于抵达华山中峰。正当我们饥肠辘辘、口渴难耐时,突然碰到一个临时卖食物的小摊。我们一行四人站在路边,端着大碗茶,就着榨菜,狼吞虎咽地吃了起来。我一口气吃下四个馒头。食物囫囵下肚感觉真是踏实、满足。

我虽没乘坐过天下最奢华的豪车,却享受过躺在一路颠簸,并嘟嘟嘟作响的拖拉机上的那种极致的舒服。那是我的知青年代。一日清晨,我们外出劳作。经过一天高强度劳动,好不容易熬到傍晚收工。此时,既欣喜,又困惑。欣喜的是终于收工,得以休息;困惑的是还要继续十余里路的行程,才能回到宿舍。在这举步维艰之时,幸运地搭上好心司机的拖拉机。此时,如同饥饿中,发现天上掉馅饼的感觉,大伙儿不顾一切地爬上拖拉机,就势在车厢板上横七竖八躺卧一片,有人兴奋地直叫,舒服,舒服!像是在向世人诉说,我们是世界上最幸运、最幸福的人。

多少事，随着时光流逝，都淡淡飘去。但这些简单却印记在内心深处的经历，不用回忆，也不会忘记！不会忘记，曾经拥有过舒适草坪上最甜美的梦，便不再奢望下榻天下最高级的酒店；不会忘记，曾经体验过馒头就榨菜带来的满足感，便不再奢求品尝天下最美味的佳肴；不会忘记，曾经享受过一路颠簸的最舒适的"拖拉机"，便不再奢想乘坐天下最华丽的豪车。

三

人要学会降位生活，将自己从日常工作、生活的环境中，下放到一个困顿低谷，或者逆境，再慢慢上升，恢复到原位。北宋哲学家张载曰："贫贱忧戚，庸玉汝于成也。"人在贫贱困难的时候，才容易通过奋斗成功，雨后方能见彩虹；爬过陡峭的山路，再走到平缓的路面，备感轻松与踏实。如此降位生活，才会消除我们平日里的郁闷和烦躁，并使我们感受到原来我们的许多欲望，在平日里就已经得到满足；如此降位生活，才会让我们发现平日里最平凡、最简单、最真实的，才是人生中最成功、最美好、最重要的，并使我们倍加感恩、珍惜、享受这平日里最平凡、最简单、最真实的拥有；如此降位生活，才能使我们得以淡泊、宁静、致远，登上更高更远的山。

放下自己吧，经常去爬爬山，享受平坦的舒适；去医院看望病人，珍惜健康的可贵；去狱所探监，感受自由的美好；去殡仪馆送亲友一程，体验活着的重要。到基层锻炼，与贫困、弱势群体相处；到养老院、孤儿院，和老人、小孩交友；在公共场所对陌生人微笑。体验生命深处的那些感受，享受生命过程的那些快乐，珍惜生命亲近的那些拥有，感恩生命为我们创造的一切。

文字的智慧

无论是东方汉字，还是西方文字，都蕴藏着人类悠久的文明、文化及智慧。她是文明的缩影、文化的经典、智慧的宝库，同时也是心灵的语言。我们不妨看看下面的文字，看是否可以从中得到启迪。

首先看一段英文词组游戏。假设字母 A—Z 分别对应数字 1—26。我们选几个与事业、生活紧密相关的单词或词组，按照此设定，将其进行排列并相加后，再乘以百分比，用得出的数据来表示对生活的满意度。

hardwork（努力工作）：

H+A+R+D+W+O+R+K=8+1+18+4+23+15+18+11=98（％）；

knowledge（知识）：

K+N+O+W+L+E+D+G+E=11+14+15+23+12+5+4+7+5=96（％）；

love（爱情）：

L+O+V+E=12+15+22+5=54（％）；

luck（好运）：

L+U+C+K=12+21+3+11=47（％）。

金钱呢？

money（金钱）：

M+O+N+E+Y=13+15+14+5+25=72（％）。

只是 72％。

领导能力呢？

leadership（领导能力）：

L+E+A+D+E+R+S+H+I+P=12+5+1+4+5+18+19+9+16=89（％）。

也不够！

那么，什么能使我们的生活达到100％的满意度呢？只要我们把眼光向内看，看看我们的心态。

attitude（心态）：

A+T+T+I+T+U+D+E=1+20+20+9+20+21+4+5=100（％）。

难道这只是一个巧合吗？我不敢肯定，但是这确实告诉了我们一点，对待工作生活，要有一个正确的态度，或者保持一个良好的心态，才能够使我们对生活的满意度达到100％。或许是上天注定，或许是智慧使然，她会留给我们一些思考。

当我们完成了上述英语文字游戏后，再把注意力转移到汉字上：只要你稍加留意，便能感受到汉字厚重的文化底蕴和博大精深的魅力，汉字不愧是世界上最为璀璨的瑰宝之一，她蕴含着幽远而神奇的玄机，时时折射出内在的灵光，展现妙不可言的意象境界。实际上，每一个汉字都不是空穴来风，她寓意着先哲们对宇宙及对生命的崇拜与敬畏，传递着宇宙法则中不同的寓意与玄奥，揭示人生的智慧与哲理。

在我心摹手追之际，我们再来认识几个与心字有关的汉字——快、忙、慌、恍惚、悟、怪、愿。虽然她们的问世已有数千年之久，但是直到社会高速发展的今天，细细品读，她们仍如夏日里的一缕清风、抚慰心灵的一剂良药，使我们获益匪浅。

"快"，是心的堤坝发生了夬口（夬读 guài，分、决、断口）。此时，心向身体告急："请慢一点，我需要急救！"灵魂向脚步呼唤："请稍等一等，让我们同步！"快，疾速、飙车、暴富，只知道"想成功，先发疯，头脑简单往前冲"，殊不知，冲动是魔鬼，"上帝让你灭亡，先让你疯狂"。这些都是"快"惹的祸。快的过程是心之溢出，快的结果是忙，忙忙碌碌。

"忙"，是心亡了。虽然身体在剧烈地运动，但是心已死亡。忙者心亡，如同盲人目亡，抑或是管理者盲目指挥，抑或是下属盲目跟从。忙者，整天在工作、会议、应酬中应接不暇，常常因没完没了的工作或者"推杯换盏"而感到心烦，偶尔错过了会议或者"觥筹交错"的机会却又心慌，亦即心烦意乱，不知所措。忙者，性情越来越急躁，脾气越来越大，心眼越来越小，人越来越孤独。忙者，只知道我现在很重要，却不知道忙的出处是慌，慌不择路。

"慌"，是心荒芜了。心如无人耕耘的土地，荒无人烟、杂草丛生，一片荒凉衰败乱象。慌者，或许身体表面强壮，但亏欠内心、亲人、朋友；慌者，或许有钱，但是心慌了，人乱了，只得在慌忙中、慌乱中、慌张中恐慌度日。如易中天先生之言："身强力壮，东张西望，钱包鼓鼓，六神无主。"工作、事业越来越不给力。慌的后期是恍惚，恍恍惚惚。

"恍惚"，惟恍惟惚、恍兮惚兮。心匆忙间光了，眼花缭乱似有似无。恍惚之人，身心分离、内心匆忙，神情恍惚、思维混乱。表现出性格孤僻、性情冷漠，精神萎靡不振、意识模糊不清，整日浑浑噩噩，食无味、寝无眠、事无心，最终出口是抑郁，难以自拔。

何以拯救？尽快走出快、忙、慌、恍惚之危机。

"悟"，是自见吾心。只有内化于心，清醒地看到自己的心性，明心见性、身心合一，才能醒悟、领悟、开悟，感悟、觉悟、顿悟、大彻大悟。

同时我们要警惕，凡事不能过度，始终要保持自己的那颗平常心、清净心、宁静心。否则，心圣则怪。

觉悟了，愿从"快""忙""慌""恍惚""怪"五大"心"病中走出来，换回我们原来的初心——心愿。

幸福如此容易

数学中有一个基本概念，无数个点有序排列组成一条线段，无数条线段有序排列组成一个平面，无数个平面有序排列组成一个立体空间，无数个立体空间有序排列组成一个无穷大立体空间，即宇宙世界。它说出了人生一个简单的道理，即每天都快乐就能成就一生的幸福，每个人都幸福就能成就天下人幸福。

一个人白天在单位上班，与上司相处快乐、与员工相处快乐，白天就快乐；晚上回到家里，与父母老人相处快乐、与老婆（丈夫）孩子相处快乐，家里就快乐，晚上就快乐；于是一天都快乐，每天都快乐，一生就快乐。反之，一个人白天在单位上班，与上司相处不快乐，与员工相处不快乐，白天就不快乐；晚上回到家里，与父母老人相处不快乐，与老婆（丈夫）孩子相处不快乐，家里就不快乐，晚上就不快乐；于是一天都不快乐，每天不快乐，一生就不快乐。

每个人经历各不相同，看似复杂，却也简单，不外乎是与人相处及与环境（物）相处。

与人相处其实很容易，只要多看周围人的优点，多想周围人对你的好处，就会慢慢地发现周围人都很优秀，并对你有诸多好处，如此，你就很容易与他们成为朋友。物以类聚，人以群分，诸多优秀人士均在你身边，证明你也优秀。花园里是鲜花，鲜花围绕着你开放，你就是花园中最美丽的那一朵，你会愈加自信与快乐。同理，只看周围人的缺点，只想周围人对你的不好，就会慢慢地发现周围人都很低劣，并认为周围人常常与你为难，相互就有成见。如果继续发酵，积怨就会越来越深，树敌也会越来越多。近朱者赤近墨者黑，周围都是敌人，说明你也不是什么好人。草丛中都是草包，你整天在草丛中，或许你就是那乱草丛中最大的草包，你非但不快乐，而且越来越没有自信。

与环境（物）相处能否得到快乐也一样，只要多看环境（物）的优势，多想环境（物）给你带来的益处，就会慢慢地发现环境（物）的诸多优势和给你带来的诸多益处，就会喜欢并享受身边的资源。反之，只看环境（物）的劣势，只想环境（物）给你带来的不利因素，就会发现环境（物）的诸多劣势和给你带来的诸多不利因素，就会讨厌并厌倦身边的环境（物）。

人生是借来的一段时光，最终是要还回去的，因此要珍惜拥有；人生在世，一切都是身外之物，生不带来，死不带去，因此要活在当下；快乐与痛苦只是一种感受，你感觉快乐你就快乐，你感觉痛苦你就痛苦，因此不仅要学会趋利避害，还要爱屋及乌。关注并放大对方的优点与优势，回避并缩小对方的缺点与劣势，不仅爱你的房屋，还要爱屋顶上的乌鸦。反之，如果你只关注并放大对方的缺点、劣势，回避并缩小对方的优点、优势，你不仅会厌恶这个人，还会反感与他在一起的人；你不仅会厌恶这个房屋，还会讨厌这个屋内外所有的一切，会更加孤立自己。

心生相，喜于色，内化于心，外彰于表。人的内心快乐了，心跳自如，呼吸畅达，免疫力提高，生命舒缓，身体就会年轻健康，相貌就会英俊漂亮；人的内心快乐了，心里就会美好，就会表现出人性的善良。

如此良性循环，人与自然、人与社会、人与人、人身与心就会和谐。你与人相处就能快乐，与环境（物）相处就能快乐；在学习中就能快乐，在工作中就能快乐，在生活中也就快乐。于是，你在单位也快乐，你白天就快乐，在家里也快乐，晚上就快乐，你的一天就快乐，天天都快乐，一生也就快乐了。

幸福是快乐的集合，当你一生都快乐，你的一生就幸福。哈哈，快乐就这么简单，幸福一生就这么容易。要珍惜每一天，过好每一天，快乐每一天喽。

我的文学情缘

记得在一次"读书与文学俱乐部"成立座谈会上，我作了《读书与文学创作是启迪心智、完善人生的良师益友》发言。其中说过这样一段话："我的文学创作路起步比较晚，但是，我与文学创作挺有缘分的。我写了几篇短文，就发表了，不料还获了奖；我写了本书《辛亥功臣高振霄史迹录》，就出版了，这本书竟然还屡登'北京热书排行榜'；我作为嘉宾在上海电视台录制了个采访片《洪门大佬的传奇往事》，就播出了，我这张原本相貌平平且沧桑的老脸，居然成了电视片封面，并引起不小反响。"接着，出版了约 150 万字的《高振霄三部曲》（史迹、文集、传记三卷），2016 年此书被评为"京津豫好书"（排名第九），散文《010 定律告诉了我们什么？》获得 2017 年"第三届中国金融文学奖"，2018 年获得《金融文坛》杂志社授予的优秀作家荣誉称号，陆续发表及获奖作品有《人生是圆》《珍惜身边的"三同效应"》《我们还活着》《允许不成功》《荷花情缘》《千里之行止于足下》《尊重给我带来意想不到的收获》《原来做好事竟然有这么多的好处》等数十篇。身边的人半羡慕半调侃地说道，老高不错嘛！干了快一辈子 IT 行当，没想到，过了"知天命"之年，"弃武修文"，华丽转身！

我这个不甘"名落孙山"且活到老学到老的理工男，在那个读书机会不多的年代，在校读书整 25 年。除读中小学 12 年外，数学 3 年，物理 6 年（前后学习 3 年、"回炉" 3 年），银行货币 2 年，中国通史 2 年。执教数学、物理、计算机课程 10 余年，在金融 IT 行业工作整整 30 年，职业生涯中我几乎从未与文学创作打过交道。在那次座谈会中，面对数百名青年才俊，我只想用现身说法鼓励大家："像我这把上了年纪的老理工男，都能搞文学创作，你们一定行！"

我与文学创作结缘，是在十余年前，与《金融作家》《金融文学》《金融文坛》的变迁与发展分不开。

2012 年春，当时的《金融作家》杂志社在广东顺德举办文学创作培训班。一天，杂志社派人去单位找我，郑重地送上请柬，邀请我作为授课老师，在培训班上讲授自己的代表作品以及文学创作心路。到现场方知，其他三位老师分别是香港著名女作家梁凤仪、中国金融作家协会主席阎雪君、中国金融书法家张文钢。除了我这个文学创作"老新手"外，其他人皆为社会名流或金融文学大咖。

我与大家分享"《爬山有感》——我的文学创作心路"，用亲身体验讲述：爬山是从开始的原点爬到山顶，再下山回到原点，物理上、逻辑上，都是一个完整的 010 圆过程；在山下，看山是山，看水是水，在山顶看山不是山，看水不是水，下山回到原点后，看山仍然是山，看水仍然是水。亦是全息感悟参禅三重境界 010 圆过程之缩影。

文钢老师当即在培训会上高度肯定，即兴题词"中庸禅有德，自信道无垠，心中安乐佛"，并挥毫泼墨赠送我留念。几年后，雪君主席见到我，忆往昔，颇为风趣地说道："高兄，那次培训的内容，我早已不记得了，但是您讲 010 圆，我认识深刻，记忆犹新。"接着他潇洒地说道："人生是圆，其过程如同人着装。开始，穿没有 Logo 的简装（0）；后来，穿上带有 Logo 的品牌西装（1）；再后来，又回到穿没有 Logo 的舒适布衣（0），三重境界——010 圆。"不久前，星华老师打来电话说他推荐我参加系统内举办的"礼赞新中国（70 周年），展望新时代"主题演讲比赛，他在电话中说："你的文章新颖、别致，充满哲理与正能量，颇受听众欢迎。"按照星华老师的提议，我撰写了《什么是正能量》并登台演讲，获得二等奖。

后来我成为《金融文坛》家庭一员，就是彼此拥有相似、相近、相同频率的能量波，相互作用，合成能量波振幅增大，能量增加，产生了正能量，充满喜悦。记得在杂志社一次办公会上，宣布我为杂志社副主编，我情不自禁地真情道白："我来《金融文坛》杂志社工作，就是与喜欢的人一起做爱做的事。"这句话不知错在了哪里，顿时引起会场一阵哄堂大笑。素以严谨认真著称的常务副主编振斌老师，以深厚诗词造诣断句后，诙谐地附和道："这就是正能量。"

心若向阳，万物生光。珍惜文学情缘、拥有文学情怀，宛如天上一缕阳光，焕发勃勃生机，犹如心中聚宝盆，充满正能量。她让我们喜欢，让我们舒服，让我们爱，让我们拥有。

与茶结缘是人生莫大幸事

——我与茗茶的八次生命邂逅

唐代陆羽《茶经》说："茶之为饮，发乎神农氏。"有说法则是从语音上加以附会，说神农有个水晶肚子，由外观可见食物在胃肠中蠕动的情形。当他食用植物或品尝草药时，发现有一种植物在肚内到处流动，查来查去，把肠胃洗涤得干干净净，因此神农称这种植物为"查"，再转成"茶"，而成为茶的起源。

茶既是世间极为珍贵的名草，亦茗，又与我们人类相伴始终，人在草木中，亦茶；她既是贵重的茗，又是普通的茶，亦茗茶；她以绅士独有的贵族气质和草根特有的平凡情怀与人类结缘，共同度过4700余个春秋。我们一起经过刀耕火种的年代，经历金戈铁马的岁月，迎来高科技信息迅猛发展与物质文化兴盛的时代。我们一路走来，终于道出人生真味，仅在一茶、一书、一墨之间；演绎生命真谛，不过茶香、书香、墨香之恋。腹有诗书气自华，最是书香能致远，阅读如焙香，用诗煮一壶春秋，延绵流淌着千年文脉，飘逸氤氲的茶香。

茗茶深得我内心喜爱与敬畏，每一次品茗，都是我与茗茶生命的一次交融与感动。

古老的茶树，身处深山峡谷，生长广袤大地，与我们人类共同生于斯、长于斯、繁衍于斯，生生不息、代代相传。有山水就有茶树就有我们人类，大自然是我们人类与茗茶的生命源头，共同祖先；茶树是茶的父母，是茗的摇篮，是茗茶初生的生命；远看树枝上长遍了一枚枚嫩叶，犹如一朵朵含苞欲放的花蕾，近瞧树条上爬满了一粒粒绿芽，宛如清晨挂满枝头的一滴滴露珠，鲜活生命焕发勃勃生机；经过人工采摘、杀青、揉捻、烘焙、渥堆（熟茶）等精心加工，悉心呵护，生命再次生成运化，变得清香鲜爽、有滋有味；然后安静躺卧在通风、干燥、适度的环境里，特别是白茶与黑茶，经过时间的沉淀，吸纳自然精华，陈化了第五次生命觉醒，愈发显得柔软、谦卑、温和、厚重，正是香气纯正、历久弥香。

申时间，我虽逢时必到，但是每次还是不免表现出盼望与期待，守候着与我最爱的那一款相见。或者在优雅、别致的茶室里，在茶艺师小姐姐主持下，与几个茶友在一起；或者在自家茶几上，按照流程沏茶品茗，奏响我与茗茶第六次生命交响曲。

所谓喝好申时茶，是指在每天 15:00—17:00 喝好"八好茶"，即茶好、水好、茶具（常指茶壶）好、茶艺（沏茶的技艺）好、环境好、人好、心情好、胃口好。常言道，壶是父，水是母，茶为子，好茶要好壶泡，好水沏，并有正确的沏茶技巧；环境好，能够营造出喝茶的和谐氛围；人好，指喝茶人不仅喜欢茶，还要珍惜茶，更要舍得拿出自己珍藏的好茶与茶友分享；心情好，放下牵挂，避免干扰，安静品茶；胃口好，吃了油腻佳肴，恰逢申时身体需要水分。

"八好茶"的共性是好，"好东西"的共性是它们的场有相似、相近、相同频率能量波。正当申时"八好茶"进行时，人与人、人与茶、人与茶具、人与水、人与环境、人与身体、人与心等不同物质的场交集后，相似、相近、相同频率能量波相互作用，合成能量波振幅增大，甚至产生共振、共鸣现象，即同频共振，能量增加，亦即获得正能量。

兴奋中，我调侃，这是我这个"老理工男"从品茶中体味出的"正能量"的内涵吧。故有"物以类聚、人以群分""近朱者赤、近墨者黑""君子好玉""好东西都喜欢"这些直抵人心，直戳正能量本质的经典妙句。凡是令人心仪、喜悦的人或事物，能量增加，亦为正能量；凡是令人不快、抑郁的人或事物，能量减少，概为负能量。由此可见，喜欢与否是甄别正能量的"标识签"。但凡世上的"好东西",共性是同频共振,能量增加,亦喜欢亦获得正能量。这些话题已成为我多年与身边茶友们津津乐道的谈资。

一杯茶入口,顿时感觉周身每一根神经、每一个细胞都舒展开来,一种沉静、快乐、满足感,随着冲泡茶水的袅袅水汽,从杯中升起,从胸中升起,从心中升起;在香气上,在滋味上,在气韵上,总能感觉出茶生命的层次和独到之处,是回味也是享受,是欣赏也是陶醉。

从前场的望、闻、问、沏、品,齿颊留香,香高而悠远,得来心中阵阵愉悦;到中场的慢饮小酌,喉底回甘,味醇而益清,迎来内心满满欢喜;再到后场的身心通透,茶气氤氲,喜乐之情溢于言表,酒酣耳热不忍离去。我仿佛看到茶室外的植被与室内的花儿格外鲜活灵动,好似向我会心微笑;透过窗户远望涓涓的泉水环绕山间,愈加充满生命力和灵气,显得天地分外清新爽朗。我知道,这些都是"好东西"惹的祸,共同的喜欢与同频共振的能量波相互叠加,把我们的内心与周围环境融为了一体。

边喝、边聊、边吃点茶食,很快就进入了晚场烹煮茶。每每此刻都能将申时茶推向小高潮,同时,拉开了我与茗茶第七次生命交响曲的序幕。当陈年老普洱沏泡到似浓非浓时,茶艺师不忍拿去烹煮。不承想,烹煮后的老陈茶比冲泡时的味道更加醇香;令人不解的是,第二道烹煮的老陈茶比第一道烹煮的老陈茶滋味还要鲜美,第三道烹煮的老陈茶比第二道烹煮的老陈茶滋味愈加浓香。我感叹,我庆幸,只有唤起茗茶的第七次生命觉醒,才能真正懂得茶生命的内涵与魅力。

老陈茶不惜将生命宝藏中最深层的精华与能量全部释放出来,奉献给懂她的人,奉献给喜欢她的人。茶艺师一边小心翼翼地拨出另外一壶已没有了茶味,却有绸缎般手感的叶底,一边深情地对我们说,要把这些用过的叶底收集起来,一起掩埋在土地里。

我忽然想到,曾经,采茶姑娘亲手从根植大地的茶树,茗茶生命的摇篮里,摘走了茶宝宝;数十年后的今天,茶艺师又亲手将茗茶的叶底收藏起来掩埋于大地。茗茶终于叶落归根,入土为安,回归茶树根下,回到了自己的家。

我珍惜与茗茶一生一世的每一次相见，更留恋与茗茶的最后一次见面，亦即第八次生命相遇，同时感到了能为茗茶送上最后一程的欣慰。我们同是大自然的儿女，一起从大自然来到世间，又回归大自然，我们有着共同的命运归宿。不由得，我喝出了感动，喝出了释然。

从申时茶到亥时，已过三个时辰，仍不觉夜色已晚。第四道、第五道烹煮的老普洱，汤色仍然浓郁，口感依然鲜美，滋味愈加厚重。源源不断的喜欢之心与绵绵不绝的愉悦之情此起彼落，方喝出茶滋味的真情与美感。直喝得我口生津、咽回甘、上下解气、酣畅淋漓；直喝得我神清气爽、心旷神怡、身心通透、茶韵飘逸，唱响了我与茗茶第七次生命交响乐的高潮。如同一场物质、精神、文化饕餮大餐，一场畅快淋漓的人生洗礼，一场身、心、茶、天通透合一之灵魂盛宴。

喝茶喝到通透时，方能品出真滋味，喝出真感动，喝出孩子般的天真。我不由得抬头注视茶室正前方的精美书法。恍然间，仿佛品出了"茶禅一味"之真妙。人在草木中为茶，人茶皆来自大自然，茶人终要回归大自然；人在大自然中，返璞归真，方显现得真实、简单，岂不是禅吗？

五千余年，我们一路走来，懂得了人生真味，一茶、一书、一墨；道出了生命真谛，茶香、书香、墨香。申亥间，我们一次通灵盛宴，品出人生真味、悟出生命真谛——"茶禅一味"。那是"不忘初心，方得始终"的人生境界，那是"返璞归真"的人生归宿，那是宇宙万物运动的永恒（010圆）。

看电影是人生归零的最佳选项之一

新冠肺炎疫情期间，电影院关闭，还好微信中有大量影片链接。我先后收藏了"世界经典译制影片320部""二战电影22部""欧美四十部大制作你看过几部""史上最强烈战争片高清合集50部""电影收藏库500部"等上千部古今中外影片资源。半年多时间，我竟然观看了上百部。

过去工作忙碌，时间紧张，看到的影片有限。一则，没有机会看到这么多的好影片，客观上好东西少；二则，没有时间细心品味电影的内涵，主观上没有珍惜好东西；三则，看不懂，心浮气躁，没有兴趣看下去，主观上不识好东西。面对许多影片似曾相识，或者擦肩而过，或者蜻蜓点水，留下诸多遗憾。今天大量新旧影片涌现，有时间，想看，能看，看得懂，如获至宝，爱不释手。

感谢退休生活赋予了我大把的可支配时间和可控空间；感恩我的耳朵，还能清楚地听到影片中一声声震撼人心的音响与演员们的深情道白；感恩我的眼睛，还能清晰地看到影片里一幕幕感人肺腑的画面与主人公的深切表演；还感谢我对自己有所新发现，仍旧保持较强的"感动力"，仍然怀有一颗鲜活、有温度，比年轻时更柔软的心。我曾想，吾已老矣，这颗曾经浮躁了数十年，终于平静了的老成心脏，不可能再轻易激动。非也，我不经意地发现，自己经常被电影情节感染，与故事高潮共鸣。刹那间，鸡皮疙瘩爬满全身，情到深处，我激情澎湃，老泪纵横，难以控制。

每天下午3点至5点——申时，我沏茶慢饮，恰与一部心仪大片在申时茶中共同度过。在茶气氤氲中，我沉浸在电影不同画面与情景中，犹如穿越高维时空，享受无尽人生；当申时茶与电影同步结束后，方从身临其境的电影世界中慢慢走出来，去海边散步。仿佛令人神清气爽的茶韵余感，与使人荡气回肠的影片余波交织在一起，在阳光下、蓝天中、大海边、沙滩上，在眼前、耳边、脑际、心中，久久萦绕，不忍离去。

经典大片必有其成为经典的内涵与魅力。

法国影片《茶花女》不愧是世界著名大片。英俊潇洒的男主角阿尔芒与巴黎名妓玛格丽特凄美的爱情故事，一个多世纪以来感动了无数观众。过去我曾读过该作品，但是，记忆中的情节已淡忘。重温之后我再度被深深地打动，颇有"人老情未了"，热情不减当年之感慨。特别是影片结尾，男女主人公终于相见，却是玛格丽特的生命尽头。顿时，全身心陷入剧情高潮中的我，再也抑制不住自己，早已是泪流满面，甚至失声痛哭……事后，我不知是为发现了一个新的年轻自己而欣喜，还是暗讽自己年老轻狂，不够矜持而自惭形秽。无论如何，我体验到了自己仍然是一个有激情、有热血、有泪水之人。或许，这就是经典的魅力，这就是大片的力量。

观看美国影片《简·爱》应该也是温故知新。简·爱与桑菲尔德庄园主罗切斯特相遇，彼此发现了真爱。但是，当简·爱知道对方背后还有一个不能抛弃的"三代遗传疯妻"后，决然离开。正当简·爱身心受到重创时，她被年轻帅气富裕的牧师搭救并追求。经历了第一次爱情，经过选择，当简·爱终于发现"爱情不仅要有共同的信仰，还必须拥有彼此的喜欢和真爱"的时候，她再次毅然离去，并大胆追寻昔日的爱。当简·爱回到桑菲尔德庄园时，却发现"人非人，物非物"。过去古老熟悉的城堡不见了，曾经富丽堂皇的殿堂消失了，眼前是一片焦土与废墟。原来这一切，被罗切斯特的"疯妻"一把火毁于一旦，"疯妻"也葬身火海。昔日英俊潇洒、体格健壮的罗切斯特，在大火中失去了一条胳膊并双目失明。此时，他手扶拐杖，在爱犬的陪伴下，正静坐在废墟旁的路椅上。面对此景此情，简·爱沉思片刻，毅然扑向罗切斯特的怀抱。我的眼睛又一次湿润了。

韩国影片《寄生虫》不愧是获得五项奥斯卡大奖的大片。影片里的两段对白甚是经典："富人很善良、单纯，因为他们生活得无忧无虑。如果我有钱了也一定会善良";"没有计划就没有失败,那个小帅哥说我有个计划,等我赚到钱了就把那个房子买下来,父亲就会从地下室走出来了,不知这个计划是否失败? 不得而知"。原来有钱人就应当过体面、有尊严的生活,严于律己、宽以待人才是。有钱人多了,身体的欲望满足了,人与社会自然而然地就文明了。现代人失败者居多,原来是他们的计划太多……

日本影片《祈祷落幕时》耐人寻味的语言,直抵人心,"谎言是真相的影子,是人性的泪花"。有些特定环境下的谎言,是人性使然,有其合理性与必然性。善良的谎言,依然感人至深,却饱含了多少无辜与无奈的辛酸与眼泪;道出了多少人间悲欢离合与爱恨情仇。影片告示天下,人不仅要有大爱,还要有海量般的包容。然而,谎言无论出自多么善良的动机或是被包装得多么真诚,都只是黑暗下的一丝光亮与温暖。但愿少有黑暗,但愿阳光下没有谎言。

《男人们的大和》与《阿基米德大战》这两部日本影片都是表现二战时期,所谓日本永远不沉的"大和号"航母,从产生到被美国空军击毁的战争片。影片告诉我们,战争一旦打到白热化程度,你根本看不出谁是正义的一方,也不会关心谁将是胜利者。一个主题、一条主线:战争,残酷的战争、残忍的战争;战争,血流成河的战争、尸体如山的战争。天空中、飞机上、机舱内,大海里、炮台中、甲板边到处都是年轻官兵的尸体,到处流淌的都是殷红的鲜血。一个年仅 17 岁的中学生兵,一副稚嫩的面孔,还未来得及谈恋爱,清纯的脸庞如同一缕晨光,瞬间被卷入战争的海啸之中。最终,坚不可摧的"大和号"航母沉入海底,船上 3000 余名官兵,除了少数人幸存外,基本死于美方空军的狂轰滥炸中,美方伤亡人数与损失飞机也不计其数。当你看到一个个年轻生命瞬间被子弹击穿的血肉模糊身躯,一个个鲜活生命被炮弹刹那间击中的粉身碎骨场面,你第一个想到的是久盼他们回家的父母、妻子及儿女。此时,我们只会说 Stop! Stop! Stop! 停! 停! 停! 万恶的战争,灾难的战争。

残酷的战争,告诉我们一个真理,战争是罪恶的,挑起战争者及发动战争者罪大恶极。无论侵略者,还是被侵略者,都是受害者;无论战胜方,还是失败方，均是灾难方。战争是我们人类共同的敌人，和平才是我们人类奋斗的终极目标与永恒主题。我们要珍爱和平，捍卫和平，千万不可轻言战争。

人生是圆010，人生归零，人生要学会正确归零。每个人的前半生的必经之路是从0到1，无论你的这个1有多么成功，多么辉煌，多么与众不同，最终，人的后半生必须从1到0，由1归0。

人生怎样才能正确归零呢？通过反省、补课、修正三部曲来实现。首先，通过反思反省，有发现自己现状1中存在缺憾与不足的勇气与胆量；其次，通过学习补课，提高觉悟，有能够找到自己现状1中的缺憾与不足的能力；再次，通过悔过修正，及时修补自己现状1中的缺憾与不足。然后，慢慢地归零，达到圆满之人生境界。

退休后，是"人生是圆010"最佳归零期。无论是对于知识的温故知新，还是对于阅历的填平补齐，看电影都是"反省、补课、修正"自己的最好选项之一。每看一部电影，仿佛是在听一个故事、阅读一本书、演绎一个世界、经历一种人生，况且是在较短的时间里听到更多的精彩故事，分享更多书中之精华；在有限的生命里体验不同浓缩世界与各种经典人生。观看电影，仿佛与之碰撞、对话、沟通、交流；犹如我们进入四维空间，穿越时空，享受不同人生经历与生命感悟。

今天，《战争与和平》将你带到200余年前的俄法战争年代，奥斯特利茨大战、博罗季诺会战烽火连绵，主人公安德烈、皮埃尔、娜塔莎等鲜活人物充满生命悸动，如诗如歌如画；明天，你又到《卢旺达饭店》的世界里，感受胡图族对图西族种族野蛮大屠杀，似乎嗅到空气中弥漫的血腥味道。观看精彩纷呈的世界，感受不一样的年代，体验不相同的人生，方能看透人间百态、体味人生冷暖，知道是非曲直、清楚何去何从。

通过读书、看电影、文学创作等方式，身心沟通，身心对话，自我反思，找出人生之短板，发现人生之缺憾；补齐人生之短板，修复人生之缺憾，将人生之1捋直、摆正，然后逐渐归零，实现丰满而又圆润之人生圆010。

余生中，我要倍加珍惜自己的身体，特别要悉心呵护好自己的耳朵和眼睛，以感受美好人生。每天喝申时茶，再约上电影新朋友，参加"电影会员"，通过"同频器"将电视机与 iPad 连接，直接从电视大屏幕上观赏大片。在未来五年或更长时间内争取观赏 1000 部电影大片。

每天午觉醒来，沏一壶自己喜欢喝的茗茶，选择一部自己喜欢看的电影，人与申时茶及大片相似、相近、相同频率之能量波，同频共振、增幅共鸣、能量增加；人与申时茶及大片彼此喜欢、相互陪伴、共享美好时光。为"天天三部曲"第二曲散步、第三曲读书与写作，奏响第一曲。

唱响喝申时茶（看电影）、散步、读书与写作"天天三部曲"，唱响"反省、补课、修正""退休生活三部曲"，唱响人生是圆 010"人生三部曲"。

尊重给我们带来意想不到的收获

美国科学家发现引力波的消息曾在一时间震惊全球。霍金说，这可能引发一场天文学革命。但是，网上很快传出，中国下岗工人郭英森，早在五年前就发现了引力波，并参加了《非你莫属》综艺节目。然而，遗憾的是，郭英森的讲述，被评委们数次强行打断。最终，不仅报告未被评委认可，而且主讲人还遭受百般嘲笑。在这里，笔者暂不谈老先生郭英森发现引力波是否具备充足的科学依据，也不谈所谓十位专家、学者专业水准如何，我感到该节目最失败之处，是缺乏对人的起码尊重。

反观现实社会，不尊重人的现象比比皆是，包括某些深受社会推崇的学生家长、学校老师及单位领导，在这方面都出了不少问题。有些貌似善良，实际上，是缺乏对人的基本尊重、信任和理解。家里父母经常讲：孩子如同一棵幼苗，一定要严加管教，如果从小没扶正，将来树会长歪，孩子一生就毁了！中规中矩的孩子，却失去了快乐、幸福的童年。学校老师不断说：同学们，要好好学习，努力考出优异成绩，否则，考不上一流大学，找不到理想工作，将来就没有出路！刻苦学习的同学们，却成为分数的奴隶。单位领导常常训斥员工：你们必须按照公司规定去做，争创第一，否则，将被末位淘汰。努力拼搏的员工们，虽兢兢业业、争创优异业绩，却小心翼翼、如履薄冰。

此时，我不由得想起一个故事，愿与读者分享。

某国的国王亚瑟战败后成了战俘。战胜国国王发出公告，如果有人说出一条被公认的真理，亚瑟就能被释放。时间一天天过去，直到最后期限，一女巫站出来，说出了一条伟大的真理："女人真正想要的是主宰自己的命运"，于是亚瑟自由了。但是，有约定在先，亚瑟的朋友、英俊帅气的加温大臣必须娶这位丑陋无比的女巫做妻子。

新婚之夜，女巫对加温说："我在一天的时间里，一半是丑陋的女巫，一半是倾城的美女，你想我白天变成美女，还是晚上变成美女？"加温稍加思考，回答道："既然你说女人真正想要的是主宰自己的命运，那么就由你自己决定吧！"女巫感动地说："我选择白天、夜晚，都是美丽的女人，因为你懂得真正尊重我！"结果，所有的人都判断错了，加温获得了意想不到的幸福。

人性有共同的弱点，或者容易被感动，或者容易被刺激，可称之为"天使与魔鬼转换按键"。当这个按键向上拨动，即"感动键"被开启，则表现出善良，呈现天使性；当这个按键向下拨动，即"刺激键"被开启，则表现出丑恶，呈现魔鬼性。如果你是在优美环境中生活，在爱的滋润与真情感召下，一定会开启"感动键"——"天使按键"，表现出天使性一面。反之亦然，开启"刺激键"——"魔鬼按键"，如同"潘多拉的盒子"被打开。

女巫受到了尊重，被感动了，"既然你说女人真正想要的是主宰自己的命运，那么就由你自己决定吧！"一个说出一条伟大真理的人，被自己爱的人理解与尊重，况且，最大的智慧就是践行智慧，恰恰是把智慧用在发现智慧者身上，女巫的"天使按键"被开启，从本能滋生的善良，顷刻间发挥到了极致，天使性之美覆盖了魔鬼性的丑陋。

女人真正想要的，是被尊重，是主宰自己的命运，这并不仅仅是女人的想法。每一个人，包括所有家庭的每一个孩子、学校的每一名学生、单位的每一位员工，都是如此。哪个孩子不渴望茁壮成长？哪个学生不憧憬全面发展？哪个员工不希冀健康向上？哪个女人不期望昼夜都漂亮？这本身就是每个人内心真正想要"主宰自己的命运"的权利。

然而，这一基本事实，却被我们人类自己所忽视，这个简单的道理，却像发现新大陆似的，被称颂为一条伟大的真理。我们那些愚蠢的评委、可怜的家长、不幸的老师、自以为是的领导，却要大动干戈，扼杀人性之权利，被刺激逼迫开启"魔鬼按键"，甚至打开了"潘多拉的盒子"。这岂不是我们人类自导自演的悲剧？可惜，那位可敬可爱、敢于创新、勇于发表自己观点的伟大发现者，不幸成为这场悲剧中的主角。同时，那些曾经颇受广大观众爱戴的专家、学者、评委身上的美丽光环，顿时失去了光泽。或许，人类伟大的发现真的被推迟了五年，世界重量级大奖"花落他家"。

尊重体现在尊重人的价值，对人的尊严、命运的维护、追求和关切；尊重表现在对人类精神文化现象的高度珍视，对全面发展理想人格的肯定和塑造；尊重意味着真诚的认同，对自己与他人以及社会的价值、能力、行为等表示承认与认可；尊重象征着美好的祝福，对自己与他人的赏识、支持和高度评价。

有了尊重，人则充满自信，才能欣赏社会的丰富多彩，表现出不同的自我个性，发挥出无穷的创造力；有了尊重，生活则充满阳光，人与人、人与自然、人与社会、人身与心之间和谐，生活才会变得温馨、美好而富有意义；有了尊重，团队则有凝聚力，彼此信任、心灵相通、氛围融洽，团队才能变得温暖、友爱而充满生机；有了尊重，我们才能变得宽阔与包容，才会有雅量与涵养，才能"和而不同"地接受与自己相异的文化与信仰，才是真正的文明与世界公民；有了尊重，人类社会才能和谐共存，文化的多样性才能不断保持，文化的生态才不会被破坏，人类才能在地球上繁衍生息，人类共同拥有的主流价值才能得以实现。

当我们每个人都捡起尊重这把开启人类心灵门户最廉价、最高效的"金钥匙"时，我们每个人之"天使按键"也随之开启，圣洁的天使，展示出美丽、真诚与善良，与我们生活的世界将一起变得无限美好，我们每个人则成为深受欢迎的人，成为拥有意想不到收获的人，成为不断有惊喜的人，成为最大受益者。

为什么亲人朋友之间更容易互相伤害

有一段时间，媒体频繁爆出朋友间大打出手、亲人们反目为仇，甚至"灭门案"等恶性事件，从某种意义上讲，应验了我的那句"警世恒言"——"朋友是用来出卖的，亲人是用来伤害的"。

人有极为强烈的自我保护意识，尤其是在非常情况下，可能会失去理性，不顾一切，甚至用伤害对方的方法来保全自己。

观察历史与现实社会中的大量恶性事件，发现人在关键时刻，或非常时期，最容易失去理智，做出出卖朋友，或者伤害亲人的极端之事。

但凡人在最脆弱、最无助的时候，最需要帮助。然而，一旦得不到他（她）最亲近的人拉一把，或帮衬一下，也最容易导致他对自己最亲近的人下手。这个最亲近的人，可能就是他（她）唯一能够死死抓住的最后一棵救命稻草，或是出卖朋友或是伤害亲人，甚至自我戕害。

朋友之间，有秘密可言，才有告密的意义，才有出卖的价值。出卖朋友，透露有价值的秘密，才有可能挽救自己。因此，出卖朋友，将可能成为人无路可走时的选择之一。亲人之间，有难以割舍的骨肉之情和纠缠不清的共同利益关系，才有伤害到痛，甚至置于死地的理由。因为只有亲人才会最大限度地帮助、包容甚至庇护你，即使你一步步走向罪恶深渊，亲人还是试图拉一把，纵然你一次次变成魔鬼，亲人还是会不离不弃，最终亲人可能成为人绝望后最容易攻击的对象之一。

从人性常理上讲，人表面上需要帮助、关怀与沟通；内在则需要尊重，保持神秘感；深层次的自我空间是独立的、隐秘的、固守且不容侵犯的。

因此，人际交往要把握好度，仅限于表层的互助互利就够了。一旦介入中层，破坏了神秘感，引发失望，失去了尊重，便走到若即若离的地步。如果再不刹车，继续进入深层次，闯入人性的私密空间，其独立性面临干预、控制、受损的危险，就会遭到反抗或者回击，导致关系彻底撕裂。

收藏家马未都先生讲过一句话值得鉴戒，"生人要熟，熟人要亲，亲人要生"。最大的危险是不知道的危险，是不可防控的危险，是身边的危险。在人际交往中，力求做到扩大表层的互助互利，保留中层的自尊与神秘，缩小深层的自我与独立。无论在何种场合下，做人都要有底线，做事都要理性判断，相互尊重、保持距离、保留神秘、留有余地，与朋友及亲人相处亦如此。

冬天给牛羊戴"墨镜"

有一个真实的故事，给人启示，值得分享。

新疆的冬天格外寒冷，由于缺乏新鲜青草饲料，大量家畜难以过冬，与其说是被冻死，其实更多的是饿死。因此，入冬前批量屠宰牛羊成为当地牧民一种季节性活动。

新疆生产建设兵团农六师某团一位农场长，将废旧啤酒瓶敲碎，用瓶底制作成"绿色墨镜"给牛羊戴上。牛羊误认干草是青草，便胃口大开，最终个个吃得膘肥体壮，不仅安全过了冬，为团场减少了损失，还提高了经济效益。该场长又涨薪、又获奖，提拔了职务还被广泛宣传。

给牛羊戴"墨镜"，是场长的一项重大发明。或许有人会说是因为牛羊傻呗！其实，这样的例子在我们人类生活中也屡见不鲜。白雪皑皑的冬天，或阳光灿烂的夏日，外出之人均戴墨镜；夜间驾车出行要开远光灯；增加食欲需要将饭菜做得色、香、味俱全；为了使人赏心悦目，总是把自己打扮得漂亮点儿；等等。

这些简单的道理告诉我们，改变不了环境，改变不了别人，就设法改变自己。冬日的草还是干草，冬天大地仍然白雪皑皑，夏日阳光依旧灿烂耀眼，夜间的黑、饭菜的结构都没有改变。然而，一旦你关注了自己，关注了自己的感受，就能改变自己，改变自己的感受。或者给自己戴个墨镜，或者把自己的车灯打开，或者给自己的饭菜添点佐料、增加点色泽，或者对着镜子捯饬一下自己。此外，我们可以做的还有很多：当环境声音嘈杂时，给自己戴上耳塞；年纪大了，读报时戴上老花镜；等等。

人生就是一种感受。只要稍加改变自己的某个位置或角度，降低或者放大自己某些感知功能，好比调整视觉、听觉、味觉、嗅觉、触觉之敏感度，竟会带来客观世界的巨大变化并取得意想不到的收获，甚至会改变自己的一生。

　　如佛法说，一切皆虚空，一切为假象，我们的一切感知都不是真相。不要再嘲笑牛羊，我们人类亦如此。善待自己，让自己舒服一点就好。

克服聪敏与强悍的惯性

在古代，由于资源稀缺，生产力低下，人类长期生活在贫穷、愚昧、落后的环境中，基本生存得不到保障。为了改变生存状态，人类迫使自己变得聪敏，表现出强悍。如果你不聪敏，你的食物就会被聪敏者骗走，你会饿肚子；如果你不强悍，你的女人就会被强悍者夺走，你会遭受欺辱。电影《泰坦尼克号》女主角露丝有句话很经典，"男人强悍是为了征服女人"。人类经过数千年乃至上万年的不懈努力，付出极大痛苦甚至生命代价，使自己变得不仅聪敏机警，而且强壮彪悍，以此获取丰富的社会与生活资源，得到足够的生存与发展空间。

如今，社会、工作、生活等环境均发生了彻底改变，生产力极大提高、资源极为丰富，人类生活富足，社会福利有了保障。但是，人们还是生活在"设法使自己变得聪敏，表现出强悍"的惯性思维中。一生中，甚至几代人，仍然乐此不疲地努力奋斗，不断使自己及家族出类拔萃、光宗耀祖。

殊不知，资源有限，特别是非创造性资源更是有限的、全民的、人类子孙后代的共同资源。如同面对有限不可再生的"蛋糕"，你越聪敏、越强悍、越优秀、越先进，你获取的就越多。其他人获取的相对就会少，相互之间就容易产生矛盾，引起纠纷，甚至造成冲突和战争，你将会成为众矢之的，过着惊弓之鸟般的生活。

另外，聪敏与强悍需要付出昂贵的成本与代价。聪敏需要培训、学习，需要与其他聪敏者竞争，斗智斗勇，或者被淘汰，或者暂时被称为聪敏优秀；强悍不仅需要训练，还需要与其他强悍者拼杀，或者引来杀身之祸，一命呜呼，或者击退对方，暂时立于不败之地。

"少壮不努力，老大徒伤悲""人无远虑，必有近忧"，从小不绝于耳，它们是过去社会落后、生产力低下、资源稀缺的年代里，催人奋进、努力的扬鞭声，逼人聪敏、强悍的强心剂。

然而，在资源共享、信息网络化大时代的今天，仍有很多人，依然信奉毕生努力、生生努力的信念，始终保持日日远虑、一生远虑、代代远虑，日日近忧、一生近忧、代代近忧的"危机感、紧迫感、使命感"。试问，人的一生，天天在努力、时时在远虑、刻刻在近忧，情何以堪！

聪敏、强悍，优秀、杰出等社会属性的光环是计入生命成本的。你把自己打造得聪敏、强悍，优秀、杰出，就会多一分艰辛、多一分风险、多一分忧虑，少一分健康、少一分平安、少一分快乐。

让我们的现代人生多一点愚笨、柔弱，少一点聪敏、强悍；多一点简单、平凡，少一点优秀、杰出；多一点自然属性，少一点社会属性。让我们的未来世界多一点安宁、祥和，少一点纷乱、恐怖；多一点和睦、和谐，少一点纷争、动荡；多一点和平、友好，少一点战争、仇恨。让我们携手共克时艰，合作互惠共赢。祝福天下人健康、平安、快乐。

允许不成功

近期参加了一个拓展活动，些许感触不禁涌向笔端，愿与读者分享。

拓展活动非常简单，由四个组分别往一次性纸杯里倒满水后再投放金属曲别针，直到水溢出为止，哪个组投放的曲别针数多即获胜。结果，四个组分别投放了几十枚到上百枚不等。最后，指导老师给出了最终答案。由于杯口水面张力及水与金属曲别针密度之差异，水在不溢出杯口时，最多可以投放300余枚曲别针，此时曲别针几乎占满整个容器，真是不可思议。哇！在一片惊呼声中，大家纷纷各抒己见："没有做不到的，只有想不到的""潜意识是显意识的数倍""物极必反""祸兮福之所倚，福兮祸之所伏""不求最好，只求合适"云云，气氛显得异常活跃。

由此看出，我们的认知与事物的真相有很大差距。或许是这些认知上的差距使我们对世界充满了无数未知，或许是这些未知给我们制造了无限的认识空间，或许是这些无限的认识空间激发了我们无穷的创造及创新空间，或许是这些无穷的创造及创新空间给我们带来了无量的创造及创新能力，或许是这些无量的创造及创新能力又为我们制定了无终结的成功目标，或许是这些无终结的成功目标又为我们埋下了无尽的诱惑、陷阱和风险。

我们用投放的曲别针数量来衡量选手不成功、成功与失败。如果投放的曲别针数在1至299枚之间，均未达到"成功点"，则为不成功，但至少有1至299次机会获得成绩；如果投放的曲别针数恰好是300枚，达到"成功点"，则为成功，虽然成绩最高，但只有这一次获得成绩的机会；如果投放的曲别针数为301枚，超过"成功点"，则为失败，成绩为零。这好比人生，虽然你有过一次次不成功的尝试，却为你记录了一次次人生的成绩，记载了一次次成长的经历，积累了一次次成熟的经验。但如果你一味追求成功，一次"投放 301 枚曲别针"的经历，就将让你前功尽弃，一生积累的分数均化为乌有，导致你一生的失败。

这时，我不由得想起最近读过的一部法国中篇小说《回首百年》。原著是作者勃西的笔记，译者为汉声。小说发表在 1915 年，说的是 1815 年拿破仑失败后，被流放至大西洋圣赫勒拿岛的故事。其中描写过这样一个情节：一天晌午，拿破仑与当时只有 14 岁的少女勃西玩掷骰子摞金币比胜负游戏。拿破仑真是好运气，身手不凡、志得意满，不一会儿摞起的金币像小塔似的，比小勃西摞起的金币高出一大截。紧接着一声响，金币塔轰然倒塌。这可能刺到了拿破仑的痛处，虽已到不惑之年，但此时他比孩子还孩子气，面颊通红，气呼呼地拂袖而去。哈哈！铁马金戈一生的大英雄征战南北，无往而不胜，没料到却在滑铁卢败北，最终成为阶下囚。

风险能够预知，但难以防范，是因为我们太想成功。风险伴随着我们全部活动的每一个过程，且距"成功点"越近，风险越大，离失败越近。然而，最大的风险是我们不知道自己的"成功点"是多少。当你投放了 300 枚曲别针时已达到了"成功点"，此时已亮起了"黄灯"，可怕的是我们看不到"黄灯"，或者是我们不相信"黄灯"。当你投放第 301 枚曲别针时，水溢出了水杯，你才知道"300 枚曲别针"就是"成功点"，但为时晚矣。

成语"飞蛾扑火"，说的是蛾子为追求光明与温暖，为了享受美好与快感，拼命往有火光的地方飞去。可当它们看到了光明，感受到了温暖，享受到美好和快感的刹那间，就已葬身火海。为什么还有那么多的蛾子奋不顾身，前仆后继呢？因为蛾子不知道自己的"成功点"是多少。蛾子不知道，我们人类却知道，我们只能为它们感叹、惋惜。同样，当人类在挑战极限，发出"更快、更高、更强"的时代强音时，我们同样是为了光明、温暖，为了享受美好和快感。当然，还不乏贵重奖品、掌声、喝彩声，以及美妙光环的诱惑和聚光灯的刺激。为什么我们还不停歇脚步，仍然乐此不疲呢？因为我们不知道自己的"成功点"是多少。

在通往成功的道路上没有"黄灯"警示，非绿即红。当你撞到了红灯，才知道你的"成功点"是多少，但你已路过了成功，当你面对失败，方知曾经成功过。成功永远是失败者的昨天，或者说人生本无成功。小说《回首百年》中的拿破仑被称为"混世魔皇"，这是历史对他一生最好的诠释。

知道的有限，不知道的无限；知道的不一定正确，不知道的未必不存在。原来，每个人的"成功点"都是很高的；每个人的"成功点"都是有限的；每个人的"成功点"都是不同的；每个人的"成功点"都是不可知的；每个人的"成功点"都是瞬间的、脆弱的。如果说这是人类在进化过程中留存的某些缺憾的话，它恰好正是人类美之所在。

美是因为真实，真实是因为有缺憾，有缺憾才会美。乒乓球的魅力是终于有个接不到的球。美国前总统罗斯福讲过一句很经典的话："允许人类犯错误，如果人类不犯错误，早就进入天堂了。"允许接不到球，如果每个球都被我们接到了，还有乒乓球运动吗？允许犯错误，如果人类不犯错误，还有我们人类的存在吗？允许不成功，如果我们都成功了，还有今天精彩纷呈、魅力无穷的世界吗？"天若有情天亦老，人间正道是沧桑"，体现的正是大自然的公正与公平。我想，或许这就是上天恩赐给我们人类最大的智慧礼物吧。

3000年前，希腊德尔菲神庙石碑上镌刻的箴言，一直在警示我们人类："认识你自己，凡事莫过度，妄立誓则祸近"。高"成功点"召唤我们不断创新、求变、图发展；有限"成功点"需要我们加强学习、培养理性；不同"成功点"要求我们正确认识自己，切忌与人攀比；未知"成功点"决定我们要敬畏成功；瞬间、脆弱"成功点"告诫我们要淡化成功、防范风险。

慎立成功誓，远离成功祸。愿我们保持一颗平静、平淡、平常心，走好平实的每一步。

最后的坚守

媒体曾热传，一名 13 岁的女学生因偷了一块巧克力，被某超市处罚，之后女孩跳楼自杀身亡，此事引起社会舆论广泛关注。"这是 2015 年世上最昂贵的一块巧克力""因钱犯罪是个人有罪，因面包犯罪是社会有罪""女孩自杀维护了生命尊严"……各种声音，不绝于耳。

现行企业，包括超市都有自己的管理制度，特别是绩效考核制度。作为超市经理及每一位员工，都应该履行执行制度与维护制度之责任，并无可厚非。在这里，我们暂且不谈该超市对偷窃行为进行处罚的制度是否合理，也不论罚款多有中饱私囊的嫌疑等，只是想反思并告诫自己及更多的人，在当前紧张忙碌的工作氛围和充满诱惑的生存环境中，多给良心留下一点空间。

面对一个只有 13 岁的弱小女孩；面对一个被吓得缩成一团，哭着并已承认了错误的女学生；面对一个翻遍家里仅有 95 元钱，主动要求替孩子接受罚款的母亲（该钱数可能未达到罚款额度，据说要求罚款 150 元）；面对一直在哭诉，乞求对方看在女孩父亲是一个"爆米花"工，实在拿不出更多的钱接受惩罚，哀求原谅的母女俩……这位经理大人却一次次不放手，声称要拍照片，通知学校，公布于众，几乎用尽各种恐吓、羞辱手段。或许这位经理大人，至今还认为自己是一个制度的忠诚捍卫者。

此时，我不由得想起几个故事。

第一个是一张照片里的故事。1961 年，一名身穿东德军服，背着枪的士兵，睁大双眼，紧张地向旁边张望。他身体前倾，双手小心地扶着铁丝网，让一名看起来只有四五岁的小男孩，穿过铁丝网与对面西德国境内的父母团聚。

第二个是发生在"文革"初期的事。中国某艺术家被"造反派"批斗毒打数小时。夜晚，老先生拖着受伤的身体，踉跄着走回家，却被紧闭的大门堵在外面。这扇门成了"压死骆驼的最后一根稻草"。翌日，人们在湖中发现了这位大师的尸体。

第三个是发生在我自己身上的事。同样，也是在"文革"期间。当时我13岁，父亲遭诬陷，被打成"历史、现行双料反革命分子"，关押在潮湿昏暗的小屋里，接受了一个多月的"政治隔离审查"。隔离期间，母亲尽最大努力做点好饭，经常是煮一碗挂面，里面打个荷包蛋，担心饭凉了，母亲用毛巾、衣物将饭盆裹成厚厚的包裹，由我悄悄地给父亲送去。一天，父亲左手拉着我的手，右手抚摸着我的头，含着泪水说："孩子，如果不是看到你们儿女及你母亲的这份心，我早就……"当年，虽然我们都被裹挟在时代的潮流中，但是，我只知道，"父亲是我最亲的亲人，我不能没有父亲"。

在那个年代，如果没有自觉地站出来与"黑五类"亲属划清界限，会被认为是背叛了阶级立场、丧失了革命信念，不仅会遭受磨难，甚至会被社会抛弃。但是为了亲人，打开那扇挽救生命之门，送去那碗求生热饭，是亲情、人性使然；在那个年代，作为士兵，无情地射杀越境者，是法律的要求。不执行法律，违背上级命令是有罪的，但是打不准是无罪的。作为一个心智健全的人，此时此刻，你有把枪口抬高一厘米的权利，这是你主动承担的良心义务，因为良心高于一切。当法律、制度与天理、良心发生冲突时，天理、良心是更高的行为准则。但是，令人遗憾的是，天理、良心被淹没得太深，法律、制度与天理、良心很难再有交集，何谈碰撞与选择。本文开头的那位超市经理大人，本该只须对小姑娘呵斥一声，却狠毒地朝着这个含苞欲放的生命要害处开了"枪"。

一个具有人文素养的人，要学习文学、哲学、史学等人文学科方面的知识，自觉培养人文素养，做人坚守底线，做事具备基本判断。其核心，就是学会做人，即做一个有良知的人，一个有修养的人，一个有智慧的人。进一步解读，则为一个关爱自然、有理性的人，一个珍惜生命、有敬畏心的人，一个具有独立人格、有尊严的人，一个关注人的心灵与渴望的人，一个宽容、有爱心、有情怀的人。

学习文学，不仅看到岸边的青柳，还要看到河面上青柳的倒影，多一点情趣，富有诗性、浪漫和艺术气息；学习哲学，学会仰望星空，能够走出人类的迷宫，不断地反省自己，从自然属性到社会属性，再从社会属性回归自然属性，亦即"010"回归；学习历史，多一些理性、敬畏心和耐心，看到"沙漠玫瑰"从干枝枯叶到完全开放七天七夜整个过程，应用变化的、辩证的、历史的、全面的眼光，认识人生与世界。

在人事交集中，不但要保持善良的爱心与初心，并且要保持理性思维，要有独立思考与分析判断的能力和勇气。特别是在不知真相的潮流中，不要茫然地冲在队伍最前列，如果发现不符合常理的事，不求勇敢地站出来反对，但求不盲目地自我发挥，更不能助纣为虐。尤其在当下改革与调整时期所出台的各种制度、规定等，有些不免是应急之策，本身尚存在诸多不足与问题，有些需要在实践过程中不断修正和完善，且不要冒失地充当所谓执行制度、维护制度、坚守制度的急先锋！给自己、给他人、给内心留有空间和余地。

当执行制度时与良心发生冲突，或者茫然不知所措时，请少安毋躁。切记，坚守做人底线，保持做事基本判断，把天理、良心作为最高的行为准则。

以悟开篇用心写作是文学创作的 010 圆

在一次金融作家笔会上，曾听到一句诙谐幽默且发人深省的话："现社会上有种传言，说金融人有钱没文化。"此话虽然有调侃的味道，但是却道出了金融人与金融作家协会组织及每个会员的发展动力与前行方向。

从物质文明到精神文化，再到灵魂信仰，最好的阶梯就是读书与文学创作。大凡成功者、精英，都是社会属性有余、自然属性不足之人士。他们身上虽然挂满了社会上的各种光环，可能声名显赫，不缺权力、金钱、名气，但是，他们在社会激烈竞争的摸爬滚打中，可能掩饰了真情、个性等人性方面的自然属性，亏欠了朋友、亲人、身体和内心。发展到了一定的程度便会寻找对象倾诉，设法通过身体与内心沟通、对话，求得心灵的安慰与自在。或许这就是人类向上天的祷告，在西方是忏悔，对东方人来说就是反省吧。

丰子恺先生曾讲过人生道路上三层楼，物质文明、精神文化、灵魂信仰，依次为身体需求满足、头脑需求满足、心灵需求满足。一个人或者是一个社会群体，如果他们身体的需求得到了满足，则这个人或这个社会为物质文明；如果他们头脑的需求得到了满足，则这个人或这个社会拥有精神文化；如果他们心灵的需求得到了满足，则这个人或这个社会为有灵魂信仰。

完整的人生经历应当是登上第一层物质文明之楼、第二层精神文化之楼、第三层灵魂信仰之楼；完备的人生层次应当是依次从身体需求满足，到头脑需求满足，再到心灵需求满足；完美的人生境界应当是做事从不知道到图"回报"，到"使人知道"，再到"只有自己知道"，最终到"连自己都不知道"；智慧的人生活动应当是从天性使然到"体行"到"脑思维"再到"心悟"，最终又回归天性自然。

人从身体欲望满足，到大脑欲望满足，上升到心灵欲望满足，是文明到文化，上升到信仰；是体行到脑思维，升华到心悟；是人类社会活动发展升华过程的必然及达到的最高境界。

读书与文学创作，为我们开启了心灵的门户，我们就是要用心去感悟世界，用灵来顿悟人生。用心读书，用心多读书，用心读好书，用心读原著，用心读经典；用心创作，用心创作出精品，用心创作出对自己有教益的作品，用心创作出对读者、对人类、对社会有益的正能量作品。

清朝历史学家、大诗人、大文豪赵翼晚年写过一首诗："少时学语苦难圆，只道功夫半未全。到老方知非力取，三分人事七分天。"老先生说得真好！圆满的好文章绝非体行，靠的是三分脑思维七分心悟，是智慧使然，境界所致。

写作不是一个简单的体行运动，也不是一个复杂的脑思维活动，而是悟性顿开的智慧萌发与自然流淌，是内心知觉的开启与宇宙网络的连接以及高维信息的传输，是身、脑、心与自然、宇宙世界通透合一的灵感，是本心接收到上天的指令亦即直觉、顿悟、天意、自然。以悟开篇，用心写作，回归自然，既是文学创作的源泉又是文学创作的最高形式，终点即始点，亦即010圆。

具体到每一篇作品，源于唤起作者心灵的感悟，充满才情与智慧创作，满怀敬畏之心与喜欢之情书写，不断精雕细琢、打磨优化。从自己被感动，直到自己感到满意，自认为对得起自己方罢手；直到自己认为值得读者读，对得起读者读，能够给读者带来思考和共鸣，方与读者分享或再去发表。

我想，有了这些体验与感悟并能够写出来与大家分享，懂得如何爱惜羽毛，不敢自诩信仰，也算是有文化吧。

喜欢亦正能量

什么是正能量？这是一个时代热词，颇受人追捧，也有人不屑，认为它仅仅是一个用来说教的口号，甚至是一个不严谨的概念。其实，这是个误区。

谈起正能量，不妨先从什么是能量说起。医学上说，能量是指人体维持生命活动所需要的热能，这些能量主要来源于食物中所含的营养素，如蛋白质、脂肪和碳水化合物等；物理学上说，能量是用来表征物理系统做功的本领，可分为机械能、化学能、热能、电能、辐射能、核能、光能、潮汐能等。人获得了营养素，物体增加了做功的本领，则能量增加，也即获得正能量。反之，则为负能量。

能量如同质量一样，属于标量，虽然只有大小没有方向，但是随着外界因素影响会有增减变化。假设我们把能量、质量放在坐标系原点（0）上考量。如果能量、质量发生了变化，"增量"为正，则能量、质量增加；如果能量、质量发生了变化，"增量"为负，则能量、质量减少。例如，某 A 去年收成大米质量 1000 斤，今年收成大米质量 800 斤，今年与去年同期相比，大米质量收成变化"增量"是负 200 斤，或 -200 斤。同理，我们把能量变化"增量"为正，能量增加称"正能量"，反之，能量变化"增量"为负，能量减少称"负能量"。将正能量、负能量引入文学作品中，仅仅是表示能量增加或减少的变化概念而已。

《宇宙全息统一论》一书告诉我们，宇宙世界是由物质、场、能量、信息等四大要素构成，宇宙是一个全息统一场，万物（包括我们人）皆场、能量皆场、信息皆场，场以能量波的存在形式向宇宙空间发射、传播、作用，并且会影响和改变人与事物的存在形态和发展方向。人有物质、精神"二重性"，人本身具有发射、传播能量波的物质属性，其精神、意识也是一种能量波，包括我们的思维、感觉、认知，同样可以影响和改变事物的存在形态和发展方向。

当我们生活在某个环境中，或者与人相处时，人与人、身与心、人与物、物与物，不同强度和不同频率能量波交集，相互作用，能量就会发生改变。

如果彼此拥有相似、相近、相同频率能量波作用，亦即和谐能量波作用，合成能量波振幅增大，甚至发生典型的共振或共鸣现象，同频共振，增幅共鸣，能量增加，即获得能量，此为正能量。此时，彼此均产生喜悦之心，表现欢喜之情，抑或是一见如故，抑或是一见倾心。当然，任何物质都有它自己的"喜怒哀乐"表达形式，只是我们人类不知道。反之，如果彼此遭遇相逆、相远、相反频率能量波干涉，即非和谐能量波干扰，合成能量波振幅减小，不仅不发生共振或共鸣现象，而且异频纷杂，减幅消鸣，能量减少，即能量降低，此为负能量，彼此产生厌恶、懈怠之感。

故有"君子好玉""物以类聚、人以群分""近朱者赤，近墨者黑"这些直抵正能量本质的经典妙句。古人常以玉喻君子，玉有五德，"润泽以温，仁之方也；鳃理自外，可以知中，义之方也；其声舒扬，专以远闻，智之方也；不挠而折，勇之方也；锐廉而不忮，洁之方也"。君子爱玉如痴，玉养有缘人一生，二者互相仰慕，惺惺相惜。如果是一般人碰到这尤物，可能视之为一块普通石头，他们虽有交集，但彼此发出能量波之频率相差甚远，合成能量波振幅没有增大，能量没有增加，二者无动于衷，只能作罢！同类的东西自然聚在一起，志同道合的人相聚甚欢，常在一起的人或事物会潜移默化。一言蔽之，这一切都是能量波频率"惹的祸"。

正能量一词，源于英国心理学家理查德·怀斯曼的专著《正能量》一书，书中将人体比作一个能量场。人通过学习、修身、打坐、冥想等方式方法，调整身体能量波强度与频率，使得人与身心能量波频率和谐，本人能量波频率与他人能量波频率和谐，人能量波频率与外界自然能量波频率和谐，人能量波频率与社会能量波频率和谐。亦即人与身心、人与人、人与自然、人与社会和谐。从而激发我们身体内在潜能并与外界能量匹配。如同给人体增加了维持生命活动所需要的"热能"，使人体系统增加了做功的本领，使得人体能量场能量增值，即能量"增量"为正，亦获得正能量，以致达到中国古典哲学提出的"身心合一""天人合一"之境界。

由此看来，正能量绝非空穴来风，更不应该落入遭人排斥，陷入被人远离之境地。它不仅仅表现"积极向上的精神状态、细致入微的贴心关怀、无私奉献的道德情怀"，而且，它是阳光中的温暖、空气中的清新、水源中的洁净、食物中的卫生，是我们生命和生活中不可缺少的积极、向上、有品质、有益的那一部分，即健康、平安、快乐，让我们终身受用。

正能量需要正名定分，彰明昭著。什么是正能量？凡是令人心仪、喜悦、快乐的人或事物，亦即和谐能量波交集，振幅增大，能量增加，为正能量；凡是令人讨厌、哀痛、抑郁的人或事物，亦即不和谐能量波交集，振幅减小，能量减少，为负能量。由此可见，你的喜欢与否是甄别你是否获得了正能量的"晴阴表"，你的笑脸是你拥有正能量的"标识签"。

出门为敌　且行且珍惜

　　记得中学物理课本中对牛顿第一定律的表述大致是"一切物体总要保持原来匀速直线运动或静止状态"。这个定律又称物理惯性定律。年长日久，我们似乎对物理惯性定律的内容已经淡忘，但是，惯性定律现象，却与我们形影不离并给我们留下深刻印象。比如，当你坐在车上，车子突然加速，身体就会后仰；当前方出现异常情况，突然刹车，人的身体就会向前扑。这就是典型的物理惯性现象。物理惯性致使人的体位异常，严重时会给人带来机械损伤。因此汽车前窗下面安装了"安全气囊"，要求司乘人员系好安全带，车辆缓慢起步，遇到情况提前踩刹车，都是为了防止或者减轻物理惯性给人体带来的伤害。

　　同理，"人的身体总是要保持原来正常系统运行状态"，或许这就是所谓的身体惯性定律吧。外界环境变化，造成身体生理及心理的不适与异常，严重时会给身体带来疾病，这就是身体惯性对人体造成的伤害。

　　人在往日平和、安定的生活中，如同坐在静止或者匀速直线运动状态的汽车里，安然无恙。一旦环境发生变化，比如到海拔过高的地域出差，如同汽车突然加速，或者急刹车，此时由于气压过低，身体供氧不足，出现眩晕、恶心、无力等不适症状，如同物理惯性现象中身体后仰，或者扑向前方，身体受到损伤；环境发生上述变化时，为了保持人体原来的正常充足供氧运行状态，身体系统就会自动调节，表现为心跳加速、呼吸急促、血压升高等，如同为了克服物理惯性现象，系好安全带，使人保持原来的匀速直线运动状态或静止状态，减少物理惯性对人体的伤害。

由此看出物理惯性原理、现象与身体惯性原理、现象是何等相似，同时看到人类智慧的身体，有着天然的调节功能，具有预防与减少身体惯性带给人体伤害的保护机制。

感谢我们智慧的身体，为"保持身体原来正常系统运行状态"，不惜"丢卒保车"，以付出身体惯性代价，换来身体系统功能的正常运行，生命免受侵害。

虽然身体为克服身体惯性，为捍卫生命作出了贡献，但是身体却付出了代价。身体惯性不能小觑。通常，地域变化、季节变化、气候变化，以及生活、工作环境之变化，包括出差、搬迁、过年、退休等环境改变，升迁、涨薪、结婚、生子等喜事，生病、亲人离世、下岗、失业等重大挫折造成的身体惯性，不仅会引起喜怒哀乐等情感上的剧烈变化，重者甚至会造成身体严重疾病，乃至性命不保。

另外，外界环境的改变，比如频繁出差、旅游等，会导致所处地域"经纬度"发生变化，或者因海拔高度变化引起大气压变化等，人不仅受到身体惯性影响，还会打破原有的生活规律，改变往日形成的"三同效应"规律，亦即"在相同的时间，在相同的地方，做相同的事，彼此能量波和谐效应"发生了改变，造成人与往日习惯的环境之间彼此构建的相似、相近、相同和谐能量波频率改变，合成能量波振幅减少，能量降低，也会引起身体的不良反应。"三同效应"规律变化与"身体惯性"共同作用，造成身体负能量增加。

例如，夜晚，本该是按"三同效应"规律休眠入睡。由于存在时差，不能享用同一时间；由于地域改变，不能安然相处在同一地方；由于继续工作或者其他娱乐活动，不能再做同一件事（睡眠），严重破坏了"三同效应"规律，并引起身体惯性现象。表现为身体系统紊乱，最常见的就是"差铺"、头痛、烦躁、身体不舒服等各种不适症状接踵而来，或者当场大病不起，或者回家后，重感冒一场，严重的会造成心脑猝死，直接威胁生命。

古人云，"人生无常、出门为敌"。人生一切事物因缘而生，渐而败坏，世间的事情变幻莫测、错综复杂，我们的身体随时都可能遭遇难以应对的挑战，很难预料到下一刻会发生什么事情。出门在外，更是处在物理惯性与身体惯性及三同效应规律变化的"加速器"中。特别是现代人，无论是城市白领，还是农村进城打工者，物理惯性防不胜防，身体惯性惹火烧身，三同效应规律变化如影随形，故有出门为敌之说。

人生无常，须当谨慎；出门为敌，务必警醒。切记老子箴言："吾有三宝，一曰慈，二曰俭，三曰不敢为天下先。"一慈，对人对事都怀有一种慈爱、仁爱之心，则平；二俭，一种简简单单、朴朴实实、实事求是的作风，则静；三不敢为天下先，做事情要审时度势，要有耐心，不冒风险，则安。尽量减少物理惯性与身体惯性影响，竭力保持三同效应规律，特别要避免大尺度行为，敬畏自然，珍爱身体，珍惜生命。

如何克服或减少物理惯性给身体造成的机械伤害，如何克服或减少身体惯性及三同效应规律变化带给身体的疾病侵害，是我们维系健康身体与生命的一件大事，值得我们高度重视、深入研究。

永远的爱

初升的红日、潺潺的溪流、浩瀚的天空、静谧的月色、拂面的海风，美好的景色仿佛在我们心中唤起另一片天空。此时的喜悦之情将成为喜乐融入自然，并从自然中获得灵感，抑或是直觉，抑或是感悟，抑或是力量，以至于我们找不到任何文字与语言去描述它。但有的时候，我们却能瞥见它，与其相遇，或许这就是佛性。

2001年8月8日上午，我与同事古孜燕、阿力普一道，从伊犁那拉提草原乘车出发，翻越天山山脉，前往龟兹之乡阿克苏农行"建网站"。这是一条拥有世界顶级风光的南北疆穿越之路，这是一次比川藏线更险峻、更壮观，美到令人窒息的"独库公路"之行。

午饭后，我替换司机师傅驾车不一会儿，忽然看到正前方不远处一辆加长大货车迎面驶来。我紧急刹车，第一次体会到车不听使唤的恐惧。随着一身冷汗，车左摆右晃，在沙粒路面上画了一个足有20米远的大"S"。车虽与对面的大货车"擦肩而过"后停了下来，但右前轮已悬在空中，险些翻下路基。

稍作休整，司机阿力普师傅接过车后继续前行。路上他提醒我，沙粒路面，一定要慢行，车速不能超60迈。经过这次有惊无险的教训，我知道了什么是"难以驾驭"。

盛夏的巴音布鲁克大草原、原始天鹅湖、"九曲十八弯"，一路景色迷人。下午5点多，当车路经"大龙池"时，我终于抑制不住内心的喜悦与激动，请师傅停车，然后急忙跳下车去。

映入眼帘的是一片仙境。阳光下的池水，碧波涟涟，清透得像承载着一池子翡翠。池面上，水鸟不时掠过，偶尔和风轻抚，带起一片涟漪。池畔边，碧草连天，繁星般的野花点缀其间。一眼望去，天边、池畔、水面连成一片，浩渺、璀璨、斑斓。

我情不自禁地找到了一片舒适的草坪躺下，眼前的景色慢慢氤氲开来。在这个只有我、只有快乐、只有说不出来的遐想和憧憬的大自然中，我慢慢地被光明、安详、喜乐深深地包围，身、心与自然通透合一，感到无比自在与美好。这千般美妙感觉令我几乎晕厥，意识离我渐行渐远……

不知不觉中，我慢慢地睁开了双眼，却不记得在何地，不知是何时，不晓得和谁，不觉发生了什么。只觉得这隐隐约约、飘浮不定在灵魂深处的情愫，仿佛在我的眼中、脑中、心中与大自然融为一体，汇成一幅挥之不去的精美画卷。

二十年来，每每想起、说起，仍然觉着身临其境，喜乐萦绕、余波涟涟。

2001 年 8 月 8 日，是一个非凡而又重要的日子。这一天，我不仅感受到了一种神秘力量对我的保护，还体验到了无限的喜乐与美好。就在这一天，我的人生发生了转变。回到单位后，接到了赴总行工作考试通知书。赴考后不久，收到了 2002 年 1 月 13 日赴北京总行入职报到的通知书。

后来，我恍然大悟。2001 年 8 月 8 日，是父亲十周年祭日，我避祸得福，迎来人生新转机；2002 年 1 月 13 日，是母亲二十七周年祭日，我拿着工作报到通知书，从新疆来到了北京；1978 年 1 月 13 日，是母亲三周年祭日，我接到高考初选录取通知书，从农村回到了城市。

1978 年 1 月 13 日母亲三周年祭日上午，我正在乡下务农活儿。当我接到高考初选录取通知书后，即刻怀揣通知书，与知青王真一起，直奔母亲墓地祭拜。当天乌鲁木齐漫天大雪，过膝深的大雪将墓地四周覆盖得白茫茫一片，加之天色渐晚，经过四个小时的路途，两小时寻觅，最终没有找到母亲的墓碑，这是我唯一一次没有找到母亲的墓地。

四十余年来，我一直背负沉重包袱，埋怨自己不够用心，在重要的日子里却未能如愿以偿祭奠母亲大人，失去了上大学的机会；一直耿耿于怀，因受"家庭出身"影响，高考落榜。随之，刻骨铭心的1977年高考落榜记忆又浮现脑海。

那是"文革"结束后，恢复中断十年后的首次高考。当时我在新疆作为一名知青迎考。此次高考理科考试科目是数学、语文、理化（合一卷）、政治4门课程，满分400分+12分，其中理化试卷有12分选作题。当时高考知青初选录取分数线是200分，我的总分是250分（238分+12分选作题），平均成绩62.5分（59.5分+3分），其中数学69分、语文60分、理化58分（46分+12分选作题）、政治63分。但最终名落孙山，被师专物理专业录取。

上师专两个月后，全国高校开始了本科扩招，拟从原高考初选落榜生中，选取符合两个条件之一者直接录取。一个条件是平均成绩60分以上，我的平均成绩虽然是62.5分（59.5分+3分），但是，其中3分是选作题加分未予考虑，差0.5分；条件之二是单科成绩70分以上，我考分最高的是数学，69分，差1分。二者均不符合录取条件，我再次被拒于本科门外。

直到今天，我终于幡然醒悟，没上大学是母亲在天之灵对我更好的护爱和期望，受所谓"家庭出身"问题影响，亦是父亲在天之灵对我的保佑和庇护。正因如此，我才能走向今天更适合我的人生之路。

我要感谢师专，感谢我的物理老师周民德先生。记得先生在师专一次"普通物理"课堂上，说过"我的老师是爱因斯坦的学生"，这句话令我终生难忘并赋予了我人生巨大的荣誉和鞭策。

先生的话成就了我成为世界上最伟大的物理学家爱因斯坦的"第三代学生"。同理，我可以自豪地说，我先后在普通中学、中专学校、电视大学分校及相关专业培训班中讲授数学、物理、计算机等课程，听课的数千名学子都将成爱因斯坦的"第四代学生"。

我将鞭策及压力转换成为动力，经历了四个"十年磨一剑"，除了正常的工作、生活秩序外，额外得到了意想不到的收获。有机会享受到了更多的教育资源，通过长达十余年的不懈努力、追求，终于拥有了数学、物理、金融、中国通史等多种专业知识与丰富的人生经历；有缘对哲学发生兴趣，经过十余年的悉心观察、思考、论证，终于发现、阐述了"010定律"及"万物皆圆"理论，并应用其定律，展开对人生的理解与思考；有幸与文学创作结缘，历经十余年的深度挖掘、采集、编著，终于完成了《辛亥功臣高振霄史迹录》《高振霄三部曲》《圆来如此》等5卷本、200余万字的历史、哲学、文学作品，同时获得了相关文学奖项及优秀作家荣誉称号；感谢命运之眷顾，知天命之年，开始觉悟，心存感恩，珍惜拥有，经由十余年的自觉补课、反省、修正"转型期"，在践行人生"010圆"的归零途中释疑解惑、通透自然，如同一枚果实从青涩变得成熟。

今天是父亲三十周年祭日，谨以此文向我最亲爱的父母亲大人汇报，缅怀悼念逝去的父母，感谢父母养育之恩以及老人家在冥冥之中对我及亲人们永远的爱与期待。

阿弥陀佛！感恩佛陀大慈大悲、大恩大德。

2021年8月8日

平安是福

但凡人在总结自己人生的时候，都会好大喜功，举出一大堆人生中所谓的杰出成绩与辉煌成果。其实不然，最值得庆贺，并感恩戴德、念念不忘的应该是防患于未然，躲过身边最不该发生的事情，即躲过的灾祸。

前不久，几个老同学相约，携家人回故乡踏春。一路上欢声笑语，不虚此行之情，溢于言表。然而，在塔城地区通往一个农庄的小路上，突然横窜过来的一辆农夫摩托车与我们正常行驶的车险些相撞，当时大家都出了一身冷汗。事后我心里默默地想，假如没有躲过那场灾祸，那么我们千里迢迢赶来与老同学聚会及旅游将变成一场血染的悲剧。

记得几年前的一天傍晚，我下班后，驾车行驶到离家不远的十字路口中央，突然，一辆未开灯的加长载货车，从十字路口左边闯红灯横冲过来。刹车已来不及，本能驱使我踩足油门冲了过去，大货车车头与我车尾距离仅几厘米之远。一生摸爬滚打与努力换来的一切差点在瞬间化为乌有。

大前年春节前后一个月内，我在海南清水湾住处与北京家里，两次不慎滑倒，仰面重重摔在地上，幸运的是两次后脑勺与水泥台阶及坐便器擦边而过。不然，后果不堪设想。

毫不夸张地说，那次在农庄小道上避开与农夫摩托车相撞，是我回乡省亲会同学最有意义的收获；那天傍晚，下班驾车回家的路上避免的一场车祸，是我职业生涯中最为灿烂辉煌的一页；两次不慎滑倒，后脑勺险些与硬器碰撞，是我一生中最大之幸运。

每个人的一生，都会遇到这样或那样的有惊无险的经历。可是，只要是躲过了，就会漠然置之，面对曲突徙薪不以为然，却为着火后的救火者感激涕零。常言道，"好了伤疤忘了痛"，然而，这无伤、无疤、无痛的经历，更值得我们念念不忘。看看周围，有多少未能躲过灾难的家庭或个人，一夜之间，家破人亡、妻离子散，后果惨不忍睹。如果遭遇不测，你还会有今天吗？何谈幸福、安康、快乐，何谈亲情、友情、同学情，何谈名利、财富、人生？一切都将化为泡影。

当然，事后诸葛亮居多，有人谴责当年没有有效阻止拉登恐怖袭击事件，上演了"9·11"悲剧，导致3000余人失去性命并造成万余个不幸的家庭。殊不知，还有多少天使般的大英雄，为我们今天世界的和平与安宁，一次又一次阻止了"拉登恐怖袭击事件2""拉登恐怖袭击事件3"，挽救了数以千百万计人的身家性命，甚至避免了第三次、第四次世界大战。回想1976年、2008年发生"唐山大地震""汶川大地震"，2003年、2020年分别发生"SARS冠状病毒""新型冠状病毒"导致的疫情，灾难与我们每个健康活着的人擦肩而过。我们每个健康活着的人是天下最幸运的人，是世间最辉煌的成功者。

人生与社会最为成功、最为辉煌之成就，是我们有幸化解了一个又一个尖锐矛盾，教化了一个又一个恶魔，躲过了一次又一次灾难，避免了一次又一次重大伤害，挽救了一个又一个人生。

我们不仅需要关注弱势群体，多给予他们爱，帮助他们；还需要最大可能、最大限度地遏制、挽救、教化那些未暴露、未发生，处在萌芽状态的"魔鬼"；最大可能、最大限度地疏导、缓解、化解、消除矛盾，避免恶性事件发生；更重要的是提高安全意识，珍惜生命、防患于未然；学习修为、乐善好施、积善成德。

"积善之家必有余庆，积恶之家必有余殃"，感谢上天眷顾与佑护，感恩前世及平日积德与行善，使得我们今生今世有幸，逢凶化吉、遇难呈祥。

人无老幼　且活且珍惜

按照人的保守寿命80岁计算，除去一半吃饭、睡觉的时间，剩下40年；除去一半无灾无病无难的时间，剩下20年；再除去一半你不喜欢的生活，只剩下10年；再除去一半你不能够掌控的时间，只剩下5年。就是说，人从新生儿开始走过完整的一生，真正能够享受到的快乐与幸福时光，仅是正常人80岁寿命的1/16，亦即5年而已。

对于我们身边大多数作为社会中坚力量的人来说，如果他们是一个30岁左右的年轻人，将来50年中，能够享受到的快乐与幸福时光只有3.125年（50/16），大约是3年；如果是一个50多岁的中年人，今后30年中，能够享受到的快乐与幸福时光仅剩1.875年（30/16），大约是2年。就是说，无论对于一个年轻人，还是一个中年人，你能够真正享受到的快乐与幸福时光，都只有3年左右。

因此，无论你是年轻人还是中年人，或者年长者，都要珍惜拥有，活在当下。年轻人，不要太张扬、傲慢，瞧不起长者；年长者，也莫悲观、消极，不尊重年轻人，何况自己还年轻过。

人生苦短，如白驹过隙，稍纵即逝，不纵亦逝，且活且珍惜。

坚守做人道德底线　把握处事基本判断

最近看到两篇文章，一篇是《不要鼓励人违背最基本的人性》。文章说："近年来我们总是听到一些感人的故事，譬如，有的人自己的孩子不养，去养别人的孩子；自己的父母还住着出租屋，却捐了很多款去做慈善……"另外一篇文章《像对待领导一样对待父亲》。作者自述："倒茶、点烟、为领导开车门……平日里，我在领导面前不知重复过多少次，而在父亲面前，仅仅做了一次，父亲便记住了、满足了，觉得自己幸福了！想到这些，我心里如猫抓一般难过……"

读上述二文，每个人的良心都会受到拷问，特别是其中一篇文章的作者讲到春秋时期五霸之首齐桓公不得善终的故事，令人不寒而栗。

齐桓公有三个宠臣，分别是开方、竖刁和易牙，这三个人整天陪着齐桓公吃喝玩乐，非常得齐桓公的宠幸。他们除了能想着法子哄齐桓公高兴之外，还都有"感动齐桓公"的绝活儿。

第一个宠臣开方是卫国的公子。他放弃了卫国公子的地位来服侍齐桓公。而且，他的父亲去世的时候他都没有回去奔丧，而是留在齐国陪齐桓公。按齐桓公的话说："公子开方爱我胜过爱他亲爹。"

第二个宠臣竖刁的事迹似乎更感动人一些。原本他是一个贵族家的孩子，小的时候被送到宫里来服侍齐桓公。别以为到了宫里的孩子都是穷人家的孩子，事实上春秋时期都是有地位人家的孩子才能到宫里工作。后来竖刁长大了，出现男性第二性状，这就意味着他不能再在宫里干活了，于是被父母接回了家里。接下来，就应该是上学、娶媳妇、生孩子这种事了，再仗着曾经在宫里伺候过齐桓公，捞个一官半职不是问题。可是竖刁对这些事情没兴趣，反而特别怀念宫里的生活，于是趁着大人不在家的时候，自己拿把剪子把自己的生殖器剪下来喂狗了，然后休养了半年，重新回到宫里伺候齐桓公。"竖刁这小子，爱我胜过爱他自己啊。"齐桓公感慨万分，更加喜欢竖刁。

第三个宠臣易牙的故事更是匪夷所思。易牙是个非常优秀的厨师。齐桓公很喜欢他做的菜。有一次，易牙做了一个烹乳猪给齐桓公吃，齐桓公顺口说了一句："乳猪这么好吃，不知道婴儿肉有没有这么好吃啊？"说者无意，听者有心。第二天，易牙果真烹了一个婴儿来给齐桓公吃。齐桓公吓了一跳，忙问易牙这是怎么回事，易牙说："主公想吃婴儿肉，我就把我儿子给烹了。"

对于三宠，齐桓公的仲父宰相管仲，早就看不惯并且很不喜欢。管仲病重，弥留之际，齐桓公来探视他的时候，他就提醒桓公："开方、竖刁和易牙这三个人不是好人，要离他们远一点。"

齐桓公不情愿地问宰相管仲："公子开方放弃了卫国公子的位置来跟随我，父母死了都不回去奔丧，他难道不是真爱我吗？"

管仲回答道："连父母都可以抛弃，还有什么人不能抛弃？"

齐桓公又问道："竖刁为了留在我身边，自己把自己给阉了啊！"

管仲回答道："人都是把自己的身体看得最重，他连自己的身体都不在乎，他会在乎别人吗？"

齐桓公又问道："可是，易牙很爱我啊，他把他儿子都蒸来给我吃了呀。"

管仲回答道："人之常情是最爱自己的儿子的，他连儿子都忍心杀掉，对别人还有什么做不出来的？"

尽管齐桓公不愿意，可是他敬重管仲并知道管仲看问题是有道理的，所以，他还是把这三个人都赶走了，不允许他们留在自己的身边。

管仲死了之后没多久，齐桓公实在感觉生活没什么乐趣，忍不住又把三宠招了回来。

后来的事情则完全按照管仲的推论进行。齐桓公生病后，他的几个儿子为了争夺太子的位置明争暗斗。三宠不仅纷纷加入了这场争斗，最终还将齐桓公关在后宫，将他活活饿死了。

"唉，仲父真是圣人啊，我不听他的话，才落得今天凄惨的下场。我死之后，哪里还有脸见仲父啊！"齐桓公临死之前，发出这样的哀叹。更悲惨的是，齐桓公去世之后67天才有人为他收尸。

孟子围绕人性提出"四心说"："所以谓人皆有不忍人之心者，今人乍见孺子将入于井，皆有怵惕恻隐之心——非所以内交于孺子之父母也，非所以要誉于乡党朋友也，非恶其声而然也。由是观之，无恻隐之心，非人也；无羞恶之心，非人也；无辞让之心，非人也；无是非之心，非人也。恻隐之心，仁之端也；羞恶之心，义之端也；辞让之心，礼之端也；是非之心，智之端也。"译成今天的话说："每个人都有怜悯体恤别人的心情，如果今天有人突然看见一个小孩，要掉进井里了，必然会产生惊惧同情的心理——这不是因为想去和这孩子的父母拉关系，不是因为想在乡邻朋友中博取声誉，也不是因为厌恶这孩子的哭叫声才产生这种冲动。由此看来，没有怜悯心，简直不是人；没有羞耻心，简直不是人；没有谦让心，简直不是人；没有是非心，简直不是人。怜悯心是仁的发端，羞耻心是义的发端，谦让心是礼的发端，是非心是智的发端。"由此推演出"仁义礼智"，成为中国古代哲学中"性善论"的理论基础和支柱。

退一步说，古人云：人生有"六不择"，即饥不择食，寒不择衣，慌不择路，贫不择妻，急不择言，困不择息。比喻人在迫切需求，甚至绝望，失去理智的情形下，为了生存，为了保命，顾不上作出选择，不得已而做出不耻之事。这虽是人生的无奈，但或许还在人性与常理之中。然而，三宠违背人性与常理的丑恶行径，是可忍，孰不可忍！

先说开方，自己的父亲去世了，不回去奔丧，而是留在齐国陪齐桓公寻欢作乐。可以看出开方这个人，不仅没有怜悯心，没有羞耻心，连起码的孝心都没有；不仅没有谦让心，没有是非心，爱"领导"胜过爱自己的亲爹，连做人的基本伦理都不顾。何况，他还是卫国的公子，根本谈不上饥不择食，寒不择衣，慌不择路，并非迫不得已而为之。

再看看竖刁与易牙，他俩违背基本人性与常理到了无与伦比之程度。竖刁为了能继续在宫里伺候"领导"，宁愿把自己阉割；易牙竟然把自己的儿子蒸了送给"领导"吃。此二人，并未被逼到"六不择"的地步，而做出令人不齿之事，是典型的无恻隐之心、无羞耻之心、无谦让之心、无是非之心，简直不是人。

爱是有秩序的，一般是以自己为圆心，以爱者为半径向外扩散递减。首先是爱自己，接着是爱亲人（爱配偶、爱老人、爱大孩子、爱小孩子），爱身边的人（爱朋友、爱邻居、爱同学、爱同事），爱家乡，爱祖国，爱世界全人类。这也是正常人性使然，常理也。

自己的孩子不养，去养别人的孩子；自己的父母还住着出租屋，却为了迎合虚荣及赢得更大的名利捐款去做慈善；把大部分精力都用在了讨好、服务上级领导身上，却忘记了孝敬自己的父母。相反，导致父母在儿女面前却像个下属在领导面前一样诚惶诚恐、小心翼翼。某一天，孩子突然正常地为父亲递烟倒水，父亲却感激涕零得不知所措。

如果一个人连自己都不爱，连自己的亲人都不爱，这个人要么有忍辱负重之"事业抱负"，要么就是心理变态、人性扭曲；如果一个人基本的人性都不存在，要么他有更大的阴谋，要么他特别残忍；更可怕的是，面对这些违背人性、违背常理的事例，我们却见怪不怪，都已习惯成自然，甚至形成了不良的社会风气。作者说："不要违背人性，也不要鼓励别人违背人性。"还有人痛斥："请勿乱伦！不要在领导面前当儿子，也不要在老子面前当老子。"

再看看，几年前，2岁的"小悦悦"被两车相继碾压，7分钟内，18名路人路过，都视而不见，漠然离去；还有青岛一名就读高中的15岁女孩，谎称给母亲按摩，然后从后面用绳子将母亲勒死。这些社会现象让人毛骨悚然。试问，我们天性中的怜悯之心、善恶之心、谦让之心、是非之心都去哪里了？碾压小悦悦身体的司机，难道不知道车轮下有一个鲜活的生命吗？一个个视而不见、冷漠到麻木的路人，难道是慌不择路？还是困不择息呢？一个花季少女仅仅因为不愿意接受母亲的严格要求，竟然将亲生母亲活活勒死，并用刀剁成块装入塑料袋放进冰箱里。人性何在！常理何有！这些悲剧折射出当前社会的"仁礼义智"在"礼坏乐崩"，人性扭曲、道德沦丧令人发指。

最令人可悲的是，社会进步到今天，一些人接受了长期的现代道德教育，甚至读到本科、硕士、博士，满腹经纶、伶牙俐齿，却失去了人性本初的怜悯心、羞耻心、谦让心、是非心；更不能被容忍的是，时代发展到今天，我们生活在城市的大多数民众中已经再难以看到，或者至少在机关公务员身上难以看到，人生的饥、寒、慌、贫、急、困等现象，却在我们身边普遍发生"六不择"怪现象，不断重演饥不择食、寒不择衣、慌不择路、贫不择妻、急不择言、困不择息的一场场荒诞剧。

或许，现在环境与条件好了，我们"精致的利己主义者"与时俱进，尚有更多的机会，将"六不择"，改变为"六多择"，不饥则择更美食、不寒则择更暖衣、不慌则择更多路、不贫则择更美妻、不急则择谎言多、不困则择如意息。本末倒置，对上级阿谀奉承、谎话连篇，恨不得将自己变成当年齐桓公名下的三宠；对下级包括对父母不恭不敬、恶语相加。从掩盖人性"四心"天然属性，突变追求人性虚伪的功名利禄社会属性。更可怕的是，还有更多的人不以为然，或许只知其然而不知其所以然，在当前纷乱莫测的时代风云面前，失去了做人底线与基本判断，茫然失措，不知所云。

以铜为鉴，可以正衣冠；以人为鉴，可以明得失；以史为鉴，可以知兴替。古有春秋五霸之首齐桓公"用人不善"导致人亡政息的典故，当今社会则有对待领导与亲人厚此薄彼的现象，还有各种违背基本人性与常理的不齿行径，以及各种威胁与诱惑。面对这些，我们如何才能够正确判断，并从中作出正确选择？我大声疾呼，并告诫自己与身边的朋友，坚守做人道德底线，把握处事基本判断。

什么是做人道德底线呢？

不违背人的善良本性，不违背自然规律，不逆当今世界主流价值观。

什么是处事基本判断呢？

是否违背了人的善良本性，是否违背了自然规律，是否逆世界主流价值观。

何为人的善良本性？

始终如一拥有"孟子四心"——恻隐之心、羞恶之心、辞让之心和是非之心，亦即仁义礼智。

何为自然规律？

不经人为干预，客观事物自身运动、变化和发展的内在必然联系，亦即自然法则。

何为当今世界主流价值观？

民主、和谐、自由、平等、公正，合作共赢、世界和平。

人生后半场贵在释放

2020 年，是我退休生活第四个年头了，我不由得问自己，现在你还好吗？退休后与在职期间最主要的变化是什么？

今天闲居在家的我，内心自在，生命自然，生活从容，徜徉在人生归零的快乐圆中。

在职期间，每年对照全年工作计划表逐一落实，每天按照全天作息时间表机械运转，在领导的指挥与员工的监督下不懈努力工作。退休后可以自由支配时间，随性掌控空间，在属于自己的时空里，做自己喜欢的事，过舒服的生活；过去的意义是物质与知识的积累，不断给自己施压，今天完成工作任务了吗？今年赚到预期收入了吗？争取明年再上升一个台阶。现在的意义是财富与智慧的释放，随心所欲不逾矩，今天过得舒服惬意吗？今年完成旅游计划了吗？今年完成全年消费指标了吗？过去理财是挣年薪、买黄金，期望储蓄值增加，资产升值。现在的理财理念是"量身定制"消费，随着生命衰老终结，释放尽在职期间创造的全部财富，花完所有的积蓄；过去是积累、赚钱，现在是释放、花钱；过去在职场上惜时敬业，现在回归自然享受人生。当然，无论何时都不能忘记，要力所能及地为社会做慈善公益活动。

市场经济，工作是谋生手段，按劳分配，多劳多得，多劳多辛苦。中年时期上有老、下有小，背负沉重的家庭负担与社会责任，他们需要钱，需要积累，需要把大部分时间与精力都用在赚钱上，因而减少或失去了消费的时间与精力。在这个过程中，他们甚至错误地认为赚钱就是快乐。中年时期为人生最为辛苦的阶段，人们只顾赚钱，远离了消费，显得困顿与不安。

赚钱是一个通过付出身体成本、教育成本、知识与技能成本，即通过身体"放电"消耗身体、付出劳动汗水、付出知识与智慧，换取金钱与财富之过程，赚钱本质是付出、是消耗、是做功、是辛苦、是痛苦；消费是一个通过花钱补充体能、养护身体，即通过给身体"充电"恢复身体、回购快乐、享受人生之过程，消费本质是回报、是收获、是愉悦、是幸福、是生命的加油站。

享受高品质消费，体现对生命的尊重与关爱；体验高品质消费，彰显消费者的成就感与尊严；感受高品质消费，换来精神焕发与自信满满。当我们闯入一个全新式高品质消费生活中，我们仿佛年轻、时尚、健康了许多。

人生下半场，60岁至80岁，是人生百年五个20年中，唯一的黄金20年。在这个黄金20年中，身体尚可，积累了一辈子财富，有大把的时间，与自己相比，"身体""钱财""时间"人生幸福三要素俱全，正值人生黄金消费期。在量入为出前提下，尽量减少消费数量，优化消费质量，提高消费水准，不失时机地尝试高品质消费。精心保养我们这部跑了数十万公里的老车，悉心犒劳我们这副养儿育女、孝敬父母、支撑了大半辈子家庭、疲惫并日渐衰老的身躯。

人生全场是个圆。人生前半场画上半圆，从0开始，慢慢地步入1。婴幼儿时期，靠父母养育；青少年时期读书学习，储备知识与技能，为将来赚钱做准备；中年时期，付出身体与知识成本，换取钱财养家糊口。继续摸爬滚打，争取赚更多的钱，过上较富裕生活，为孝敬父母、抚养下一代，承担家庭与社会责任，同时给自己退休生活留点储蓄。人生后半场画下半圆，由1渐渐归0。

我曾经说过，工作是为了不工作，赚钱是为了不赚钱，赚钱是为了花钱。现在退休了，终于可以不工作了，终于达到不需要工作、不需要赚钱的境界，开始全身心投入享受人生的消费与花钱快乐中。能用花钱做到的事，就不要再靠身体亲力亲为，更不要靠关系求人帮忙。要舍得花钱，花钱买服务、花钱买方便、花钱买健康、花钱买平安、花钱买快乐、花钱买长寿，花钱享受美好生活。伴随着年龄增加与身体渐衰，同步释放生命能量及积累的财富，直到生命与财富完成共同使命而归零，完成人生全场，画出完整圆，实现圆满人生圆010。

或许，这就是我退休四年后对人生是个圆010，亦对过去人生前半场是画上半个圆，积累、打造、彰显人生，从0到1；现在人生后半场是画下半个圆，释放、享受、回归人生，由1归0的体验与感悟吧。愿我们在人生后半场归零的快乐消费中，延年益寿、颐养天年。

证明题二

命题：健康、平安、快乐 = 官小、钱少、名小

试证明：健康、平安、快乐 = 官小、钱少、名小

求证：

因为

健康多一点

则疾病少一点

则压力少一点

则责任少一点

则权力少一点

则官小一点

即

健康多一点 = 官小一点；

又因为

平安多一点

则风险少一点

则利润少一点

则钱少一点

即

平安多一点 = 钱少一点；

又因为

快乐多一点

则被人攻击少一点

则被人知道少一点

则名小一点。

即

快乐多一点 = 名小一点

即

健康多一点 = 官小一点

平安多一点 = 钱少一点

快乐多一点 = 名小一点

所以

健康多一点、平安多一点、快乐多一点 = 官小一点、钱少一点、名小一点

即

健康、平安、快乐 = 官小、钱少、名小

故有

衷心地祝福您健康、平安、快乐！

就是

恳切地希望您官小一点、钱少一点、名小一点

第三辑

花好月圆

花好月圆，既是 010 圆的高光时刻，又是 010 圆的最终归宿，还是 010 圆的新开始。

　　旅游是人生里程中最有意义和最值得纪念的时光之一，人生亦旅游，优哉游哉犹如圆，一圆一圆又一圆。

　　花好月圆——010 圆。

行万里路　路在脚下

2016 年底，我退休后，便与妻子开启了北京与海南之间的"候鸟式"度假生活。从 2017 年 12 月 6 日至 2019 年 4 月 17 日，近一年半时间，两次自驾车往返北京与海南，分别选择中线、西线和东线，基本走遍中国南部。

第一次驾车从北京出发，走中线向南行，穿越北京、河北、河南、湖北、湖南、广东，抵达海南。由海南返京，走西线向北行，经过海南、广东、广西、贵州、重庆、四川、陕西、山西、河北，回到北京。第二次从北京乘飞机到三亚，并将车托运至三亚。由海南驾车返京，走东线向东北行，经过海南、广东、福建、浙江、江苏、山东、河北、天津，返回北京。三趟总共穿越 20 余个省、直辖市，包括石家庄、安阳、郑州、许昌、信阳、孝感、武汉、长沙、衡阳、清远、广州、中山、湛江、海口、北海、钦州、南宁、贵阳、遵义、重庆、成都、广元、汉中、临汾、太原、三亚、深圳、惠阳、潮州、厦门、泉州、温州、绍兴、嘉兴、宜兴、无锡、扬州、济南、德州、沧州等 50 余个主要城市。在海南期间，数次驾车围绕海南岛西线、东线、中线环岛游。

"候鸟式"生活 10 个月内，自驾车在途时间 80 余天，多次随旅行团，乘海轮或飞机赴菲律宾、新加坡、马来西亚、泰国、越南 5 国旅游 30 余天。旅途总行程 5 万余公里，其中自驾车程 2 万余公里。

"老高厉害了，曾经驾车连延庆都没跑过的人，竟然自驾游行车数万公里！"是的，身边不少人知道，我属于既不喜欢车又不懂车的那部分人。

虽然我拿到驾照 20 余年，但是，2006 年初，我才正式开上自己第一辆马自达 3 系车，6 年行程 4 万余公里。2012 年初，换宝马 3 系车，直到 2016 年底退休时，近 5 年行程不足 3 万公里。为何选择该车，我有自己不懂车的逻辑，车子就是一个代步工具，要以安全为上。品牌车自有业界人士认可的道理，无须一个不懂车者再去过多地参与评判与选择，这对购车者本人来说省功。另外，车小、节能、好驾驭、安全。大车撞了，我蹭了，大车蹭了，我过了。有车族拿到新车，都兴奋地去"拉车"。至今，我也不知道去哪里"拉车"，过去驾车只是在上下班路上，或者在北京环内跑跑，车速很少超过三位数。

今天，对长途，对旅游，对远行，甚至对生活、对人生，我有别样的认识与感悟。忘记过去，放下牵挂，一切都不是问题。

如今孩子不在身边，我们被定义为"空巢老人"族，我们走到哪里，家就在哪里。离开北京，锁上门，就离开了家，就到了新家。坐到车上，车就是我们的家；堵在路上，路就是我们的家；住在宾馆，宾馆就是我们的家；来到海南清水湾，清水湾就是我们的家；现在回到了北京，北京又成了我们的家。

过去，凡事总是追求结果，考虑成败。现在，尽在享受过程，关注是否喜欢，是否舒服；过去，位置决定大脑，坐在什么位置，考虑什么问题，说什么话。现在，脚步决定命运，走到哪里，哪里就是我的家，哪里就是我的当下，哪里就是我生命的全部。一路上，我们只关心我们的车轮与我们的步伐。

一路走来，我们没有特定目标，信马由缰、不温不火；我们有大把时间，不怕路远，不畏堵车；我们忘了北京，忘记了北京的家，忘记了过去不习惯忘记的单位与工作，忘记了过去难以释怀的是是非非与成败荣辱；我们放空心灵，随性而至，随遇而安，顺其自然。

行万里路，如同读万卷书，阅知世间人事无数，一路上收获满满，受益匪浅。

当听到有人还在喋喋不休地纠结去延庆参观"北京世园会"的路程与

时间，我心里默默地在笑，北京市区至延庆的距离不就是一脚油门的事嘛。

我曾经说过，人生的价值与意义是多一个人生第一次，亦多一个人生未曾发生过的经历。然而，人生之旅的每个经历过程，都是从未开始（0），到发生（1），再到最后结束，回到下一个未开始原点（0），起点（0）即终点（0），是一个有始有终圆（010）。正如我们旅行，北京起点（0）——海南途中（1）——北京终点（0）（起点0即终点0）；清水湾（0）——环岛游（1）——清水湾（0）；家里（0）——出游（1）——回家（0）。又如每一次熟悉而又不舍的关灯（0）、开灯（1）、关灯（0）；每一次无奈却又欣喜的散席（0）、宴席（1）、散席（0）；每一次放下（0）、拿起（1）、放下（0）的惊喜体验；每一个从自然属性（0）走向社会属性（1），又回归到自然属性（0）的人生；每一次看山是山、看水是水，到看山不是山、看水不是水，再回到看山还是山、看水还是水的返璞归真（010），都是一个又一个不同经历开始与结束（010），是一个又一个小圆与大圆的无穷循环（010）。

人生的价值与意义是多一个人生第一次，多一个出去又回来，多一个结束又开始，多一个圆（010、010……）。

人生亦旅游，优哉游哉犹如圆。

心驰神往的海南岛

　　航拍海南岛，犹如浩瀚无垠、湛蓝海洋中，寻找到的一颗硕大无比、熠熠生辉的圆珍珠。

　　海南省属于我国最南端的省份，海南岛与西沙群岛、南沙群岛、中沙群岛等构成海南省，其中西沙、中沙、南沙诸群岛及其海域，属海南省地级市三沙市管辖。海南岛北以琼州海峡与广东省划界，西临北部湾与越南相对，东濒南海与台湾省相望，东南和南边在南海与菲律宾、文莱和马来西亚为邻。

　　海南岛上有三条线路供游客选择，分西线、东线、中线。从海南岛北端海口出发，沿逆时针方向，走西线南行，经过海口市、澄迈县、临高县、儋州市、昌江黎族自治县、东方市、乐东黎族自治县，至海南岛最南端三亚市。再由三亚市继续沿逆时针方向，经海南岛东线，路经陵水黎族自治县、万宁市、琼海市、文昌市，又回到海口市，经过一个圆，总里程612.8公里。中线由海口市至三亚市，从北向南穿越澄迈县、安定县、屯昌县、琼中黎族苗族自治县、五指山市、保亭黎族苗族自治县到达三亚市。

　　海南岛风光旖旎、气候温和，大量游客及迁徙"候鸟"趋之若鹜。虽然是冬季里的海南岛游，依然多是晴空万里、艳阳高照。一路上，映入眼帘的不是广袤绿地与路旁椰子树、芭蕉树等郁郁葱葱植被，及不识其名的各种海南岛独有果树、植物，就是一望无际、碧波荡漾的蔚蓝色海洋与温柔、细腻的金色沙滩。

　　海南岛虽然是只有3.5万平方公里的雪梨状椭圆形岛屿，但它是我国独有亚热带和热带不同气候的区域。神奇的海南牛岭分界洲岛位于北纬18°，宛如一个由东北向西南横卧在蓝色大海中的巨大"马鞍子"，将海南岛南北隔开。以牛岭分界洲岛为界，北边为岭北，包括琼海、儋州、澄迈、海口等属亚热带区域；南边为岭南，包括陵水的香水湾、清水湾与最南端的三亚市及亚龙湾、海棠湾等属热带区域。热带区域最大特点是四季如夏，最大诱惑力是冬季可以在海水里畅游沐浴。

有人会提出疑问，亚热带气候温和，岂不更好吗？实际上对于热衷"候鸟式"生活的北方人来说，一般都是选择冬季来海南岛，感受冬季里夏日般的海边生活。因此，在成熟房产市场机制下，海南房价就是人们选择居住区域最好的"风向标"。全海南岛，房价最高的是热带区域三亚市，其次是热带区域隶属三亚市及陵水县的几个湾子，包括亚龙湾、海棠湾、清水湾、香水湾等，第三才是省会海口市，其他区域房价递次排序。

据当地人说，牛岭分界洲岛是海南气候变化重要分水岭，以此为界，可以欣赏南、北不一样的风景，感受热带、亚热带不一样的气候环境。夏季，岭北大雨滂沱，岭南却依然阳光灿烂；冬季，岭北潮湿阴冷，岭南却依旧阳光明媚。记得元旦过后的一天上午，我们驾车从海南岛北边朋友住处儋州出发，返回南边清水湾。连着几天儋州都是阴雨绵绵，雾气蒙蒙。一路南下，伴随我们的是阴沉沉的天空、湿漉漉的路面。然而，当车从牛岭分界洲岛的涵洞驶出来时，天空忽然亮堂了，温度顿时升高了许多，黏潮的衣服也干爽了不少。体验了在同一天，相差不过分把钟，相距不过百来米，亚热带与热带不同区域的不同感受。

南北差异无处不在，除了岭南与岭北，表现出热带与亚热带气候不同外，还有海南本地人与外省人之间的文化差异，甚至矛盾也是随处可见。从海南本地流传的两首顺口溜中，可见一斑。

首先是海南本地人把外省人总结了一番，流传成了歌谣（摘选）。

美丽富饶的海南岛

来了一群北方佬

下了飞机脱棉袄

胖的多，瘦的少

老的多，小的少

女的多，男的少

冬天来，夏天跑

声称自己是候鸟

候鸟一到物价高

当地人烦得受不了

北方人不甘示弱，奋起回击，有打油诗为证（摘选）。

崖州古时称荒岛

盐碱地里不长草

国家开发海南岛

咸鱼脑袋翻身了

没有内地投资岛

海岛今天算啥岛

如果候鸟不来岛

岛上鸟儿知多少

血红槟榔满地瞧

热得如同火山烤

　　每当我看到这两首海南当地人与外来人互呛、互掐的打油诗，心里不免发笑。同时，也为自己敲响警钟，告诫自己要自重、自爱，做一只自律的北方"候鸟"。

　　当然，最令我得意的是，现在的生活能够像"候鸟"那样，夏季生活在北京温带地区，冬季可以居住在海南清水湾热带区域。

清水湾三部曲

清水湾，仅听名字你就会知道，这是一个足以令人产生无限遐想和心驰神往的地方。湛蓝的天空、蔚蓝色的海洋、茂密的热带丛林，还有能唱歌的沙滩和会呼吸的空气，汇成了一条柔软、细腻，长达12公里的碧海银滩，足以媲美夏威夷、迈阿密、加勒比海、巴厘岛等。清水湾的海水质量达到国家一类海洋水质标准，号称世界顶级的天然海滨浴场，被世界旅游组织专家赞誉为世界最美丽的海湾之一。

对于涌入海南岛过"候鸟式"生活的北方人，有入岛"三部曲"之说。第一曲直奔省会海口，可享受省会之便利，但要经受冬季的湿冷；第二曲移至美丽的三亚市，虽冬季气候宜人，但是感到闹市人多嘈杂；第三曲落地湾子，即海棠湾、香水湾、清水湾、富力湾等，既可享有冬季的夏日，又能感受海边的清凉。

湾子里的空气、饮用水与食物，人类生命中不可缺少的"三宝"誉满全岛。首先是空气好，真正的天造地设。其净度、温度、湿度均是适合人类生存的最佳条件，比你想象的还要好，比你期望的还要好，比你要求的还要好。身临其中，我常常出自本能，发自内心地赞美与感叹，天气啊，真舒服！老天啊，你真好！其次是水质好，不仅海水好，饮用水更是首屈一指。有资料显示，海南饮用水质量全国第一，达到世界领先水准。三年来，我在清水湾，每天用铁壶直烧自来水泡茶，壶内壁没有一点水垢。在北京家里，用相同用途的铁壶，烧的还是经过净化后的自来水，不出三个月，俩壶对比，"判若两人"。最后是土壤好。由于空气好，水质好，没有工业污染，土壤就一定好！土壤好，水质好，种植蔬菜、瓜果就好。不仅本地水果名不虚传，就连平常吃到的蔬菜都香甜可口，有它本身固有的天然味道。土壤好，水质好，海鲜产品就好！家畜家禽就好！真是"天公作美如织锦，人间吟诗自开花"。

感谢缘分，我幸运地一步到位，直接栖息清水湾，同时享受天天"三部曲"——喝申时茶、海滩散步、读书写作（写点感悟、随笔），过着简单有序、舒适惬意的休闲式度假生活。

喝申时茶，是我天天"三部曲"之首曲。中医说 15:00—17:00 申时间，是人体吸收水及排毒的最佳时间，英国人称此时茶为下午茶，国人称申时茶。我多年形成习惯，不仅天天喝申时茶，而且一定要喝好申时茶。所谓喝好申时茶，是指在申时里喝"八好茶"，亦即茶好、水好、器具（常指茶壶）好、茶艺（沏茶的技艺）好、环境好、人好、心情好、胃口好八好。常言道，壶是父，水是母，茶为子，好茶要好壶泡，好水沏，并有正确的沏茶技能；环境好，能够营造出喝茶的和谐氛围；人好，指喝茶人喜欢茶，惜茶，而且舍得拿出自己的好茶与他人分享；心情好，能放下牵挂，避免干扰，安静喝茶；胃口好，吃了油腻佳肴，恰逢申时身体需要水分。

喝完申时茶，清理茶具后，借着浓浓的茶意，伴着圆润的落日，进行天天"三部曲"的第二曲，去海边散步。走出静谧祥和的小院，路过绿树成荫的小道，来到熟悉的海边。我脱去鞋子，高挽起裤管，赤脚踏在温热松软的沙滩与海水之间。

面对浩瀚的大海，倾听澎湃的涛声，举目远眺诗画般的夕阳余晖，备感神清气爽，心旷神怡。浑然不觉，天海一色、天人合一。愉悦中，我不由得在沙滩上捡起几个被游客丢弃的空饮料瓶及塑料袋，投向路边的垃圾桶。漫步中，口生津、喉回甘的滋味依然犹如泉水般在舌齿间翻滚，脑内吗啡、多巴胺宛如涓涓细流，遍及周身每一根神经；静态申时茶的酣畅淋漓与动态漫步在大海边的淋漓尽致此起彼伏；身心通透与天人合一，仿佛在大自然道的无字天书中，一个无我的"天人身心合一"浑然天成。

不知不觉来到一片绿荫地，一阵清风沁人心脾，不自觉地席地而坐。

我微闭双眼，静吸丛林绿荫的天然味道。人在草木中，如茶，处在自然放松状态，方显示出人之单纯，亦禅。蓦然间，我仿佛品出了"茶禅一味"的真味，似乎悟出了"茶禅一味"的真谛。原来那是返璞归真的味道，那是圆（010）的回归。为我天天第三曲，读书与写作捕捉到了新的素材与灵感。

第一曲，茶喝好了，心情好；第二曲，步散好了，身体好；第三曲，文章出彩，睡眠好。天天"三宝"伴我行，日日唱响三部曲，夜夜好睡眠，日日好身体，天天好心情。

短短数月清水湾生活，身体状况有了明显改善，发现往日眼涩、头闷、肩痛等多处身体异常不治自愈。知道的好处有限，还有更多的好处我不知道，只有身体知道。有我一首自娱自乐的《清水湾谣》为证。

清水湾谣

散步
阳光、和风
满眼春色
信步蓝天下
好似在仙间
看！
眼睛不涩了

海浴
天蓝蓝、海涛涛
水打浪拍，真逍遥
畅游天地间
好像在天边

咦！
肩膀不痛了

踏沙
黄澄澄、金灿灿
细柔炙热，好温暖
赤足沙滩来回走
如同按摩一般
嘿！
脚气没有了

读书
橡皮树、芭蕉林
窗外林染满园春
亭中风扶细品书
鸟语花香沁心扉
哦！
脑袋不闷了

品茗
人酣畅、汗淋漓
身心自然融一体
口生津、喉回甘
心旷神怡
哈！
血压正常了

珍惜人生第四个黄金 20 年

　　我在原单位 2000 余人团队中，在相当长一段时间内，属于最年长者。有时我与周围同事们调侃，"老高最大贡献，是能够让你们年轻！"此时，总能赢来一阵笑声，有人附和说："高老，为了我们年轻，您老不能退休！"在年轻人的海洋里，我虽然享受了阳光般的温暖与热情，难免也会有压力。

　　记得，有一次，是车限行日，上午要赶时间去单位开会，我只能打车上班。快要到达目的地时，好事的司机师傅问我："大清早的，您干吗去？"我颇为得意地答道："上班呀！"对方的话令我无语："您多大了，还在上班。"我受刺激了，经常与同事们在一起重提此话自嘲。

　　60 岁退休后，初来海南养老度假，我算是小学一年级新生。我从上班族中最年长者，一夜之间变成"候鸟族"中最年轻的一年级小学生，重享当年"年轻"美好时光。今后还要经过小学 6 年，中学 6 年，大学 4 年，硕博 4 年，20 年后 80 岁，方能完成人生又一轮新学业。

　　在海南新居住宅楼电梯中、大院内、马路上、海滩边，时常能看到 60—80 岁的爷爷奶奶们，领着孙子孙女。来到一个新环境，耳闻目睹社区生活形形色色，互相谈论最多的话题，就是关于海南购房事宜。一般人谈起来都是津津乐道，各家说各家好，洋溢着满满的自豪与幸福感。谈吐中发现，不同时代人，却大相径庭。

　　三十年代人不算多，他们虽然已是耄耋老人，但是依然精神饱满，热情不减。他们走在路上总是三五成群的，一众子女围绕在身旁。聊天中，他们会主动地大声告诉你，房子无须自己购买，随子女们一起迁徙到向往的海边生活，家里有人陪伴，三代人团聚，甚至四世同堂，其乐融融，颐养天年。

四十年代人，占"候鸟式"度假生活群体多数，虽然 70 余岁了，但是个个精神矍铄，非常健谈。他们情不自禁地夸耀孩子们有出息，有孝心。不仅房子由儿女们抢着购买，而且还儿孙满堂且无带孙辈之辛劳。他们不时地说道："儿女们说了，孩子还是要自己带，接受父母之教育好。儿女有能力请保姆带孩子，不需要我们老人带。"过去 70 古来稀，今天逍遥自在，真是今非昔比。

五十年代人，非同一般。上学面临"动乱"，工作"上山下乡"，成家时恰逢"晚婚晚育""独生子女"，中青年受挫下岗。步入老年，倾其所有积蓄，操持孩子婚姻、住房。退休后，夫妻俩除了轮换照顾年迈的父辈外，还要全力以赴带孙辈，不仅断送了养老资源，而且失去了退休后的最后一段美好时光。隔代带孙，"水土不服"，落得好心没好报，又影响了第三代的成长。我们五十年代人，上有老下有小，四代人责任一起扛，"咬定青山不放松，立根原在破岩中"。

六七十年代人年富力强，正是家庭中坚，社会栋梁，他们兄弟姐妹成群，携手孝敬三四十年代父母亲，又"春风得意马蹄疾"，继续在事业巅峰中，争取弥补二孩、三孩，购买两处别墅、三处新房。

尴尬、脆弱、"压力山大"，且为独生子女的八十年代人，你们是五十年代"胸中有了大目标，泰山压顶不弯腰"时代强者之儿女。你们与孩子的爷爷、奶奶、外公、外婆，六人簇拥着那辆华丽的婴儿车，呵护一个"小皇儿"或"小公主"走在马路上，成为城市一道"亮丽风景"。

九十年代和"00 后"的人，你们不仅满怀喜悦期待着自己的儿女与年幼弟妹们的出世，还正享受着六十年代、七十年代父辈精英光环的照耀与呵护，催生出更多的"白富美""高富帅"。

学者讲述，人生百年，仅五个二十年而已。第一个二十年（20 岁前），求学为主；第二个二十年（20—40 岁），事业为主；第三个二十年（40—60 岁），是人生最为忙碌而艰难的时期，单位、家庭、老人、子女、社会、工作，无不需要兼顾。唯有第四个二十年（60—80岁）才是无忧无虑、无牵无挂、享受人生的黄金时代。享受美好人生"三要素"是金钱、时间、健康。对大多数人而言，第一个二十年，缺乏金钱，第二、第三个二十年缺少时间，第五个二十年，则健康成了问题。唯独第四个二十年中，金钱、时间、健康"三要素"，基本达到相对统一，是享受人生的最好窗口期，也是人生百年中唯一的黄金时代。

三十年代、四十年代、五十年代的兄弟姐妹们，咱们是顾全大局的一代人，忍辱负重的一代人，自强不息的一代人，不离不弃的一代人，和而不同的一代人，幸福快乐的一代人。我们是第四个黄金时代的宠儿，是金钱、时间、健康"三要素"的拥有者。抓紧时间开始为我们自己真正活一把吧，做喜欢的事，过舒服的日子。

乐在其中

　　有人羡慕我们，从祖国西北尽头省会城市乌鲁木齐至首都北京，两地相距三千余公里之遥，两家四口人连续多年、数次结伴，完成数月、数万余公里出游实属不易。读数据，看结果，确实如此。然而，游历团队中的每个人相互尊重、相互包容，共同珍惜拥有，分享快乐时光之点点滴滴，记忆犹新并值得称道与浓墨重彩地书写。

　　每次出游，如同迁徙的候鸟，有一种天然的内在动力驱使，不约而同、如期而至。无论是往复中国中部至南部，中、西、东线高速路上，还是环绕海南岛中、西、东线中，总能看到一辆"京"字打头小宝马，紧紧跟随在"新A"开头福特城市越野车后面；无论是同游澄迈、清水湾、三亚、海口等城乡景区，还是共赴菲律宾、新马泰、越南等国途中，小小团队白天总是一起漫步在相同景点，吃着同桌餐，晚上同时入住同一宾馆隔壁房间。

　　老赵与我是五十年前的中学同学，同年稍大我几月，中等身材、结实、皮肤白，显得年轻、英俊。他语言犀利，但不失幽默风趣，人耿直、率真，不唯上、不畏权势、不欺弱，有正义感，是我一生中最为敬重的人之一。同学们在一起时，我总喜欢调侃老赵，说他"天生丽质"。此时，有女同学站出来纠正道，赵同学应该是玉树临风。当然，我话中有话，重点是有意夸老赵本质好。他知识面广，记忆力强。当我们一起参观无锡蠡园、游走蠡路、说起人物范蠡与扬州大明寺鉴真和尚及扬州八怪之一郑燮（郑板桥）时，老赵总是贯通历史，口若悬河，娓娓道来，使所谓读过两年历史专业的我感到汗颜。

老赵人接地气，办事能力强，遇事有主见且尊重他人意见，顺理成章成为我们团队总长。赵夫人小于，属于贤妻良母、夫唱妻随型妻子，细心、周到、少语、踏实、能干且包容性强，是我们的财务总监。妻子小刘，顾全大局，主动、热心，总长任命小刘为总长助理。助理每天要提前为总长提供行走路线及住宿等预案，供总长抉择。我被助理封为宣传员兼茶倌。

一路上，惊喜不断，并且有始有终的重要因素，是团队成员之间，优势互补、相辅相成。总长受过专业摄影培训，对单反相机的各种参数、功能应用如数家珍，构图、光线处理等技术娴熟。一路上不厌其烦地教我，使我将已丢弃多年的相机又捡了回来。跟着老赵学拍照，俩夫人当免费模特，皆大欢喜。老赵不仅相照得好，歌唱得也好。同学们在一起，尤其是他小酌二两后，便会主动一展歌喉，并能用中日双语惟妙惟肖地演唱蒋大为歌曲《北国之春》《牡丹之歌》。旅途劳顿中，常常被老同学中音舒展甜美、低音浑厚饱满的歌声感染和打动。

坚持喝茶，喝好茶，是我们共同拥有的情趣和不可缺少的体力与精神补给。无论是在国内自驾游行程中，还是在东南亚国家旅游或异国远洋客轮上，我们自备喝茶"系统"，包括煮茶壶、紫砂壶、公道杯、茶盏、茶叶、茶食等，并提前在当地买好山泉水或矿泉水，甚至在提前选择宾馆房间时，助理都要考虑喝茶的环境因素。无论旅途劳顿，身体再累，还是长途跋涉，回到房间时间再晚，每天都要抽出近两小时，前半场泡茶，后半场烹煮。边喝、边聊、边商定第二天的旅行计划，每每都是酣畅淋漓、欲罢不能。

扬州，古称广陵，历史悠久，文化璀璨，人杰地灵，给我们留下了美好而又深刻的印象。该城市是我们团队由海南走东线返回各自家园，继续前行集合之地，又是我们西北行与北上行分岔口，恋恋不舍的别离之处。

四月扬州，阳光明媚，天气爽朗，吃过早餐，小小团队成员依依不舍相互拥抱，相互祝福，并约定来年向更远的目标进发，画出人生旅途中更多、更大的"圆"。

清澈见底的双眸

去泰国旅游，一个必不可少的活动就是观看人妖表演。

渐入夜色，随旅行团安排去芭堤雅公主号游船聚餐，并观看当地著名的人妖表演。我们有幸被安排在观众席最佳位置。

随着海鲜、啤酒陆续上桌，旋转的霓虹灯与舞台灯光开始交相辉映。伴随音乐响起，光鲜亮丽的佳丽们缓缓登场。都说年纪大了，无论吃什么，看什么都不如年轻时有味道、有感觉，其实不尽然。二十年前，我来泰国看过人妖表演，但是，确实没有像这次演出，给我留下如此深刻的印象。佳丽们凸凹有致的身材、妩媚撩人的舞步、煽情妖娆的风姿，只是浮光掠影。但是她们阳光般的笑容，自然、灿烂，特别是那晶莹剔透、清澈见底的双眸，深深地感染了我，令人心动，并久久回味。

我想用"患得患失"一词来释义。越是怕失去的东西，越是容易失去。反之，越是不怕失去的东西，越是容易得到，越会发挥得淋漓尽致。眼睛是心灵的窗户，从那剪水秋瞳中，从那灿若星辰的双眸中，我仿佛读出她们心底深处的告白。

或许她们从不曾期盼被评委们发现，捧为大红大紫的大明星；或许她们从不曾乞求嫁入豪门，成为大富大贵；或许她们从不曾渴望被富豪们包养成小三、小四。她们不需要太多的钱财与名利及地位，她们无须置地、购房，更不需要建花园别墅。因为她们根本不需要考虑今后由谁来继承产业的问题。

她们在舞台上倾力表演，没有太多心机与目的，仅仅为博得观众喜爱，为更多人与自己多照一张相片，多接到一张面值 30 泰铢的钞票，为演出后与接她的男友、"闺蜜"再去嗨一把，为赢得自己在这一天中的快乐。

虽然称呼她们为佳丽，不免牵强，但是，我仍不忍称她们为"人妖"〔人妖的英文：Shemale，she（女）+male（男），是男女变性人〕。

因地制宜　拥抱自然

　　美国的大型企业、别墅区、餐饮业、超市等，一般都是稀疏地建在城市中心外围，马路与建筑很少有规则的东南西北向一说。即便你是走在主干道上，也有可能找不到北了。因为如果按照我们东方人的习惯方式走，脚下的路有可能是不通的。前方或者是公司区域，或者是私家住宅领地，或者走到了茂密丛林间，甚至纵深到一片原始森林。如果你试着胆量继续前行，不一会儿"柳暗花明又一村"，可能会通往一条更宽阔的马路，或者是另外一片商业区及生活服务区。

　　开始，我深感不解，认为这里的人太随意，这里的城市太缺乏整体规划。思量少许，慢慢地感受到，原来这里的马路、住宅、楼宇建设，注重"因地制宜"之设计理念。抑或是围绕山川河流而生，抑或是相伴丛林绿地而长，甚至是倚靠某棵大树而建。尽量不改变、不影响原有自然生态。首先，保护原生态；其次，不移山改河，降低建设成本。最重要的是，缩小人与自然之间的距离，增强人与自然同呼吸、共命运之有机生活。住宅依山傍水，面对湖光山色，眼观青山绿水，耳闻鸟语，鼻嗅花香，得来闲情逸致。故有"贵族绅士乡间味道"之说。

　　曾经，旅游途经的某市让我印象深刻。老天眷顾，该城市外围，被得天独厚的大兴安岭原始森林包裹。但是，在人为规划与过度开发下，城市中心辽阔平整，高层建筑以及马路东南西北有致，偌大的广场镶嵌其中。我们住在当地最好的宾馆之一"××酒店"，坐北向南，从宾馆高层窗户向外望去，远处郁郁葱葱、一片绿色，近处光秃秃、灰蒙蒙一片，人居其中。

深刻反思，大凡所谓成功者、精英的生活或许都是顾影自怜，他们热衷于居住、生活、工作在喧嚣的大城市中心。然而，每天 24 小时都被"钢筋水泥"状住宅楼、办公楼、"可移动封闭铁窗"式汽车以及"钢筋水泥套着可移动封闭铁门"般电梯包裹着。从每天的生活、工作中，我们可以看得出他们的活动轨迹，是一个接着一个封闭的钢铁结构圆（0——1——0）。

清晨，从住宅（0）出门——上住宅电梯——进住宅车库——启动汽车——去单位途中——进单位车库——上单位电梯——到单位办公楼（开始工作、开会、吃饭、上卫生间，直至下班）——上单位电梯——进单位车库——启动汽车——返回家途中——进住宅车库——上住宅电梯——回到住宅（0）。歇息一宿，翌日清晨，从住宅出发，继续下一个（0——1——0）循环。

清晨，从"钢筋水泥"住宅（0）出门——上"钢筋水泥套着可移动封闭铁门"住宅电梯——进"钢筋水泥"住宅车库——启动"可移动封闭铁窗"式汽车——乘坐"可移动封闭铁窗"式汽车奔驰在去单位途中——进"钢筋水泥"单位车库——上"钢筋水泥套着可移动封闭铁门"单位电梯——到"钢筋水泥"办公楼（开始工作、开会、吃饭、上卫生间，直至下班）——上"钢筋水泥套着可移动封闭铁门"单位电梯——进"钢筋水泥"单位车库——启动"可移动封闭铁窗"式汽车——乘坐"可移动封闭铁窗"式汽车奔驰在返回家途中——进"钢筋水泥"住宅车库——上"钢筋水泥套着可移动封闭铁门"住宅电梯——回到"钢筋水泥"住宅（0）。封闭一宿，翌日清晨，从"钢筋水泥"住宅出发，继续下一轮（0——1——0）钢铁结构封闭圆循环。

繁华城市，所谓现代化"高端"人群生活环境，如同刘擎老师所说是典型的"生活本地性的瓦解"。一方面，随着传统环境之改变，影响生活的变量急剧增加，与人类自己可控与防风险能力难以匹配，安全性降低，故灾难频发；另一方面，从物理上封闭了自己，与大自然中的阳光、空气、青山绿水隔离，整个生命被与"钢筋水泥""浇铸"为一体。殊不知，那些貌似成功的精英，早已成为"钢铁战士"。随着这种生活持续，失眠、抑郁症等各种城市肌瘤、现代疾病接踵而来，最终不是战死在"钢筋水泥"中，就是倒在"铜墙铁壁"里，后果不堪设想。

现在，我们愈加怀念那个距我们渐行渐远的年代——生活在大自然怀抱中，享大自然资源、受大自然呵护、同大自然共舞、与大自然和谐共生、和大自然相辅相成。不忘初心，我们虽然身不由己流浪远方，仍然要念念不忘留守故乡，从现代社会的"篱笆"中走出来，回归生活本地化，少城市、多乡村，少开车、多走路，少户内、多户外，少封闭、多阳光，还原我们多一点自然属性。

我们的小图书馆

　　女儿已成家，夫妇俩各自都有自己的车，但是，我们每次来美国度假，为了四人同车一起出行，他们又要买辆大点的二手七座旅行车。我们说浪费，他们回答道，没关系，你们走后，我们就卖了。这里二手车市场成熟，租车不如买车，买新车不如买二手车。二手车便宜，性价比高，并且好买好卖。女儿毕业工作后买了辆二手车，开了七年，至今还在使用。

　　周末下午，女婿将七座车后排座椅拆卸，后备箱刚好塞满四辆自行车，我们四人同乘一辆车向麦迪逊奥林公园驶去。透过车窗向外望去，马路上行人最少，较多的是跑步锻炼的人，再多的是汽车，最多的是自行车。

　　将车停靠在公园停车场，四人骑上各自的单车，沿着威斯康星大学自行车专用道环路上行驶，融入了自行车环流。

　　这里真是自行车的王国。安全自如，按照路况及体力，变换自行车挡，随心所欲地驰骋在自行车道上；空气清新，风景宜人，边骑边呼吸新鲜空气，边欣赏满眼绿色路景；舒服养心，心情愉悦，自我放飞，很快便陶醉在酣畅淋漓的释放和排解之中。

　　正当我享受着穿越时空般的美妙时刻，眼前突然一亮——路边显眼处的木架上放置了一个约18寸电视机大小的木箱子，箱子的正面有玻璃门。

　　在好奇心驱使下，我早早在下一个场景前就做好了准备，提前放慢车速缓缓停下来。走近一看是放置了一些书的木箱子，箱子的正面玻璃门上没有锁，只有一个可以开关的扣子，箱子上方标有"我们的小图书馆"。原来是周围邻居、路人将自己喜欢的、读过的书，愿意推荐给他人阅读的书，放置在书箱子里，有的还会在放置的书中，写留言条或附读后感，供他人随意取回阅读，阅读后又放回原处。以此带动更多的人把自己喜欢的好书贡献出来，供给更多的人阅读，接力传递下去。

我们的小图书馆，温馨、可爱，仿佛是一道美丽的风景，令人眼前一亮；犹如一缕春风，吹得身心凉爽；宛如一片阳光，照耀得人心温暖。

我不知道，我们的小图书馆是哪年创建的，由谁发起的，也不知道如今发展到了什么程度，有多少个"连锁店"。

我只有在心里默默地祝福，愿路边小小图书馆，这条知识与智慧的溪流，源源不断、源远流长。

登高望远方知真相

吃过早餐，参观加州大学伯克利分校。伯克利校园纪念碑、棕熊吉祥物、物理学大楼、生物学大楼等历史厚重的建筑物，以及雄厚的师资、丰富的藏书、完善齐备的各种教学设施，给人留下深刻印象。

离开学校向旧金山金门桥方向驶去，正是周一上午上班高峰期，出了学校不一会儿，便看到对面马路上发生了一起特大载重车翻车事故，事故车像座小山，侧翻横躺挡在马路中央，整个道路被堵死，事故车太大，短时间内道路很难疏通。当我们的车沿着盘旋的路面走到高处时，回首望去，依稀还能看到事故现场，以及堵在路上的长长车队。可能是有人获得了路况信息，对面马路上车流少了许多。却引来一些浑然不知的车主，飞速般前行。此时，他们心里肯定还会美滋滋地说道，今天运气真好，一大早道路通畅无阻，一边说着，一边又踩脚下的油门。

目睹整个路况过程的我，很想告诉那些不明真相的车主，却很难。因为我联系不到他们，帮助不了他们，眼睁睁地看着他们，一个个志得意满的样子，却是向着事故发生地快速驶去。恍然间，我觉着自己像"神明"的高人，仿佛看出了某个世间与某些人命运的真相。此种情况，很像人生道路上，一些暂时的成功者，看起来他们比同起点的同事走得顺，进步得快，似乎是春风得意。却不知，他们正在驶向一条死胡同，走得越顺、越快，离堵死的地方越近。可惜的是他们不知，我却清楚；遗憾的是，我也解救不了他们，原来"神明"也不是万能的。

此时，我想起曾经走"迷宫"的趣事。迷宫中高出身体的隔墙，遮蔽了"宫"中人向外观看的视线，看不到整体路径，近乎在一个被掩住盖子曲折多口的管道中游走。此时你已被降级在"二维空间"里活动，很难作出正确判断，只能在迷宫里"瞎转悠"。当你出来后，站在迷宫外某高处，回到"三维空间"，再观看"宫"内人寻找出口的情景，真的会捧腹大笑，有点像"人类一思考上帝就发笑"的意思。迷宫里的人，开始个个信心满满、左寻右探，最终，"合眼摸象"，无功而返。观者如同神明看世界，颇有痛惜、怜悯、拯救之心，但爱莫能助，可谓"旁（高）观者清，当局（矮）者迷，知者不能，能者不知"！在上帝的眼里，我们人类活动可不就是迷宫里的"合眼摸象"，或"井中之蛙"吗？

上帝与我们凡人不同。上帝在高维（四维以上）空间上俯瞰我们人类，冲破时空束缚，高瞻远瞩，知道真相；我们人类生活在低维度三维空间，受时空限制，目光短浅，不知真相。那么我们如何是好呢？当你处在顺境之时，切勿"春风得意马蹄疾"，更不要想"一日看尽长安花"，谨防"杀骏马者道旁小儿"悲剧重演。中国博大精深的文字智慧再次警示我们，"上"字，加一竖为"止"，"止"字加一横为"正"。上升时要知道止，知足知止，方得正，方能修得正果。正如佛法所讲，人需要通过修行，方能提高生存"维度"，超越时空，知道本相，亦破迷成佛、大彻大悟。

当我们"一路顺畅"时，或者对前方的路况不清楚时，且不要莽撞地一意孤行，唯一办法是"提高维度"，使自己站在高处，或者放慢脚步，理性思考，捕捉更多的信息作参考，随时调整盲区，选择正确的路，慢一点、稳一点、正一点。

大煞风景的景点

旧金山 43 号渔人码头，有家海鲜餐馆，生意异常火爆。

人行道旁边直接架起两口直径约 2 米的大锅，现场清水煮每只约 2 磅重的海螃蟹和大龙虾。一辆辆旅游大巴车陆续停靠此处，下车后蜂拥而至的人群，争前恐后地冲向收银台前、大锅边。抢买声、拥挤声、围观声，此起彼伏，使得此处成为当地旅游景区中极不协调的一个"景点"。

餐厅空间狭小，设施简陋，甚至没有卫生间，不提供开水，以消费饮料代之。仅五六张供 6—8 人用餐的简易饭桌，实际上，每张桌旁都挤坐着 8—10 人。多半用餐者没有桌位，有人只能找把椅子插空坐着吃；有人在餐厅窗台边上弓着背，撅着屁股蹲着吃；还有人坐在人行道旁的椅子上，看着熙熙攘攘的人群，双手捧着海螃蟹或大龙虾，不雅地大口咀嚼。

餐厅桌上堆满蟹壳虾皮，用过的擦手巾、餐盘饭碗，得不到有限服务员的及时清理，垃圾溢出垃圾箱，废弃物满眼皆是。整个餐馆里里外外，忙碌的服务员匆忙的脚步与吆喝声、急切盼望吃到蟹虾的顾客晃动的身影与焦躁声、吃客们狼吞虎咽之情状与喧闹声交织在一起，大有风卷残云之势。给人一种印象，似乎在这里吃饭不要钱，这里来的都是多日没有吃到食物的饥饿人群，能吃到皆王者矣！

其实，此处虾蟹价格不菲，只是与国内相比，还是便宜很多，且货源确实野生，味道鲜美，客人平均两人合吃一只螃蟹、一只大虾，4 磅左右重，约 50 美元。我们随旅游大巴到来，最终没有抵挡住对这个"景点"的好奇与美味的诱惑。

习惯喝热水的我，在快速吃了凉性的虾蟹后，不争气的肠胃早就提出了抗议，强烈要求我喝点热水。我不止一次向不同服务员追问能否给点热水，边走边回答我的服务员道：No! 我们这里只卖饮料。

走出餐厅向左，来到隔壁一家西式餐厅。迎面一位男性年轻服务员，冲着我微笑问道：需要我为您服务吗？（Do you need me to serve you？）我不好意思地指着手中的保温杯说：有开水吗？（Do you have boiled water？）服务员接过我手中的杯子，径直向餐厅的里面走去。不一会儿他将灌满开水的水杯递给我，我连声说"非常感谢你"（Thank you very much！），对方礼貌地说"拜拜"！

从这家海鲜餐馆将"降本增效"做到极致的现象中，我仿佛看到，一味追求经济效益最大化，是一件很可怕且很危险的事。自以为聪明的餐馆老板，以最低成本换取利润最大化，把企业活动链条上每一个点都做成了利润点。靠山吃山、靠海吃海，购买低成本虾蟹；把卫生间空间腾出来，用来增大吃饭空间；把烧开水成本省了卖饮料，获取更大利润；把服务员压缩到最少，减少工资开销。

利润增大了，看似成功，其实不然。服务设施不全，服务人员缺失，服务不到位，不符合餐饮行业标准，经不起卫生、消防检查验收。这样的企业，很难想象会做出什么慈善、爱心等社会公益活动。在一个公平、法治、成熟的国度里势必不会长久，轻者罚款，重则被取缔。

旧金山风景如画，43号渔人码头人声鼎沸，但是那个印记在我脑海里不协调的"景点"，总是挥之不去。我想，这样的餐馆没有会更好。同时，我也反省自己，如果以后再碰到急需帮助的情况，应该主动向施助者付出自己应该的付出，并将施助者的帮助传递给更多的人。

喜欢足矣

　　静坐在小院中，惬意地喝着茶，仰望蓝天白云，呼吸草木的味道，欣赏眼前丛林中的自然美景。每每此时，各种小动物都会来凑热闹。飞来飞去的小鸟，一会儿飞到你身边觅食，一会儿落在旁边的枝条上，仰着头望着你鸣叫；还有松鼠和野兔，一会儿窜来窜去，一会儿静静地趴在距你很近的草丛中，睁大明亮通透的眼睛，对着你转来转去。它们似乎在向你问好，同你交谈、朝你微笑，给你送上美好祝福。

　　女儿看到我痴迷的样子，兴奋地喊道："老爸，快跟我来！"并拉着我匆匆上楼，指着与二楼卧室窗口仅两米间隔的松树。松树上面有一个洗脸盆大小的松鼠窝。一只成年松鼠正在窝边，看到我俩，转动着圆溜溜的双眼与我们对视。接着，女儿又拽着我下楼，向门口跑去。她指着门口屋檐下两边让我看。屋檐下方左右两边各有一个碗口大小的鸟巢，里面居住着两个不同品种的小鸟。女儿说："它们除了觅食外，早晚都在窝里，肯定是在孵化自己的鸟宝宝。"并叮嘱我，千万不要打扰它们。当它们看到我俩出来，便飞走了，但是绝不会飞远，仅落到三五米远处的树梢上，密切注视着我们的举动，仿佛正在倾听我们讲述的有关它们的故事。

　　天性、灵性十足，活泼、可爱的小松鼠、小兔子、小鸟本性使然，知道防天上的鹰，防地下的猫，却不知道防天下最大的天敌——人类。不仅如此，它们还依仗着我们，与人为邻，和谐共生。

　　回想起那些手持鸟笼，堂而皇之走在马路上，在闹市中炫耀的"鸟人"，真是愚蠢至极。他们抓捕小动物作为宠物饲养，独自一人，或者"一小撮"人自娱自乐，真是人类活动中最大的败笔之一，甚是"冒天下之大不韪，滑天下之大稽"的"不以为耻，反以为荣"。

首先，饲养者不仅要花去大量时间与食物成本供养宠物，还要考虑如何面对它们的死亡与繁殖问题。其次，小动物在被抓捕过程中受到打击伤害，遭遇惊吓刺激，尤其是长期被封闭"关押"后，会失去野生动物的灵性和本能。它们"寄人篱下""苟延残喘"，虽然活着也是一种病态，还可能会有疾病甚至瘟疫传染给人类，造成对人类的伤害。最后，尤为重要的是，人类的滥捕猎杀行为，造成了这些具足灵性的野生动物对人类的仇恨与疏远。此处不留爷，自有留爷处，走为上策，老子远离你们人类，是小动物们的共同心声与选择。从此，我们大多数人的身边，再难有小动物们的陪伴，也不再有它们带给人类的欢乐美妙时光。

人类喜欢拥有，是因为拥有能够给人类带来成就感。然而，无论你拥有何种心仪之物，包括拥有成就感，其本质，只是喜欢而已，最终拥有的只是喜欢，喜欢即拥有，喜欢足矣。当你不惜时间、食物、金钱与风险等成本捕捉到小动物，将其关在笼子里，独自欣赏时，不外乎是你赢得了拥有宠物之喜欢之情而已。

放了它们吧，让它们重返家园，与大自然和谐共生，与我们人类和平共处。其结果，无须你捕捉、无须你供养，却是人人随处可见、人人随时喜欢、人人共同拥有，这岂不更能赢得我们每个人心中的成就感与长久的喜悦之情吗？

无论我们走到哪里，可爱的小动物们都跟随着我们，陪伴着我们。人与动物和睦相处，彼此均赢得了喜欢即拥有。这是一种自然的喜欢，一种得来全不费工夫的喜欢，一种没有成本、没有风险的喜欢，这是皆大欢喜。

切莫扼杀了孩子的天真

威斯康星州密尔沃基一年一度的夏季民间集市活动热闹非凡，但见人头攒动，人流如潮。

当地居民或农夫将自家种植的有机农产品、传统手工艺品，以及自己制作的精美糕点、水果酱等摆出来卖，美食佳肴，形形色色，应有尽有。还有颇具不同地域民间艺术特色的杂耍表演。

清晨，我们从麦迪逊出发，上午赶到此地，路面上的车位已被占满。周边居民住宅院内明显处竖着写有"10美元临时停车场（仅限一日）"的牌子。院主人热情地招呼着，我们将车顺利停靠在居民住宅院内。

半天接地气的农贸市场赶集活动给我印象深刻，特别是看到牛圈马厩狗笼里的牲畜、宠物，个个肥硕、健壮、"有名有姓"，以及牛仔、马仔、狗主人形态各异的"训畜"表演，使人耳目一新，让我深切感受到了当地民风剽悍、热情与淳朴、幽默。

然而，最吸引眼球，使我眼前一亮的，是路上迎面走来的一对年轻夫妇。戴着宽边墨镜，显得很酷的男士，推着精致漂亮的四层婴儿车。车内从上至下，有序坐着由小到大四个漂亮可爱的宝贝。大的五六岁，小的好像还是襁褓中的婴儿，他们安静地坐在自己舒适的婴儿车座位里，有的玩耍着手中的玩具，有的睁着碧蓝色的大眼睛，好奇地向外面世界来回探望。漂亮时髦的女士挽着男士的胳膊，二人谈笑风生并肩而行。我心有疑虑地默默发问，二位年轻的父母也太潇洒了吧，当孩子们争前恐后地"吃喝拉撒"时，看你俩如何是好。

不久之后的一幕，给我的疑问道出了答案。在美国西部黄石公园旅途的一天中午，天气酷热。我与妻子想换个口味，也图方便，就在附近一家墨西哥餐厅，吃正宗墨西哥卷饼。

我们邻座，有一位30岁出头模样的年轻母亲，身材略微发福，穿着一身红色连衣裙，显得干净利落。坐在椅子上，双手捧着墨西哥卷饼，正在大口咀嚼着。紧挨着的一张不到一平方米大小、齐腰高的小方桌上，坐着一个1岁多点的小女孩，双手紧抱着不知什么饮料在嘬吸，旁边还有三个3至6岁的哥姐们儿，坐在长沙发上，自顾自地吃着自己手中的食物。不一会儿，应该是老三吧，3岁模样的小男孩，蹒跚地走向小方桌，他一边吃着自己手中的食品，一边扬起小手逗小方桌上的妹妹，踮着双脚要抢妹妹手中的饮料。妹妹紧抱着饮料阻止，兄妹俩边扯边叽歪，样子很危险，妹妹几次差点从小方桌上掉下来。我惊恐地要伸出手去救助。然而孩子的妈妈却岿然不动，微笑着向我摆摆手，示意没关系，不用管他们。

我不由得又想起两件曾发生在我眼前的事情。一次是看到两个三四岁的小男孩不慎在奔跑中摔倒了，他们第一反应是回头张望，看看自己的父母是否在身后。其中一个看到了自己的父母，便哇的一声大哭起来。另一个男孩没看到父母，便马上爬起来，拍拍身上的土，揉揉伤痛处，又快步向前跑去。

另外一件事，令人大跌眼镜。一个年轻母亲弓着腰，对着马路为自己1岁左右的男孩儿把尿。孩子的爷爷、奶奶、外公、外婆、父亲，在旁边与母亲一起，六双眼睛盯着孩子的"出水口"，个个如同"盼水妈"，伴随着口哨的和声，等待喷薄而出的泉水。那小家伙就是不遂大人心愿，只是顽皮地咯咯咯笑个不停。

《动物世界》中，经常可以看到这样的镜头：刚刚出生的小羚羊或小角马落地后，便迅速站立起来，并且在最短的时间内随同母亲一起奔跑，否则，它们鲜活的生命就会被其他猎物吞噬。当然，人类是在文明环境与备受呵护的氛围中出生、成长，人类的自然属性渐渐弱化。但是，如果孩子在成长过程中受到溺爱，那么我们人类的自我保护能力与天性就会退化，甚至消失。

　　尊重孩子的天赋与本能，适应儿童的天性发展，适当放松对孩子的管束，不仅有益于孩子成长，还有益于父母的身心健康。

美国家庭做客印象记

在美国，我与当地朋友聚会不算多，但是去朋友家里做客不算少，并且多数是吃住均在主人家里，近距离感受美国家庭生活氛围及人际关系。现择一叙之。

麦迪逊初秋的一天下午至次日中午，我与妻子、女儿、女婿四人，受邀赴当地一个美国朋友家里做客。朋友居住在麦迪逊市附近加利纳镇不远处一座私家庄园。庄园占地18万余平方米，与密西西比河毗邻。男主人英俊、潇洒、率真，女主人漂亮、随和、悉心。

东道主热情周到的安排，短时间相处，舒服、自在，颇有宾至如归之感，留下了深刻印象，特别是感受到"与你分享，就是要与你分享最美好、最真实、最难得的一面"；"让客人高兴，自己同样高兴"。主人与我们习惯的待客理念与方式大相径庭。以下按照时间顺序，记录几个片段留作纪念。

下午4点20分，当我们的车距离朋友家还有百米远的时候，就看到了男女主人远远迎出来，向我们挥手致意。下车后彼此拥抱，寒暄，我们顿时感受到了主人的热情与真诚。

在女主人引领下，我们向家里走去。男主人早有准备，抢先一步，在迎宾廊开启一瓶香槟酒，将斟至大半杯的香槟酒杯递给我们每人一杯。我们四人手持香槟酒杯，随着主人的介绍，由外至内观赏院落与室内。

院落里摆放了许多形态各异、颇具特色的盆景与花木。放眼望去，婀娜多姿、楚楚动人的各种花卉，在西斜柔润的阳光披洒下，与周围延绵茂密的丛林植被及密西西比河辉映，庭院显得格外柔美静谧。主人为我们续上香槟酒后，便一起登堂入室。

客厅，餐厅，卧室，宽敞、整洁、清新；屋内的各种设施及装饰美观、精致、讲究；展柜内的书籍、画册、酒类及墙壁上悬挂的艺术品、家人照片，衬托出家庭温馨与生活和美。不经意间，男主人陆续打开餐厅里几乎所有的储藏间、橱柜、冰柜的门，指着里面的物什，娓娓道来。随着主人介绍，我们看到了储藏间内、橱柜里，及开放式灶台上的各种烤箱、烤炉、制冰机、洗碗机、刀具、餐具及各种配套工具，一应俱全；不同冰箱内的不同肉类、蔬菜类、瓜果类，包括各种餐饮调味品、饮品，应有尽有。令人惊叹的是，各种物品不仅清爽亮洁、一尘不染，而且分门别类、井然有序。看得出来，男女主人在平日工作与生活中是做事严谨、讲究规矩之人，透着对生活的尊重与热爱。对我这个习惯了"家丑不可外扬"或内敛低调的东方人来说，这种无所保留的展示足以让我大开眼界并心悦诚服。

下午6点40分，我们六人驾驶两辆车，行驶约半小时，来到一个古色古香的小镇。主人特意挑选了适合东方人口味的精美日式餐馆，为我们接风洗尘。日式佳肴有生鱼片、海鲜拼盘、寿司、虾烧面、鸡肉炒饭、日式清酒、冰水、可乐等。菜品鲜嫩、味道正宗、酒水地道，晚宴甚欢。

晚餐结束后，主人陪我们一起在这个建筑风格传统、古朴，民风淳厚、友善的小镇散步约30分钟后驾车返回。

一进客厅，男主人便打开中国茅台酒和美国精美巧克力请我们品尝。一杯白酒下肚，一股热浪从腹中涌起。一颗巧克力入口，甜润滑嫩的口感充满口腔。哈！"中西合璧"纯正"酒心巧克力"，妙不可言。

从客厅出来，已经是晚上10点。我们跟随主人顺着扶梯登上楼顶"观星台"赏夜景。体贴入微的女主人，让我与妻子分别躺在"观星台"中央两张躺椅上，并亲手给我们盖上毛毯。伴着密西西比河的秋凉，仰望原始森林顶处的夜空，用心静品浩瀚无垠的夜月星辰。

加利纳小镇郊外乡野的晚上，被广袤浓密的原始森林包裹的夜空，夜色寂静、空气清新、繁星如锦。远处无数个小星星游动，泛起一条条微白透着金色的裙带，像是编织成一张无边无际的金色仰面沙滩。沙滩近处镶嵌了无数颗硕大无比的"钻石"闪闪发光，使得原本黑漆漆的森林夜空，变得如同一口用金沙和钻石打造的倒置的巨型锅。我生平第一次看到这样美丽神奇的夜空，星辰灿烂，震撼人心！

第二天清晨7点30分早餐。男女主人早早起床，亲自献厨艺。早餐丰富诱人，有多种面包、培根、摊鸡蛋，辅料有芝士、牛油果、黄油等，还有冰水、热水、茶水、咖啡、果汁等各种饮品，满满地摆放了一大桌，供我们自己选择食用。上午8点40分早餐后，我们开始游览主人的庄园。关怀备至的女主人，将专门为我们每人准备好的运动鞋提前放在门口。我们换上适合自己的运动鞋后，径直向主人的私人农庄走去。

马场有两匹骏马，一匹红棕色，气宇轩昂，性情较为暴烈；另一匹全身白色，一直在低头食草，性情温顺。它们正尽情享受着女主人爱抚的洗刷。两只活泼可爱的小黑狗，顽皮地跟随在我们和主人的身边，蹦蹦跳跳，嬉闹不止。我第一次驾驶全地形车，驰骋在辽阔的丛林绿地与山路溪水之间。

晌午10点30分，我们分别驾车，去男女主人的一个高尔夫球世家朋友的私人庄园游览。到达目的地后，我们将车停靠在停车场，沿着鲜有人迹的路徒步前行。

天然庄园犹如世外桃源，时而辽阔，一望无际，时而参天古树，遮天蔽日。一路上，我们不断被繁茂丛林植被、河道湿地重重包围，为各种古朴沧桑植物、形态各异花卉深深吸引。颇有独享近处"古木无人径"的宁静安谧之趣，向往远方"深山何处钟"的流连忘返之境。

中午12点30分，亦即我们离别之际。男女主人分别与我和妻子、女儿、女婿，一次又一次地相互拥抱、祝福、道别。我们入乡随俗，彼此畅谈这次相会的缘分与喜悦，相互倾吐情谊与不舍。

据说，在美国中北部，原欧美老牌英德帝国贵族移民占比高，他们的后裔受其影响深厚，保持了传统文化教育与自我修养，举止仪表谦虚礼貌，行为语言节奏尤显得缓慢，这与纽约等现代化大都市高效率、快节奏的风格迥然不同。

大约半个小时后，我们终于上了车。双方仍旧挥动着双臂，互相祝福，来日加利纳小镇见！来日北京见！

　　汽车缓缓离开加利纳小镇，向麦迪逊市驶去。

第四辑

魂牵梦圆

精魂英魄系天下，魂牵梦绕终成圆。

铭记祖父高振霄百年前留下的宗族字派："振兴中华福利民众"，圆中华民族复兴之梦。

祭奠英烈　魂铸中华

　　——纪念高振霄座谈会暨"高振霄故居"揭牌仪式活动纪实

　　"过清明，还谷雨。杨柳丝丝，化作愁千缕"。

　　2017年4月20日，正是"时逢谷雨忆故人"的季节，经中共房县县委、房县人民政府、辛亥革命网、武汉辛亥首义研究会、中华辛亥文化基金会、金融文坛杂志社等联袂组织，由北京、上海、湖北、新疆、陕西、福建、香港特区以及美国华盛顿等地辛亥革命志士后裔组成参访团，与专家学者、当地政府、企业代表及高振霄后裔上百人，在古称"房陵"之房县驰安国际大酒店与高振霄旧居举办"中国近代民主革命家、首义金刚、护法中坚、抗日英烈、洪门先贤高振霄座谈会暨高振霄故居揭牌仪式"活动。

　　各界新老朋友汇聚一堂，忆昔日祖辈故土救国救民感慨万千，说今日中华民族伟大复兴任重道远。特别是代表们与闻名全国的"首义三武"中的张振武之孙张成群、孙媳朱灿荣夫妇，孙武侄孙女孙想珍女士，辛亥革命元勋邓玉麟将军之孙邓中哲、邓中宪兄弟，武昌首义时称"八大金刚"之首的蔡济民之孙蔡礼鸿博士，著名革命报刊活动家詹大悲孙女詹佑女士等辛亥革命志士后裔聚首，分外亲切、备感荣幸。房县县委与房县人民政府领导王家波、阮登香、王玲率县委办公室、统战部、文化体育局、新闻出版局、广电局、档案局、史志办、文联等"八大部"负责人及当地农业银行等部门负责人莅临会议及活动现场。

　　上午9点，房县县委常委、统战部部长阮登香女士主持并宣布纪念高振霄先生座谈会正式开始。阮登香女士与中华辛亥文化基金会会长邓中哲先生分别介绍与会及参访团主要代表及成员，并阐述在房县举办这次纪念活动的深远历史意义和重大现实意义。接着会议播放《洪门大佬高振霄传奇往事》纪录片。当屏幕把我们带到昔日上海那个腥风血雨的抗战年代，每一位观众，无不为中华民族在最危难时刻，能够有我房陵这样一位如孟子曰"贫贱不能移、富贵不能淫、威武不能屈"的大丈夫，挺身而出、为国捐躯，感到无比震撼与自豪。县委副书记王家波同志在座谈会上致辞说："以高振霄先生为代表的房县革命志士，用自己的宝贵生命换来了今天的和平与繁荣。我们在这里缅怀高振霄抗日英烈、洪门先贤的英雄事迹，旨在纪念和发扬老一辈的革命精神，积极投身到全面建成小康社会的新的伟大征程。"随后，副县长王玲女士介绍了房县旅游发展资源与开发潜力。她从房陵深厚的文化源头中华诗祖西周太师尹吉甫说起。辛亥革命专家、作家裴高才先生，与武汉辛亥首义研究会会长蔡礼鸿博士先后发言，他们分别讲述和介绍了洋洋百万字的《高振霄三部曲》的创作机缘与要义，及当年高振霄与蔡济民等武昌首义"八大金刚""辛亥革命甲种功臣"，在革命紧要关头，及时组建以革命党人为代表的总稽查，保卫辛亥革命成果及誓与武昌共存亡的英雄气概。接着，高振霄孙女、长期从事教育工作的高淑云教授，与高振霄外孙、上海主任律师、中华辛亥文化基金会总裁王琪珉先生，分别作了《铸就中国历史丰碑　撑起中华民族脊梁》与《中国洪门先贤、五圣山第一任副舵主高振霄在抗战中的往事》发言，共同缅怀高振霄在不同时期与清政府、北洋政府、日伪政府做不屈斗争，坚守革命信念的传奇一生。

　　会议最后，由高振霄孙、中国金融作家协会副秘书长、金融文坛副主编高中自代表高氏后裔，向大会汇报了近十余年来挖掘祖父高振霄先生史料成果及组织参加各种纪念高振霄活动情况，并向当地县委、县政府提出建"高振霄陈列馆"和立"高振霄铜像"建议书，受到县委、县政府及高氏后裔、与会代表们的一致肯定与赞赏。会后，裴高才、王琪珉、高中自以作者身份，分别向房县县委、县政府有关部门及个人赠送了《辛亥功臣高振霄史迹录》《高振霄三部曲》、书法作品和有关珍贵历史档案资料。座谈会结束，全体代表在驰安国际大酒店门前集体合影留念。

下午3点，会议代表赴房县城关镇西街3号院，举行"高振霄故居"揭牌仪式。主祭台正前方安放高振霄先烈遗照，上方醒目横幅"祭奠英烈魂铸中华——首义金刚、护法中坚、抗日英烈、洪门先贤高振霄故居揭牌仪式"，对面院墙横幅"振兴中华　福利民众——高氏宗谱　世代相传"。主祭台与布景墙上摆放、张贴了许多高振霄在不同历史时期的珍贵书籍、图片等资料，为活动增添了几分仪式感与厚重感。

"高振霄故居"揭牌仪式由邓中哲先生主持。首先，由两名少先队员向高振霄先烈敬献鲜花，全体代表向先烈默哀三分钟并三鞠躬。接着，王玲副县长为"高振霄故居"揭牌仪式致辞，在庄重肃穆的氛围中，王玲副县长与后裔代表将覆盖于"高振霄故居"匾牌上的红绸布缓缓揭开。随后，代表与后裔们有序参观先烈纪念物及当年活动图片。

经过百年风雨洗礼的高氏旧宅院，虽历沧桑之变，仍不失清末民初时期木式建筑结构的独有风格，院内正面木浮雕墙壁与侧面青砖瓦墙内镶嵌的"振兴中华　福利民众"牌匾，古香古色，历史厚重，给人留下深刻印象。纪念物中，有孙中山先生1922年心怀敬意复高振霄书信："兄等间关流离，不堕初志，至可钦佩……"有马英九先生2015年为高振霄颁发的抗战胜利纪念章与抗战胜利证明书——"高振霄先生曾参与对日抗战，牺牲奉献，功在国家，特颁发抗战胜利纪念章一座，以昭尊崇。"还有高振霄百年前创办并主编的《夏报》《惟民》《新湖北》等进步杂志封面、图片。这些珍贵的资料令人叹为观止，引起观众对历史的久久沉思与对前辈们的深切怀念。人们争相合影、拍照，相互交谈、记录，尽显参观者对历史的回望和未来的憧憬。仿佛还能隐约听到从陈宅古梁与旧墙缝隙间传来一阵阵要求对残存古迹与历史文化予以修缮加固和传承保护的呼唤声。

活动接近尾声，人们看到邓玉麟将军与辛亥革命元勋高振霄的孙辈邓中哲、邓中宪、王琪珉、高中自四位依然忙忙碌碌的身影，不禁想起邓、高二位先贤百年前，同年出生，同出鄂西，共赴武昌，参加首义，出生入死的情景。今日孙辈，与各位辛亥革命志士后裔在高氏故居聚首，共同祭奠先辈，百感交集、溢于言表，正是前世有缘今生有幸，世代相传好兄弟！有诗为证：

世代相传好兄弟

同年同心同鄂西，志同道合赴首义。

护国护法护真理，功成身退窝沪栖。

前世有缘今有幸，世代相传好兄弟。

清明过后逢谷雨，一代英杰魂魄系。

2017 年 5 月 15 日

为"孙中山洪门文化与南社陈列馆"揭幕鼓与呼

2017 年 11 月 14 日上午，位于苏州山塘街贝家花园的孙中山洪门文化与南社陈列馆正式开馆。揭幕仪式由苏州市政协原副主席、苏州市南社研究会专家委员会主任蔡镜浩主持，致公党苏州市委副主委张仲清，全球洪门联盟总会会长、中国五圣山山主刘会进，近代史专家、著名学者杨天石，孙中山曾外孙王志雄，中国近代民主革命家、洪门先贤、五圣山第一代副山主高振霄外孙王琪珉等出席。

1904 年 1 月 12 日，孙中山在檀香山致公堂加入洪门，被尊为元帅，帮助致公堂改组，修订章程，将"驱除鞑虏，恢复中华，创立民国，平均地权"十六字确定为洪门致公堂宗旨，使洪门会党上升为具有资产阶级民主主义革命政党性质的进步组织，并倡议美洲同盟会会员全部加入致公堂。1905 年 8 月 20 日，孙中山组织成立同盟会，又将洪门致公堂十六字宗旨发展成为同盟会纲领。此后，黄兴、秋瑾、陈炯明、尤列、陈少白、黄三德、高振霄、方声洞、林觉民、林尹民、冯自由、梁慕光、胡毅生等大批同盟会会员及后来的南社社友相继加入了洪门致公堂，追随中山先生，投身民主运动。1925 年，致公堂发展为中国致公党，一直延续至今。

1895—1911 年，孙中山与黄兴领导发动广州起义、惠州起义、潮州黄冈起义等"十次起义"，除了 1910 年广州新军起义之外，其余九次起义队伍基本都是依靠洪门武装。仅第十次广州黄花岗起义牺牲的 72 位烈士中，就有 68 位烈士是洪门成员。孙中山、黄兴与湖北革命党人领导的第十一次起义——武昌首义终于在屡败屡战中取得成功，标志着辛亥革命的伟大胜利。此次起义的领导组织共进会与文学社大部分骨干亦为洪门会党成员。洪门在推翻清朝政府斗争中的历史地位、发挥的作用、付出的努力与牺牲可见一斑。

洪门起源于清初 1674 年，从湖北襄阳红花亭聚会，由陈近南主香歃血为盟结义"反清复明"为始，到 1912 年孙中山"创立民国"，推翻 2132 年的封建王朝、276 年清王朝为果，建立不朽功绩，并在后来反对北洋军阀、国外列强及抗日战争中作出重大贡献。今天全球仍有 2000 余万洪门昆仲，继续为实现祖国和平统一、中华民族伟大复兴矢志不渝，为"洪门维新""福利民众"不遗余力，并受到世界华人、国内政府与民众的高度关注与支持，中国洪门 343 年自强不息的历史与文化彪炳史册。

展馆由"孙中山与洪门""洪门爱国人物""洪门与抗战""洪门与中国致公党""洪门与中国共产党人的友谊""洪门与南社文化"等展区组成。当年孙中山复高振霄亲笔信函"兄等间关流离，不堕初志，至可钦佩……"成为该馆展区亮点之一。

孙中山洪门文化与高振霄等爱国志士活动展馆，由政府组织举办，在国内尚属首次，值得庆贺与称道。我与表兄王琪珉先生以作者及洪门先贤后裔双重身份向展馆捐赠图书《辛亥功臣高振霄史迹录》《高振霄三部曲》，并赋词《浓浓中华情　共缅忠义魂》及《洪门缘起与愿景》二首。书法家寄傲南窗凝视二首词作良久，欣然挥毫泼墨。墨迹浑厚有力，字里行间流淌着洪门历史渊源与文化传承，见证了中国洪门先贤与当今洪门领军人物的一脉相承和与时俱进，为开馆仪式锦上添花。

附："孙中山洪门文化与南社陈列馆"洪门先贤高振霄人物介绍

高振霄（1881—1945 年），字汉声，湖北房县人。毕业于两湖总师范学堂及湖北公立法政专门学校。百年前曾为高氏宗谱书写"振兴中华福利民众"八个字，告诫高氏子孙要"牢记民众福利，努力振兴中华"。

高振霄，中国同盟会、共进会会员，创建德育会。辛亥革命爆发，任中华民国军政府鄂军都督府参议、总稽查，时称"武昌首义八大金刚"之一，"辛亥革命甲种功臣"。1912 年，当选中华民国南京临时政府国会参议院候补参议员并任孙中山高等顾问。由于制定公历 10 月 10 日为中华民国国庆日功不可没，被誉称"双十首造者"。1917 年，当选广州护法政府非常国会参议院参议员。1918 年，与张知本等四人为孙中山研究并撰写《五权宪法》草案，同年向国会提交"巴黎和会"议案。1921 年，向国会提交"华盛顿太平洋会议"议案。同年以起草委员会委员长身份与张凤九理事等起草《宣布徐世昌罪状之通电》《宣布吴佩孚罪状之通电》檄文。孙中山复信，高度赞赏先生书："兄等间关流离，不堕初志，至可钦佩……"1923年，受孙中山安排，与向松坡在上海发展洪门组织，后来开立洪门"五圣山"，向松坡为"五圣山"山主，高振霄为副山主，"五圣山"宗旨是"反对北洋军阀，反对国外列强"。1925 年孙中山逝世，高振霄等人致唁电："孙公手造民国，启迪颛蒙劳身，焦思护法救国，扫历朝之积毒，开东亚之曙光……"1927 年，北伐革命成功，高振霄功成身退，遂淡出政界，赴汉冶萍公司开展"实业救国"。1936 年，与向松坡、宋庆龄、何香凝等社会贤达营救沈钧儒、章乃器、邹韬奋、史良、李公朴、王造时、沙千里"七

高振霄像

孙中山亲笔复高振霄函稿

君子"。

高振霄不仅"戎马一生"，还博古通今、文笔畅达，是集作家、报人、记者于一身的文人志士。辛亥革命前后，创办了《夏报》《扬子江小说报》，襄办《湖北日报》《政学日报》《长江日报》等进步刊物，是"享有盛名的近代武汉报人"。后来，创办《民风周刊》《惟民》《新湖北》并担任《民风周刊》《惟民》主编，先后发表时评、议案等文章数十万字。高振霄与章炳麟、冯自由及沈钧儒、章乃器、邹韬奋等社会贤达组织社会团体，针砭时弊，名噪上海滩。时人赞誉："高汉声，有名的洪门大爷，清高自赏，颇有骨气的书生本色。"

1937年抗日战争全面爆发，高振霄以"抗战策反委员会"委员及上海洪门头领的特殊身份再次投入抗日斗争第一线。《申报》赞其曰："抗战期间任策反委员，颇著勋劳。"他先后成功策反汪伪师长丁锡山、第二集团军总司令杨仲华、第三集团军总司令唐蟒等多名将领，同时还营救了李先念、张执一等共产党高级将领及文强将军等大批爱国志士。日伪分子屡次对其实施威逼利诱。1938年2月，高振霄被日军抓捕并遭严刑拷打，逼供未果。1943年冬，日军特务头目持重金，前往高振霄寓所，以高官厚禄收买又遭拒绝。1945年春，日军头目再次威逼高振霄出任上海市要职被拒后，恼羞成怒，于酒中投毒。高振霄心知肚明，毅然端起酒杯一饮而下，三天后，于1945年3月23日逝世。

高振霄逝世后，遗体安葬在上海万国公墓。《申报》刊登《追悼革命元勋高汉声》文章，赞其"高风硕德，足资楷模……"；南京《大学生》载文《悼高汉声先生》，誉其为"洵匡时之柱石，为建国之栋梁……"；宋子文题匾："忠贞体国"；蒋介石题字："精忠报国"。以此纪念这位为开创民主共和新纪元，直至抗日战争伟大胜利前夕，奋斗一生的"中国近代民主革命家、洪门先贤、首义金刚、护法中坚、抗日英烈"高振霄先生。

分享改革开放红利

——记《辛亥功臣高振霄史迹录》《高振霄三部曲》付梓与《北京晨报》发表《人间难忘高振霄》

改革开放四十余年春风，吹遍祖国大江南北，推动了整个中国经济体制、政治体制、社会体制、文化体制、生态文明机制的全面改革发展，中国可谓发生了"翻天覆地"之变化。特别是思想、观念开放，影响文化、教育改革，结出累累硕果。《辛亥功臣高振霄史迹录》《高振霄三部曲》系列丛书付梓，与《北京晨报》发表《人间难忘高振霄》等关于我的祖父高振霄英烈丰碑之再塑，就是共享改革开放红利见证之一，也是改革开放累累硕果中的一枚。

2017年底，《北京晨报》记者采访我后，发表了《人间难忘高振霄》。文章第一部分，对主人公高振霄人物及《高振霄三部曲》的历史作用与现实意义给予高度评价，曰："高振霄是中国近代民主革命家、洪门先贤、首义金刚、护法中坚、抗日英烈……《高振霄三部曲》是一部弘扬民族精神的宣传篇、激发爱国主义的教育篇、实现中华民族伟大复兴的励志篇，是一部传承历史、传播文化、亦史亦文的文学佳作。"文章第二部分，讲述了高振霄孙子与外孙，即该书作者高中自、王琪珉的创作心路历程。

2011年，正值纪念辛亥革命胜利100周年之际，我与表兄王琪珉共同编著的《辛亥功臣高振霄史迹录》出版；2015年，恰逢中国人民抗日战争暨世界反法西斯战争胜利70周年，我与表兄王琪珉邀请著名作家裴高才先生三人共同编著的《高振霄三部曲》（分史迹、文集、传记三卷）出版。不仅如此，我还有幸与北京、上海、武汉、广州、台湾等地"辛亥革命志士后裔""抗战英烈后裔""洪门昆仲"等组织结缘，共同参与"铭记历史、缅怀英烈、珍爱和平、开创未来"等纪念活动。

2013年3月，上海电视台特约我作为嘉宾，拍摄了《洪帮大佬的传奇往事》视频。该视频不仅曾在上海电视台纪实频道《往事》栏目中热播，而且数年来一直在全国各大网站播放，还原了洪门大佬高振霄在抗日战争中的真实地位与作用。

2015、2016、2017年，连续三年，在北京举办第一届、第二届、第三届"洪门爱国文化座谈会"。其中，第一届"洪门爱国文化座谈会"在北京钓鱼台国宾馆召开。以此纪念抗战胜利70周年暨纪念高振霄抗日殉难70周年。本人与表兄王琪珉作为洪门历史研究学者与抗日英烈后裔代表参会并讲话。

2017年4月，由中共房县县委、房县人民政府、辛亥革命网、武汉辛亥首义研究会、中华辛亥文化基金会、金融文坛杂志社等单位联袂组织，在我的家乡房县举办"缅怀首义金刚、护法中坚、抗日英烈、洪门先贤高振霄座谈会暨高振霄故居揭牌"活动。

2017年7月，受中华全球洪门联盟总会长、中国洪门五圣山主、洪门国际武术协会名誉理事长刘会进博士邀请，赴中国台湾高雄参加"全球华人第八届洪门忠义文化高峰论坛暨第四届台湾武术文化节"等活动。值得一提的是，在千人盛大开幕式晚会上，刘会进博士专门邀请洪门致公堂创始人司徒美堂侄孙与洪门五圣山第一代副山主高振霄孙、外孙——我与王琪珉与各位来宾见面，高度赞扬其祖辈在中国近代历史发展中的地位、作用与丰功伟绩，赢得参会人员热烈掌声。

2017年11月14日，苏州统战部等组织的"孙中山洪门文化与南社陈列馆"在苏州正式开馆。陈列馆展出孙中山与高振霄等洪门爱国志士之英烈史迹，我与王琪珉专门为开馆赠《辛亥功臣高振霄史迹录》《高振霄三部曲》丛书及"孙中山复高振霄函稿"。

在此，我不仅要代表我们全家及高氏家族，感谢我们有幸赶上了改革开放的利好年代，我还要特别感谢我的单位中国农业银行一直给予我的支持与鼓励，并派我赴北京、上海、广州、新疆等分行、地方或学校，开展《高振霄英烈》报告会。退休后的今天，我仍然继续坚定地走在祖父高振霄英烈事迹之学习与宣讲路上。

附：《北京晨报》2017 年 10 月 6 日《人间难忘高振霄》原文

人间难忘高振霄

阎妮 / 文

他是中华民国军政府鄂军都督府参议院、中华民国临时政府参议院、南方护法军政府参议院"三府重臣""三院议员"。

阳夏失守，武昌危急，甚至"军中无首"，有人建议放弃武昌。他与"总稽查"等挺身而出，成立"敢死队"，誓死与武昌城池共存亡，最终迎来了"南北和谈"与辛亥革命的最后胜利。

他引经据典，力排众议，为确定武昌首义纪念日——十月十日成为中华民国国庆节日功不可没，被誉为"双十首造者"。

他是研究并撰写《五权宪法》草案人之一，孙中山在最需要自己军队时曾言：《五权宪法》胜于 30 万大军。

他向国会提案，拟派孙中山、伍廷芳、王正廷等南方护法政府代表参加"巴黎和会"与"华盛顿太平洋会议"，为收复青岛权益不遗余力。

孙中山复先生书信："兄等间关流离，不堕初志，至可钦佩。文力所及，自必为诸兄后盾，务期合法者战胜非法，统一乃可实现……"

他是洪门大佬，为抗击倭寇、策反日伪、营救保护爱国和抗日志士颇著勋劳。

他博古通今，集作家、记者、报人于一身，针砭时弊、激浊扬清，是享有盛名、颇有骨气的文人志士。

抗战期间，他虽已是60岁老人且一介书生，依然充满炽烈的忠义豪情。为救文天祥23代后裔、毛泽东表弟、抗日志士、国民党将军文强先生，他左手揪起日伪司令领口，右手左右开弓"啪啪啪"，怒扇汉奸……

《昨日军统》一书中文强将军说道："如果没有洪门大哥高汉声见义勇为来营救，我早已成为日伪刀下之鬼了……"

《军统与汪特在上海的一场争斗》一书中说："委员高汉声，湖北人，民初国会议员，又是有名的洪门大爷，清高自赏，颇有骨气的书生本色……"

《军统江山》一书说道，"高先生湖北人，民国初年的议员，洪门首领，就连汪精卫见了他也要退让三舍……"

他是首义金刚、护法中坚、抗日英烈；他是洪门先贤、仁人志士、民族脊梁；他高风硕德、足资楷模、志洁行芳。他忠义侠胆、豪气干云；他忠贞体国，血染上海滩……他就是高振霄。

《高振霄三部曲》是一套献礼于世界反法西斯战争暨中国人民抗日战争胜利70周年的《史迹》《文集》《传记》三卷本图书，文史兼具、图文并茂、三位一体，记载了高振霄毕生为"振兴中华，福利民众"努力奋斗的壮烈豪迈人生。《史迹》从辛亥以来各种报刊、地方史志等文献及辛亥革命志士、国共两党人士打捞关于高振霄的历史记忆，还原了高振霄"首义金刚""护法中坚""抗日英烈"三个历史丰碑；《文集》则是高振霄不同时期的文稿结集，有的篇章还是尘封百年的孤本，反映了主人公对诸多重大历史事件的关切、立场及主张；《传记》以《史迹》《文集》及海峡两岸官方档案与民间原始史料为文学素材，以传主的手稿为依据，描绘了高振霄公忠体国的丰功伟绩和"洪门先贤"悲壮凄美的传奇人生。《高振霄三部曲》是一部弘扬民族精神的宣传篇、激发爱国主义的教育篇、实现中华民族伟大复兴的励志篇，是一部传承历史、传播文化、亦史亦文的文学佳作，必将引起读者的极大兴趣。

从 10 岁起，高中自就隐约从父母谈话间，知道自己有一位不平凡的祖父。从懂事起，高中自暗自下决心，要将祖父曾经为国抛洒热血的一生，公布于天下。

直到 1991 年，高中自才有机会开始寻找祖父在各类史料中遗留下来的蛛丝马迹。但是，史料浩如烟海，对于曾在市 28 中做物理老师，后又在中国农业银行工作的高中自来说，查找尘封百年的史料碎片，何其难也。

有一天，高中自在图书馆查阅孙中山《国父全集》时，发现其中记录了孙中山曾在 1922 年 9 月 3 日给祖父写过信："看到这封信，特别是孙中山先生对祖父的评价'兄等间关流离，不堕初志，至可钦佩'，心里真的很激动。"

在 20 余年的时间里，高中自和表兄王琪珉往返北京、上海、武汉、中山市等地，循着祖父的足迹，阅遍各大图书馆，终于将这些历史碎片一一拼装，复原了祖父高振霄传奇的一生。

铸就中国历史丰碑　撑起中华民族脊梁

《孟子·滕文公下》曰："居天下之广居，立天下之正位，行天下之大道。得志，与民由之；不得志，独行其道。富贵不能淫，贫贱不能移，威武不能屈，此之谓大丈夫。"这种磅礴天地的精神正是《礼记》中所提倡的"临财勿苟得，临难勿苟免，见利不亏其义，见死不更其守"。中华五千年历史能够得以传承发扬，正是因为有千千万万个"抱匡时济世之志、怀救民水火之心"、择善固执精神的知识分子，亦即民族脊梁。2015 年是中国人民抗日战争暨世界反法西斯战争胜利 70 周年，同时也是中国近代民主革命家、洪门先贤、首义金刚、护法中坚、抗日英烈高振霄抗日殉难 70 周年。谨以此文献给为抗日战争胜利奋斗捐躯的千千万万英烈，献给为开创民主共和新纪元直至抗日战争伟大胜利奋斗一生的高振霄先生。

历史丰碑

高振霄（1881—1945 年），字汉声，出生于湖北房县书香门第世家，早年毕业于两湖总师范学堂及湖北公立法政专门学校，百年前曾为高氏宗谱书写"振兴中华福利民众"八个大字，告诫高氏子孙要"牢记民众福利，努力振兴中华"。

一、首义金刚

高振霄在辛亥革命爆发前，就参加了中国同盟会、共进会，创建了德育会，后来推进德育会与共进会合并，促成共进会与文学社联合，成为武昌首义的发起组织和领导机关。辛亥革命爆发，任湖北新军政府都督府参议、总稽查。武昌首义爆发当日晚，高振霄、张振武、陈宏诰等革命党人当即成立"执法处"并组织"稽查队"，连夜起草并颁布《刑赏令》，后又出台"军令八条"，遍贴全城，沿街演说，维持秩序。武昌首义翌日清晨，高振霄第一时间赶赴"咨议局"与同人组建新政府，成立参谋部、军需部等重要政府机构。接着筹组民政部，颁布新政府文告，开展延揽人才、筹办临时警察、维持金融、注重外交等工作。武昌首义第三天，高振霄负责政学界联手军界共同成立招纳处，云集革命新军上万人。执法处后改为执法科，高振霄担任执法科调查，主办军案。他申军法、废苛刑、减死刑，以人道为本，以文明为尚，以固外人之钦仰心，深得民意。与程汉卿亲至禁闭所慰问、演讲，其言语感人痛切，禁闭人员听后多被感化，潜然泪落，自云："如使当前敌，虽死无恨，发誓愿痛改前非，愿赴战场英勇作战。"后以总稽查名义严格履行革命党人职责并与军政府旧官僚、立宪派及各部弊端做斗争。阳夏失陷，武昌危机，在"军中无首"情形下，高振霄等总稽查挺身而出，义无反顾地以刘公总监察名义守城，组织"敢死队"坚守武昌。高振霄等八位总稽查的英勇事迹亦被当时百姓喜闻乐见的"章回小说"传颂。高振霄被百姓称为"武昌首义八大金刚"之一，后被嘉奖"辛亥革命甲种功臣"。

二、护法中坚

辛亥革命胜利后，南京临时政府成立。高振霄再次当选为南京临时政府参议院议员并任孙中山高等顾问，被誉为"双十首造者"。接着他先后加入民社、共和党、共和党新派、进步党等进步组织，参加改进团并与李烈钧、谭延闿等组织二次革命，与孙中山开展反黎讨袁护国运动。1917年，高振霄跟随孙中山南下护法，第三次当选广州南方临时政府国会参议院议员，为推举孙中山为非常国会大元帅，建立军政府建功立业。后来，护法议会派系众多，但以政学会、益友社、民友社三系为最大，民友社为拥护孙中山派，高振霄与孙洪伊、王湘、林森等为民友社拥护孙中山派之护法中坚，在长达近十年的护国护法运动中，不遗余力地与北洋军阀及帝国主义列强做斗争，并成为孙中山坚定拥护者与挚友。1918 年，高振霄与张知本等四人为孙中山研究并撰写《五权宪法》草案。同年向国会提交并通过孙文、伍廷芳等五人参加"巴黎和会"议案，由于北方政府与日本政府暗地勾结，致使取消"二十一条"未果，引起全国工人、学生强烈反对。高振霄以国会议员、援鄂军代表、湖北参议长、《惟民》主编、记者等多种身份，发表文章声援"五四运动"。后来，他向国会提交并通过《关于组织军事委员会行政委员会的提案》。经过高振霄等护法中坚的不懈努力，孙中山于 1921 年再度当选民国政府大总统。同年，高振霄再次提交"华盛顿太平洋会议"议案并以起草委员会委员长名义起草"讨伐徐世昌、吴佩孚通电"檄文。先后组织"中韩协会""法统维持会""中华民族自决会"等组织。1922 年，广州发生"六一六"事件，高振霄由粤转港赴沪后，立即组织旅沪议员先后发表《旅沪国会议员之两宣言》，声讨叛军称兵作乱、图覆国本罪状。孙中山复高振霄书信："兄等间关流离，不堕初志，至可钦佩。文力所及，自必为诸兄后盾，务期合法者战胜非法，统一乃可实现……" 1923 年，高振霄联合不参加贿选议员发表否认曹锟伪总统贿选宣言。1925 年，孙中山逝世，高振霄等致唁电："孙公手造民国，启迪颛蒙劳身，焦思护法救国，扫历朝之积毒，开东亚之曙光于此……"

三、抗日英烈

1937 年抗日战争全面爆发，南京政府考虑高振霄是老同盟会员、国民党元老，德高望重，年事已高，安排他退居后方。高振霄执意不肯，寄信给湖北家人说："无国哪有家，为拯救中华，驱逐日寇，视死如归。"他以中国洪门"五圣山"副山主及"抗战策反委员会"委员特殊身份再次投入到救民族危亡的抗日斗争第一线，出生入死、功不可没，《申报》曾赞其曰："抗战期间任策反委员，颇著勋劳。"

"八一三"事变前后，高振霄积极参与营救"救国会""七君子"活动，并设法联合共产党、国民党、洪门会党、青帮及工人、学生等各方爱国人士，组织"江浙行动委员会"（下设"特别行动队"）上万人的抗日武装，配合中国军队在上海近郊牵制阻击日军强行登陆，与日军展开浴血奋战。"淞沪会战"失败，上海沦陷为"孤岛"，高振霄与"抗战策反委员会"主任委员文强将军等先后对驻浦东汪伪军师长丁锡山，汪伪军委会委员、参军处参军长、和平建国军第三集团军总司令唐蟒，汪伪军委会委员、开封绥靖公署主任刘郁芬，汪伪武汉绥靖公署参谋长罗子实，驻苏州伪军军长徐文达，驻无锡伪军师长苏晋康，汪伪军委会委员、苏皖绥靖总司令和第二集团军总司令杨仲华等策反成功，使之成为共同抗战的重要力量之一。同时，高振霄还营救了李先念、张执一等共产党高级将领及中央派往延安学习深造的 12 名共产党青年干部等大批爱国志士。日伪顽分子恼羞成怒，重点对其实施威逼利诱。1938 年 2 月，高振霄被日军抓捕并遭严刑拷打，逼供共产党和爱国志士的名单及其住所，高振霄坚贞不屈，后被五圣山昆仲营救。1943 年冬，日军特务头目带领日本随从，前往高振霄寓所以高官厚禄重金收买又遭拒绝。1945 年春，日军再次威逼高振霄出任上海市市长伪职被拒后，恼羞成怒，于酒中投毒。高振霄心知肚明，却毅然端起酒杯一饮而下，中毒身亡。

民族脊梁

高振霄的一生经历了清朝末期、辛亥革命时期、南京民国政府时期、北方政府与南方临时政府对峙时期、南京民国国民政府时期、抗日战争时期。在中国近代风云变幻、腥风血雨的近半个世纪中，从创建、联合革命团体，办报、组织发动辛亥革命，到参加改进团、二次革命、护国、护法、北伐革命，后来功成身退、淡出政界，转入"实业救国"，并与社会贤达一起内谴国贼、外争国权，最后重返抗日战争一线，献身于抗日救国战争。高振霄始终忠于自己的祖国、忠于自己的民族、忠于自己的人民、忠于自己的信仰。面对清政府的压迫、外来帝国主义列强的侵略、日本侵略者的暴行及汪伪政权的血腥杀戮，他均表现出大无畏的爱国主义精神和不畏强暴的民族主义气节。每当国家兴亡的紧要关头、民族命运处于危难之际、革命势力处于低潮或逆境之时，高振霄始终以国家、民族大义为重，信仰真理、心系民生，坚守信念、维护正义，不阿权贵、不畏强暴，出生入死、鞠躬尽瘁。

一、匡时柱石

武昌起义前，当众多党派各持己见时，高振霄多方调停、斡旋，促使共进会与文学社两个重要革命组织实现联合，成为武昌首义的发起组织与领导机关，成就了武昌城一呼百应之革命局面；武昌首义当夜，当有人乘隙假冒义军名义，趁火打劫、滥杀无辜时，高振霄商奏同党当即成立"执法处"并组织"稽查队"，沿街演说，维持秩序，保护民众生命财产安全，赢得了武昌乃至全国广大民众、商人、华侨对"武昌首义"的支持及国外势力对举事的中立与同情，使得"武昌首义"成为古今中外历史上通过暴力夺取政权流血和牺牲最少的起义之一；湖北军政府成立后，当黎元洪肆意扩大都督权力，欲将革命党人排挤出政权外时，高振霄等"总稽查"坚持正义，据理力争，重新加强了革命党人力量，改变了军政府旧官僚、立宪派把持政权的局面；阳夏失守，武昌危急，当有人建议放弃武昌时，高振霄等强烈反对，誓与武昌城池共存亡，最终迎来了南北和谈及辛亥革命的最后胜利；民国南京政府成立，当旧官僚政客极力为袁世凯张目，并以袁世凯就任大总统之日为国庆节时，高振霄以辛亥革命党人代表、政学界代表、知识精英代表立场与身份，引经据典，力排众议，为确定以武昌首义 10 月 10 日成为中华民国国庆节功不可没，被誉为"双十首造者"；护法时期，巴黎和会、太平洋会议在即，当日本勾结北方政府继续占领中国青岛领土之时，高振霄向国会提案拟派孙中山等南方护法政府代表赴会并再次进言："我国日受强邻之压迫，北京拍卖主权，国几不国，今此一线生机，尤为我国生死之关系，速派得力代表迅赴列席，实为至要"；护法军政府改组，当孙中山再次受排挤、护法遭破坏时，高振霄坚定地站在孙中山等少数派一边，提交《关于组织军事委员会行政委员会的提案》，与护法中坚成功推举孙中山为民国非常大总统，为促进南方政府对内取代北京政府，对外取得国际承认的合法化不遗余力；南北政府对峙时期，当北方政府肆意践踏民意，不惜卖国求荣时，高振霄以起草委员会委员长名义组织起草讨伐徐世昌、吴佩孚檄文，一场打倒军阀割据，武装统一全中国的北伐革命席卷南北大地；北伐成功，南京国民政府成立，当一些官员、政客纷纷邀功请赏及"四一二"事件发生、"国共合作破裂"时，高振霄表示出极大愤慨，他功成身退，淡出政界，赴汉冶萍公司推行"实业救国"，践行"振兴中华，福利民众"之宏愿伟业，表现出不居功、不求赏的高风亮节；抗日战争爆发，上海沦陷为"孤岛"，当面对日本野蛮侵略和汪伪顽分子恐吓暗杀、威逼利诱时，高振霄依然坚守孤岛，义无反顾地挺身而出，坚持到流尽最后一滴血。

二、书生本色

高振霄是中国历史上颇具传奇色彩的风云人物，他不仅"戎马一生"，还博古通今、文笔畅达，颇具士大夫气节，是集作家、报人、记者于一身的一介书生。早在辛亥革命前后他就创办了《夏报》《扬子江小说报》，襄办《湖北日报》《政学日报》《长江日报》等进步刊物，与詹大悲、何海鸣、查光佛等被时人誉为"享有盛名的近代武汉报人"。后来，高振霄又创办《民风周刊》《惟民》《新湖北》并担任《民风周刊》《惟民》主编，先后发表社会、经济、文化等时评、纪实、议案数十万字。他还与章炳麟、冯自由及沈钧儒、章乃器、邹韬奋等社会贤达组织社会团体，针砭时弊，名噪上海滩。时人赞誉："高汉声，有名的洪门大爷，清高自赏，颇有骨气的书生本色。"

三、忠贞体国

高振霄逝世后，遗体被安葬在上海万国公墓。当时上海虽然还是在日寇血腥统治下，但是国民政府及社会各界人士仍多次在上海、南京等地为他举行追悼会等各种纪念活动。1945 年 4 月 14 日，上海淡水路关帝庙召开高振霄追悼会，《申报》报道并刊登《追悼革命元勋高汉声》文章，赞高振霄"高风硕德，足资楷模"；1945 年 4 月 25 日，同人冒雨祭高公汉声先生之灵，南京《大学生》期刊刊登《悼高汉声先生》，曰："公望高山斗，品重圭璋……洵匡时之柱石，为建国之栋梁"；1945 年 5 月，南京国民政府行政院院长宋子文为高振霄题匾："忠贞体国"。后来，此匾在高振霄老家湖北房县堂屋悬挂；同年9月，抗日战争胜利后，蒋经国赴上海"接收敌伪财产"工作时，特将蒋介石题"精忠报国"匾额，转赠高振霄遗孀沈爱平；同年末国民政府授予高振霄"民族英雄、抗日烈士"称号并颁发烈士证书及奖章。

高振霄先生自辛亥革命到抗日战争胜利，一生近半个世纪的革命生涯，正如全国政协委员、中共中央统战部前副部长田鹤年同志称道的那样："高振霄，著名革命报人、辛亥革命元勋、南京开国功臣、护国护法中坚、北伐革命旗手、知名社会贤达、爱国洪门首领、抗日战争英烈"，他代表了中国文人志士的正道、正义与正人君子。

注：本文为作者于2015年11月28日在北京钓鱼台国宾馆举办的"中华情 忠义魂"洪门爱国文化座谈会暨纪念中国近代民主革命家、洪门先贤、首义金刚、护法中坚、抗日英烈高振霄抗日殉难70周年座谈会上的讲话稿。

血染上海滩　丹心照汗青

　　——纪念我的祖父中国洪门先贤、五圣山第一代副山主高振霄抗日殉难75周年

　　他是中国近代民主革命家；他是武昌首义金刚、辛亥革命甲种功臣；他是鄂军都督府参议院、南京临时政府参议院、广州南方护法政府参议院"三府重臣""三院议员"；他是中国洪门先贤、五圣山副山主、抗日策反委员会委员，为抗击日寇、策反日伪、营救保护国共爱国抗日志士颇著勋劳；他博古通今、清高自赏，集作家、记者、报人于一身，是享有盛名、颇有骨气的一介书生；他忠于国家，高风硕德，足资楷模，志洁行芳；他义于民族，忠贞体国，精忠报国，血染上海滩……

天下兴亡匹夫有责　建抗日特别行动队

同仇敌忾共御外辱　抗战必胜中国不亡

　　抗战爆发后，为建立抗战武装、开展游击战争，中共中央在江苏省成立了省军委，从延安调到上海的张爱萍任军委书记，张执一、陈家康任委员。中共江苏省军委决定与拥护支持中共抗日主张的高振霄加强统战合作，利用洪门为掩护，积极开展抗日活动。

　　1936年夏天，年轻的上海地下共产党负责人张执一赴洪门大佬宅邸拜访高振霄。在祖父的"搭桥"与引荐下，张执一、陈家康、王际光、余纪

一等多名中共党员结识了洪门五圣山山主向松坡，并以个人名义加入了洪门。至此，高振霄寓所便成为协助共产党积极抗日的一个重要据点，高振霄与向松坡领导的洪门组织则成为支援共产党积极抗战的一支重要力量。

"卢沟桥事变"后，洪帮五圣山山主向松坡和副山主高振霄等于7月21日致电北平宋哲元委员长暨二十九军全体将士，表示声援。电称："君等抗战，忠勇激发，无忝于我民族英雄之本色，愿率海内素以保障民族为职志之在乡健儿，请缨政府，群起与彼周旋，粉身碎骨，亦所弗辞。"接着，又致电蒋介石，表示"愿以在野之身，统率海内健儿，与暴日一决生死，一息尚存，义无反顾，悲愤待命，无任屏营"。号称麾下"有群众数十万人，听候点编指挥"，并且募款购买了21架飞机，命名"忠义号"支援国民革命军抗战。

"八一三"淞沪会战打响后，高振霄与向松坡找到张执一、陈家康及上海青帮、商会、银行界江浙财阀大佬等抗日志士商后，共同组建了近万人的抗日特别行动队。其中由洪门兄弟与共产党人联合组成了一个近2000人的支队。"淞沪会战"中，这支上万人的抗日队伍均投入了战斗，战争尤为惨烈，牺牲特别惨重。令人哀痛的是，在"淞沪会战"后期一次战斗中，一大队长廖曙东被日军团团围住，他以手枪击毙数敌后，跳入水潭中，高呼："中国不亡！抗战必胜！建国必成！"结果500人的队伍，大部分牺牲，幸存者只有几十人。上海沦陷后，近万人武装也仅剩1000余人。他们无论是共产党员、国民党员，还是洪门、青帮兄弟，包括每一个工人、学生、商人都是抱着拯救民族的满腔热血，积极投入抗战洪流，为中华民族抗日大业流血捐躯，作出了自己的贡献并载入史册。

白色恐怖下冒死成立抗日策反委员会
腥风血雨中打入日伪心脏的侠胆英雄

沦陷后的上海不仅到处都是日本军队的铁蹄和野蛮蹂躏，更有汪伪政权特务机关"76 号"被称为"歹窟"的威胁和凶残追杀。当时沪上大量国共两党秘密组织、爱国团体及抗日机构相继遭到破坏,许多共产党人和国民党爱国人士被杀害。国民党上海市地下党部张小通被汪伪特工逮捕后,"76 号"特务十分残忍地将其肢解成几大块并用硝酸毁尸。国民党"肃反工作"军统局高级骨干、与戴笠即将结为亲家的国民党上海区区长王天木,也投降了汪伪政权,不久还当上了汪伪"国民党"中央委员及"和平救国军"总指挥。蒋介石闻讯后大为震怒,特派时任"忠义救国军"总部政治部主任文强将军,前往上海租界担任抗日策反委员会主任委员。

文强是文天祥 23 代后裔、毛泽东表弟,1925 年考入广州黄埔军校四期,先后为共产党高级将领和国民党中将。在重庆准备赴沪上任的文强就受国民党要人举荐,邀请一直坚守在上海的洪门五圣山副山主高振霄加入抗日策反委员会,并委以委员身份。高振霄与策反委员会人马很快就打入了敌人心脏,秘密开展收集日伪机密情报及有针对性地进行感化策反工作。先后对汪伪军委会委员、和平建国军第三集团军总司令唐蟒,汪伪军委会委员、开封绥靖公署主任刘郁芬,汪伪武汉绥靖公署参谋长罗子实,驻苏州伪军军长徐文达,驻无锡伪军师长苏晋康,汪伪军委会委员、苏皖绥靖总司令和第二集团军总司令杨仲华等高级将领策反成功,使之成为抗战重要力量之一。

1941 年秋天,正当高振霄准备在上海百乐门饭店拉开策反日伪"和平反共建国军"第十二路军司令丁锡山序幕时,又上演了一场营救文强将军的惊心动魄、生死攸关的惊险大戏。

初来乍到上海的文强,一直小心翼翼隐藏自己的行踪,但是没想到,刚到上海不久,就被绑架了。这天,文强刚从商店买了一顶新礼帽,正走出店过马路时,被丁锡山手下四条大汉绑架到日伪防弹车上,直接押送到在百乐门饭店一客房等候已久的丁锡山面前。文强军人出身,身手不凡,乘丁锡山不备,抢了他的手枪并用手枪直逼丁的脑袋,丁锡山手下的喽啰们举枪将他团团围住。

在这千钧一发之际,高振霄突然破门而入。丁锡山的喽啰们一看是洪门大爷高振霄，哗啦一下四面散开。高振霄大步冲到丁锡山面前，左手抓住丁的衣领角，右手左右开弓"啪啪啪"就是几个耳光。打过后，指着丁锡山的鼻子骂道："你这个忘恩负义的家伙，那时候让杜月笙把你保出来，是文先生说的话。如果不是文先生说了话，你早就被枪毙了。你这身汉奸皮呀，只有文先生说一句话才脱得下来，你这个为日本人卖命的汉奸，早晚会死在日本人的手中。"丁锡山当即跪倒在高振霄面前，痛哭流涕地连连表示悔过，其他喽啰见状，也纷纷跪下求宽恕。高振霄接着对丁锡山说："赶快派车让你的部下送文先生上汽车，不然你就活不成了。"说完与文强一起快速上车离开了百乐门饭店。

《昨日军统》一书中文强说道："如果没有洪门大哥高汉声见义勇为来营救，我早已成为日伪刀下之鬼了。"《军统与汪特在上海的一场争斗》一书中这样描述高振霄："委员高汉声，湖北人，民初国会议员，又是有名的洪门大爷，清高自赏，颇有骨气的书生本色。"《军统江山》一书上这样说道："高先生湖北人，民国初年的议员，洪门首领，就连汪精卫见了他也要退让三舍。"抗战期间，高振霄虽已是年届60岁的老人且为一介书生，但他依然充满着炽烈的忠义豪情，他一身正气、大义凛然、豪气干云！

利用特殊身份争取各方力量维护正义
舍生取义营救保护国共爱国抗日志士

1936年11月，国民党当局逮捕了"救国会"中的沈钧儒、章乃器、邹韬奋、李公朴、沙千里、史良、王造时，制造了震动全国的"七君子"之狱。

中共中央派遣负责人联合宋庆龄、何香凝等在全国发动了大规模的抗议和营救"七君子"运动，提出释放"七君子"要求，均遭到拒绝。一天，宋庆龄找到高振霄，希望利用他在国民党内的威望，以及洪门在全国各地的影响力，参与营救。高振霄早年一直追随孙中山，跟宋庆龄也是旧识。当年高振霄母亲从武汉来上海，宋庆龄和蒋介石、宋美龄等亲自到码头迎接，蒋介石更是以老师尊称。

高振霄亲自赴南京找到蒋介石，质问蒋介石："爱国难道有罪吗？如果爱国也有罪，那么你把老夫也抓到监狱里去好了！"在宋庆龄、高振霄等各方势力的共同努力下，"七君子"终被释放出狱。高振霄特意在自己的宅邸设家宴，为"七君子"接风洗尘。

1942年，时任新四军第五师师长兼政治委员李先念在上海被汪伪特工告密被捕，并被关押在日伪军监狱。

高振霄闻讯后，一方面积极与中共方面取得联系，布置营救方案，另一方面派内线秘密取得情报。他亲自担保与斡旋，最终将李先念营救出狱，并接回法租界巨籁达路晋福里自己的宅邸养伤。其间，抓紧时间筹备了大量抗日根据地急需的棉衣药品等物资。当李先念伤病转轻时，要求立即重返新四军部队。高振霄专门租用两艘大船，选派得力人员将李先念及抗日物资安全护送至苏北革命根据地。

高官厚禄视身外之物只身赴会斗恶魔
清白高贵为神圣追求慷慨赴死大丈夫

随着战事扩大，上海局势愈加严峻。向松坡山主与文强将军先后去了武汉、重庆。考虑高振霄已是60岁高龄，又是老同盟会会员、国民党元老，国民政府曾多次派人到家动员他向后方撤退，但高振霄执意不肯。他的抗日爱国行动，引起日伪政府强烈不满。

1938年正月十一，一伙身挎匣子炮的日本官兵，闯入高氏宅邸，大肆搜查并威逼高振霄交出共产党和爱国志士的名单。高振霄威武不屈，视死如归，结果遭受毒刑，关押三周后被保释。日伪对祖父虽是恨之入骨，但迫于他在社会上的声誉和影响，不敢贸然对他下手，又企图以重金收买。

1943年的一天，日军少佐带领随从十几人，抬着一大箱装有金银珠宝的重礼前来府上"拜访"。说他们代表"皇军和汪主席请高先生出山，做一些事"。高振霄不卑不亢地答道："非常对不起，我身体不好，不能出山做事了。钱是生不带来死不带去之物，我年事已高，也用不着了，请把这些全部带回去！"没等对方反应过来，他已经退入后堂，把对方"晾"在那里。见威逼利诱、软硬兼施均不奏效，日伪终于恼羞成怒，使用了最后手段。

1945年3月21日，距抗日战争胜利只有不到半年的时间，高振霄再次接到日军驻上海最高头目赴宴的"邀请"。席间，日伪头目发出"最后通牒"，威逼其出任上海市市长要职。他非常愤怒，在席上义正辞严地说道："中国的领土岂能容侵略者践踏，中国的事情岂能由侵略者安排！"在场的日伪分子先是气急败坏、大发雷霆，尔后伪装成一副什么事也没发生的样子，日伪驻上海最高头目暗示少佐在酒中投毒并殷勤地向祖父"敬酒"。高振霄心知肚明，但他老人家已经把生死置之度外，宁可玉碎、不可瓦全，决意以死来证明自己清白的一生与崇高的人格。高振霄端起酒杯高声喝道："干！"随后一拱手，"恕不奉陪！"便打道回府。

匡时柱石建国栋梁　夙根独厚余泽方长
高风硕德足资楷模　爱兮难忘一瓣心香

回到家后，高振霄腹部开始胀痛，夫人要请医生，却被高振霄拦住。高振霄向家人交代了几件事：第一，不准请医生；第二，不许通知任何人；第三，焚烧他所有资料，包括生前写过的大量文章、手稿、图片等；第四，告诫后人要"远离政治，莫入官场"。1945年3月23日凌晨，高振霄盘腿打坐静静地离开了人世。几天后，噩耗传开，上海各界人士奔走相告，表达对逝者的哀思。

4月14日，正是高振霄"三七"祭日，上海社会各界人士，不顾日伪特务的白色恐怖，齐聚淡水路关帝庙，为这位先哲举行了隆重的追悼会。时上海《申报》载有《追悼革命元勋高汉声》一文，盛赞高振霄"高风硕德，足资楷模"。

4月25日，时逢高振霄"五七"祭日，南京各界爱国代表人士冒雨再次为高振霄举行公祭活动，并有题为《祭高议员汉声先生》的铭文，祭文云：

> 呜呼哀哉伏惟尚飨！
> 老成凋谢耆硕云亡，国方多难追怀宿将。
> 天胡不愍痛失元良，望高山斗共感凄苍。
> 赞翊共和品重圭璋，维护法统名垂史堂。
> 伸张民权会集非常，匡时柱石建国栋梁。
> 功成身退志洁行芳，精神矍铄杖履徜徉。
> 寿享期颐南极星光，禅参领悟佛证西方。
> 凤根独厚余泽方长，或钦楷模或共梓桑。
> 剑挂徐君树云泪汪，笛闻向秀薤露神伤。
> 型兮宛杜爱兮难忘，于秋血食一瓣心香。

5月10日，是高振霄"七七"祭日，国共两党代表、上海社会各界人士及高振霄生前好友，将祖父的遗体安葬于上海万国公墓。同时，由中共上海地下党转送来延安的一副挽联，赞颂高振霄以身殉国的高风亮节。联云：

> 赤胆忠心守孤岛，视死如归，是辛亥功臣本色；
> 只身赴会斗恶魔，怀生宛在，为中华民族争光。

蒋介石题写"精忠报国"；宋子文题匾"忠贞体国"；国民政府追授高振霄为"民族英雄、抗日烈士"称号，以此告慰这位首义金刚、护法中坚、抗日英烈的在天之灵。

2020 年 3 月 23 日

第五辑

自然而圆

描绘万物皆圆、人生亦圆、花好月圆、魂牵梦圆、自然而圆的自然、社会、人生画卷——圆来如此。

人生是圆来回皆圆满

人生路上三层楼

物质层

精神层

信仰层

人生需求三层次

身体需求

头脑需求

心灵需求

人生活动三维度

体行

脑思维

心悟

人生活动三境界

图回报

让人知道

只有自己知道

身体需求满足

得到物质回报

物质文明

头脑需求满足

让人知道

精神文化

心灵需求满足

只有自己知道

信仰

人从呱呱坠地

开始人生旅程

走过万水千山

经历千难万险

最终还要回去

最初婴儿

吃喝拉撒哭笑睡

全然不知

皆由

天性使然

后来

慢慢步入体行

做事图回报

追求物质利益

身体需求满足

物质文明

再后来

经过脑思维

做事让人知道

为了荣誉

头脑需求满足

精神文化

上升到

心悟

不计名利

一切只有自己知道

用心祈祷

心灵需求满足

信仰

心静如水

自己不知道

左手做了好事

右手都不知道

浑然不觉

重归自然

从身体需求满足

到头脑需求满足

上升到心灵需求满足

身与心和谐

从体行

到脑思维

转变心悟

人与人和谐

从物质文明

走向精神文化

上升灵魂信仰

人与社会和谐

从天性使然不知道

到体行图回报

再到脑思维让人知道

上升心悟只有自己知道

又回归到自己都不知道

人与自然和谐

从无知

到感知

再到理知

上升灵知

又回归到无知

终点即始点

天人合一

从物质文明

到精神文化

上升灵魂信仰

完整人生

从身体需求满足

到头脑需求满足

上升心灵需求满足

完美人生

从做事图回报

到让人知道

上升只有自己知道

高尚人生

从体行

到脑思维

上升心悟

智慧人生

从不知道

到图回报

再到让人知道

上升只有自己知道

又回归到不知道

永恒人生

人法地

地法天

天法道

道法自然

我从自然中来

法地

法天

法道

又回到自然中去

人生是圆

从 0 中来

到 1

归 0

010

来回皆圆满

物

万事万物

运动与发展

源自

宇宙统一场

来自

宇宙能量

遵从

道之法则

从无缘起

从 0 开始

加 1 运算

假设

有限 1 相加

0、01、010、011

抑或

线段

抑或

圆

如同

飞速的车轮在公路上驰骋

嘀嗒、嘀嗒的钟表记录生命每一天

倘若

无限 1 相加

00、01、010、011、100……

抑或

无穷大"直线"

无穷大闭合曲线

无穷大圆

抑或

无穷圆

在无穷大圆里运转

犹如

月亮自转

围绕地球公转

地球自转

围绕太阳公转

太阳自转

围绕银河系中心公转

银河系自转

围绕……

一圈

一圈

又一圈……

一年

一年

又一年……

万事万物

运动与发展

源自

宇宙统一场

来自

宇宙能量

遵从

道之法则

从无缘起

从 0 开始

不停地

增量与进位

不息地

增加与归零

无限的

量变到质变

唯一不变

变化与发展

从无到有

从有到无

无穷无尽

连绵不断

无限运转

无穷圆

无限

永恒

真理

——010

悟

想开

人生开始是 0
纯洁无瑕
随着年龄增长
阅历增加
慢慢
有了思维
与想法
同时
大脑被污染
内心纠结
心事重重
患得患失

消除不该有的想法
解开纠结
就是想开
从没有想法
到有了想法

是 0 到 1

从有了想法

再到不该有

多余想法

是想开

是 1 到 0

想不开过程

累加 1

量变

00+01=01

想开过程

进位

质变

01+01=010

想开窍要

归 0

想开是明心见性

想开是如梦初醒

想开是觉悟

想开是福气

想开是升华

想开是 010

看透

人生开始是 0

天真无邪

随着年龄增长

阅历增加

渐渐

有了思维

与知见

同时

眼睛被污染

心里混沌

云里雾里

像风像雨

消除不该有的看法

澄清混沌

就是看透

从没有看法

到有了看法

是 0 到 1

从有了看法

再到不该有

偏执知见

是看透

是 1 到 0

看不透过程

累加 1

量变

00+01=01

看透过程

进位

质变

01+01=010

看透关键

归 0

看透是拨云见日

看透是豁然开朗

看透是开阔

看透是明白

看透是升华

看透是 010

忘记

人生开始是 0

童言无忌

随着年龄增长

阅历增加

缓缓

有了记忆

与印象

同时

大脑被污染

心存杂念

铭心镂骨

念念不忘

消除这些不该有的记忆

清除杂念

就是忘记

从没有记忆

到有记忆

是 0 到 1

从有了记忆

再到不该有

多余记忆

是忘记

是 1 到 0

难忘记过程

累加 1

量变

00+01=01

忘记过程

进位

质变

01+01=010

忘记要害

归 0

忘记是破迷见悟

忘记是顺其自然

忘记是豁达

忘记是喜乐

忘记是升华

忘记是 010

放下

人生开始是 0

一张白纸

随着年龄增长

阅历增加

逐渐

声名显赫

富贵荣华

同时

身体被捆绑

心有包袱

情不自禁

身不由己

解除不该有的捆绑

丢弃包袱

就是放下

从没有物质

到有了物质

是 0 到 1

从有了物质

再到多余

不该有包袱

是放下

是 1 到 0

放不下过程

累加 1

量变

00+01=01

放下过程

进位

质变

01+01=010

放下难点

归 0

放下是脱俗还佛

放下是如释重负

放下是大气

放下是自在

放下是升华

放下是 010

舍得

人生开始是 0

一切皆无

随着年龄增长

阅历增加

逐步

功成名就

金玉满堂

同时

大脑被污染

心有贪念

忧心忡忡

患得患失

丢弃这些多余负累

清除贪念

就是舍得

从没有

到得到

是 0 到 1

从得到

再到舍弃多余

不该有负累

是舍得

是 1 到 0

舍不得过程

累加 1

量变

00+01=01

舍得过程

进位

质变

01+01=010

舍得拐点

归 0

舍得是恍然大悟

舍得是大彻大悟

舍得是境界

舍得是智慧

舍得是升华

舍得是010

道

道生一

00+01=01

00、01

一生二

01+01=010

01、010

二生三

010+01=011

010、011

三生万物

011+01+······

011、100······

道生一、一生二、二生三、三生万物······

00、01、010、011、100······

万物归道

010、010、010······

生生不息

旋转

轮回

新圆

新生命

新世界

新开始

道亦整

整亦虚

虚亦空

空亦无

无亦零

零亦始

始亦道

道生万物

万物归道

大曰逝

逝曰远

远曰返

终亦始

始亦终

独立不改

周行而不殆

无穷大

无穷远

无限循环

——010

人生 010

零（0）

人之初
性本善
眼睛清澈
头脑单纯
身心通透
所有活动
天性使然
看山是山
看水是水

壹（01）

随着年龄增长
伴着生存需要
迎着社会发展
渐渐形成思维
慢慢有所作为
心醉神迷

看山不是山

看水不是水

归零（010）

每一个成功者

社会竞争

摸爬滚打

社会属性有余

自然属性不足

声名显赫

身心疲惫

精英光环下

亏欠

亲人

朋友

同事

真诚情感

外在雕琢中

侵蚀

身体

大脑

内心

生命机体

社会属性里

掩饰

真情

个性

善良

自然属性

他们仿佛寻求

发泄

自责

反省

希冀身体与内心沟通

渴望躯体与灵魂对话

期望自己与他人和解

他们试图功成身退

抗争

解脱

升华

找回本初

看到真我

做成自己

返璞归真

看山还是山

看水还是水

——010

返璞归真

璞为本真

初始状态

开始

0

经过外在修饰

+1

00+01=01

00、01

量变

成功

继续修为

再 +1

00+01+01=010

00、01、010

质变

成熟

圆润

返璞

归真

归零

返璞归真

重返初始自然状态

怡养生命之真元

——010

不忘初心方得始终

初心

生命之初

与生俱来

善良

真诚

宽容

爱

初心

本真

0

前行

修行

远方

0+1

00、01

视野更宽

胸怀更广

境界更高

再 +1

修成正果

00+01+01=010

00、01、010

初心

前行

修行

远方

归 0

不假外求

本自具足

不忘初心

方得始终

——010

万事开头难

开头是 0

开头难

万事是 1

顺其自然

万事开头难

难得是圆满

抑或

进一步

归 0

圆满

抑或

退一步

海阔天空

亦圆满

——010

万物皆圆人亦圆

天下万物生于有

有生于无

无中生有

有生万物

万物归道

道亦无

无始无终圆

——010

色不异空

空不异色

粒子亦波

波亦粒子

物质亦场

场亦物质

无穷无尽圆

——010

宇宙亦圆

圆亦宇宙

宇宙亦人

人亦宇宙

万物皆圆

人亦圆

原来都是圆

无限永恒圆

——010

千里之行止于足下

路漫漫

路难行

难的是

万事

开头难

难的是

千里之行

起步难

难的是

启动

开始

始于足下

不积跬步

无以至千里

不积小流

无以成江海

坐而言

不如起而行

一分耕耘

一分收获

合抱之木

生于毫末

九层之台

起于累土

临渊羡鱼

不如退而结网

天道酬勤

地德载物

路漫漫

路难行

难的是

万事

皆有终

难的是

千里之行

必有一至

难的是

知足

知止

止于足下

——010

大千世界　殊途同归

每一次

熟悉而又不舍

关灯

开灯

关灯

每一场

无奈却又欣喜

散席

宴席

散席

每一回

放下

拿起

放下

惊喜体验

每一个

黑夜

白天

黑夜

梦想成真

一圈一圈汽车车轮

飞速旋转

记录这部老车

饱经风霜

雪雨洗礼

与

驰骋大地

沧桑历程

嘀嗒嘀嗒钟表

无情转动

记载这个世界

风云变幻

时代变迁

与

跌宕起伏

历史人生

永不歇息

月亮自转

围绕

地球公转

周而复始

地球自转

环绕

太阳公转

生机勃勃

太阳自转

围绕

银河系公转

浩瀚无垠

银河系守望

无穷个

已知

未知

行星

恒星

星系

无论

薪火相传

生命延续

还是

四季更替

岁月变换

无论

天体星辰

斗转星移

还是

沧海桑田

历史变迁

死亡

出生

死亡

生命轮回

自性

习性

明心见性

返璞归真

不忘初心

方得始终

大自然

大自在

大圆满

无中生有

从零（0）

开始

零生一（01）

增长

量变到

质变

一归零（10）

进位

消亡

终点

即

始点

兴衰往复

代代相传

木心

从中国出发

向世界流亡
千山万水
天涯海角
一直流亡到
祖国故乡

禅师
站在高山上
遥视远方
最后
看到
自己
后脑勺

科学家
探究宇宙
漫漫长路
最终
发现
宇宙大爆炸
始点

神秘莫测
宇宙大帝
每时每刻
固守
自然万物
复杂纷繁

变化有序

平衡

寰宇超自然

能量

无处不在

承载着

世界万象

亘古不变

不竭运动

永恒

自编自导

010 定律

各行其道

美妙绝伦

自娱自乐

010 圆

大道至简

道法自然

一切都是

最好安排

大千世界

异曲同工

芸芸众生

殊途同归

宇宙

万物

人生

皆圆

一圈

一圈

又一圈

一圆

一圆

无穷圆

知道的有限　不知道的无限

天有象

地有形

身有痕

心有迹

昨天是今天的因

明天是今天的果

今天是昨天的结束

明天是今天的重复

看见的有限

看不见的无限

看见的未必真实

看不见的不等于不存在

听到的有限

听不到的无限

听到的未必真实

听不到的不等于没有

相遇的有限

不相遇的无限

相遇的未必相知

不相遇的不等于不知

有感觉的有限

没有感觉的无限

有感觉的未必清楚

没有感觉的不等于没有发生作用

真实有限

感受无限

真实未必感受

感受比真实发生的事更真实

显态有限

潜态无限

显态未必知道

潜态依然发生作用

知道的有限

不知道的无限

知道的未必真实

不知道的不等于不存在

无知与自知

无知无知

不知自己不知道

不知自己有多么渺小

不知自己的学问有多么肤浅

不知自己有多么无知

夜郎自大

无知无畏

"汉孰与我大？"

至死而不知何故也

自知自知

自知自己知道

自知自己有多么伟大

自知自己的学问有多么深厚

自知自己是天下最强盛者

井中之蛙

妄自尊大

天下第一

老子为大

自知无知

自知自己不知道

自知自己有多么渺小

自知自己的学问有多么浅薄

自知自己有多么无知

如是老子"知不知尚矣"

亦同苏格拉底"自知无知"

敬畏自然

崇尚智慧

谦卑

和谐

无知自知

不知自己知道

不知自己有多么伟大

不知自己的学问有多么深厚

不知自己做了多么大的好事

犹如太阳

不知自己光芒万丈

不求感恩

宛如雨露

不知自己孕育了万物生长

不索回报

无知无知

不知自己不知道

——愚昧

自知自知

自知自己知道

——傲慢

自知无知

自知自己不知道

——智慧

无知自知

不知自己知道

——自然

唯一知道的是不知道

道可道非常道

名可名非常名

知道的道不是真正的大道

知道的名不是真正的知名

真正的大道是不知道的道

真正的知名是不知名的名

知道的是不知道

不知道自己知道

才是真正的知道

唯一不变的真理

是变化

唯一知道的存在

是不知道

唯一不变的真理

是变化

是圆

010

无（0）到有（1）

有（1）到无（0）

周而复始圆

010······

唯一知道的存在

是不知道

亦圆

010

不知道（0）到知道（1）

知道（1）到不知道（0）

循环往复圆

010······

唯一不变的真理

是变化

是圆

010······

唯一知道的存在

是不知道

亦圆

010······

我是010圆

一

我是谁

我从哪里来

要到哪里去

我是圆

我是010圆

我从0来

到1

归0

我是谁

我从哪里来

要到哪里去

我是圆

我是010圆

我从灵魂家园0来

到人间1旅行

回归

灵魂家园0

我是谁

我从哪里来

要到哪里去

我是圆

我是 010 圆

我从大我 0 来

到小我 1 修行

回归

大我 0

010、010、010……

一圈一圈又一圈……

一圆一圆又一圆……

二

我是谁

我是大我和小我

圣洁灵魂

鲜活生命

我从哪里来

灵魂彼岸

高维空间

到哪里去

小我世界

三维空间

身为凡界三维空间小我

如同当年亚当夏娃降世

犯了天戒

带着原罪

怀着惊恐

攥着拳头

哭喊着来到世间

俗称转世投胎

灵魂被肉身束缚

心灵被感官迷住

成为凡夫俗子

来到人间受苦受难

反省、补课、修正

游历一遭爱别离怨

经历一番生老病死

修行毕业

终成正果

小我身亡

此死彼生

生命超度

灵魂回归

我心放飞

成就大我

三

大我

外界大宇宙

小我

身体小宇宙

外界大宇宙

是大我永生不死亡的身体

小宇宙小我

是不死身体无数生命细胞

大我

宇宙生命永恒

灵魂不灭

小我

细胞死亡复活

生死轮回

每次身体细胞死亡

都是一次灵魂解脱

每次身体细胞诞生

都是生命投胎转世

今生今世的我

永生不死身体

无数个生命细胞的一个瞬间

此生此界的我

经历灵魂家园

与人世间无数次短暂往返途中

每次心脏扩张收缩

每次肺叶一呼一吸

每个细胞死亡新生

都是生命旅行与归宿

都是生命洗礼与升华

都是一种生命形式向

另一种生命形式转变

都是一次次小我重现

都是一次次大我回归

都是凡界到灵魂家园

一次次旅行途中重返

四

白天

物质世界能量波

作用大脑与五官

感知纷呈的世界

亦真亦幻

人在

夜晚

我们深睡入眠

大脑五官歇息

肉身几近休克

大我小我同处

梦在

死亡

肉身消失

感官关闭

大我登场

灵魂显现

心在

身体是灵魂的监狱

死亡是监狱逃离者

冲破身体束缚

世界清明

心灵绽放

灵魂回归

五

我是谁

我从哪里来

要到哪里去

我是圆

我是 010 圆

我从 0 来

到 1

归 0

我是谁

我是圆

我是 010 圆

为何是 010 圆

为何从 0 中来

为什么要归 0

终点即始点

原来都是圆

人生圆满

生命重现

循环往复

我是圆

我是 010 圆

永生

永恒

永远

010、010、010……

一圈一圈又一圈……

一圆一圆又一圆……

偶然容易必然难

想不通偶然

想通必然

想不通容易

想通难

看不透偶然

看透必然

看不透容易

看透难

忘不掉偶然

忘掉必然

忘不掉容易

忘掉难

放不下偶然

放下必然

放不下容易

放下难

舍不得偶然

舍得必然

舍不得容易

舍得难

有欲偶然

无欲必然

有欲容易

无欲难

0 到 1 偶然

1 归 0 必然

0 到 1 容易

1 归 0 难

有则偶然

无则必然

偶然容易

必然难

没有偶然

何谈必然

顺其自然

谈何难

人生六聚

第一次相聚

我出生时

父母及亲友们

为我而聚

恭贺

我来世了

第二次相聚

我结婚时

父母及亲友们

为我而聚

恭喜

我成家了

第三次相聚

女儿出生时

我与妻子父母及亲友们

为女儿而聚

祝贺

我为人之父了

第四次相聚

女儿出嫁时

我与亲家及亲友们

为女儿女婿而聚

祝福

我血脉传承了

第五次相聚

父母驾鹤西去时

我与妻子及亲友们

为父母而聚

长辈作古

我功成身退

第六次相聚

我走了

儿女及亲友们

为我而聚

未知死

焉知生？

笑谈人生六聚首

问君曾几何？

人生十已过八九

只待第六聚

010

看赛车谁得第一名

多少人

敬畏生命

理性避让

享受过程

未得到第一名

多少人

一路狂飙

车毁

人殃

失去了第一名

多少人

哭过

笑过

功成身退

撤出了第一名

多少人

极限时速

躲过灾祸

乘虚而入

获得了第一名

第一名

在喷洒香槟酒中诞生

唯一

王者

王道

第一名

披戴着花环登场

多少人为你欢呼

多少人为你流泪

多少人为你伤亡

竞争

斗争

战争

一金铸成千滴泪

一将功成万骨枯

想成功

先发疯

头脑简单往前冲

想成名

脑发狂

不顾一切往上撞

上帝让你灭亡

先让你疯狂

这一站

功成名就

下一站

或许

就是

名利的坟场

禅

儒

天下粮仓

民以食为天

食以安为先

安身立命

忧国忧民

自立立人

自达达人

入世

担当

释

智慧百宝箱

大千世界

无奇不有

有求必应

应有尽有

探世界究竟

求人生圆满

来世

极乐

道
救死扶伤
悬壶济世
药到病除
天人合一
顺其自然
无为而为
无为而无不为
出世
离俗

禅
儒道释合一
天下粮仓
救死扶伤
智慧百宝箱
衍化至繁
大道至简
大道无量
返璞归真
简单归真
亦禅
昭示宇宙万物
圆

美

美
是因为真实
真实
就有缺憾
有缺憾
才美
美
是因为真实
……

美
是因为包容
包容
才有不同
有不同
才美
美
是因为包容
……

美

和而不同

包容不同

保留不同

美

真实

缺憾

包容

不同

......

中

中从上面看是中
中从下面看是中
中从正面看是中
中从反面看还是中
中
自始自中

中不在不中的对面
不中对面还是不中
中就在不中的中间
中
天造地设
自始至中

中不过犹不及
中无过不及
中无过无不及
中
不偏不倚
尽在其中

中天地位焉
中万物育焉
中太平和合
中
中庸之道
自始至终

中从中做起
中从自做起
中从小做起
中
中自
中子

注：感谢祖父制定家谱字派"振兴中华福利民众"，吾列"中"字辈；感谢父母为我与兄长赐名"自""强"，喻"天行健自强不息"。为此，有感给自己拟个笔名：中子——做一个谦卑的、小小的、中间的自己。

学会忘记

忘掉脚

鞋子穿得舒服

忘掉腰

皮带系得合适

忘记喝水

身体水分充足

忘记打伞

天高云淡

心旷神怡

忘掉身体

健康

忘掉自己

平安

忘记执着

快乐

忘记忧国忧民

世界和平

国泰民安

学会忘掉吧

忘掉

舒服

合适

学会忘记吧

忘记

满足

心旷神怡

忘掉

健康

平安

快乐

忘记

世界和平

国泰民安

忘记

修养

境界

和谐

顺其自然就好

营养学家说

红薯好

玉米好

黄瓜好

其实

什么都好

什么都吃点儿

就好

中医大师说

摸摸头部好

捏捏脚部好

按摩某某穴位好

其实

哪个部位都好

哪里都按点儿

就好

健身教练说

游泳好

跑步好

走路好

其实

什么运动都好

只要坚持运动

就好

健康专家说

生命在于运动

身体在于静养

寿命在于营养

其实

运动

静养

营养

都重要

只要适度点儿

就好

社会学家说

当官好

有钱好

成名好

做老百姓好

其实

什么都好

只要

健康点儿

平安点儿

快乐点儿

就好

只要是能吃的

尽量都吃点儿

只要是身体的部位

尽管都按点儿

只要是能运动的

适度都动点儿

只要我们还活着

争取都尝试点儿

因地适宜

顺其自然

就好

简单

多元

适度

习惯

喜欢

舒服

自然

就好

官商名人链

道貌岸然的鄙视链

官人鄙视商人
以示清白
商人鄙视名人
以示自信
名人鄙视官人
以示清高
官人鄙视商人
……

堂而皇之的欣赏链

官人欣赏名人
官运亨通
名人欣赏商人
名利双收
商人欣赏官人
富贵荣华
官人欣赏名人

……

名副其实的利益链

官人利用商人

越做越大

商人利用名人

越做越强

名人利用官人

越做越红

官人利用商人

……

酒趣三部曲

晚上放纵
早晨反省
白天压抑
晚上放纵
……

晚上放纵
推杯换盏
把酒言欢
跟着感觉
渐入循环

微醺
艺术境界
才思涌动
滔滔不绝
妙语连珠
语惊四座

酣畅

哲学境界

情感交融

身心通透

一展歌喉

声震八方

酩酊

神仙境界

悟性顿开

逍遥自在

云里雾里

天上人间

回家

马路变宽了

红灯变绿了

警察不见了

车速变慢了

目的地近了

早晨反省

动了不该动的念

说了不该说的话

做了不该做的事

白天压抑

静思过

少说话

多做事

晚上放纵

多大点儿的事

微醺

酣畅

酩酊

才思涌动

情感交融

悟性顿开

艺术

哲学

仙境

……

晚上放纵

早晨反省

白天压抑

周而复始

循环往复

人类解放

人性回归

经济发展

社会进步

一圈

一圈

旋转

三部曲

一曲
一曲
重演

人生八态

未发生时

等待

第一次

慎重

发生过

节制

最后一次

珍惜

注：人生八态，指面对客观四种状态，持主观四种心态。

寿终正寝

无病不吟

无疾而终

活得长

病得短

死得快

不要落在

儿女的后面

因果

一

人类祖先
为了生存
攀岩
奔跑
竞走
练就一副
健壮体格
柔韧肢体
强硬筋骨

二

十九世纪
欧洲兴起
少女
束腰风尚
中间勒
两头溢

前挺后翘

杨柳细腰

欧美一道

亮丽风景

三

改革开放初期

现代城市

成功男

白天坐在办公室开会读报

晚上坐在酒席上胡吃海喝

屁股一坐

上下挤

中间鼓

大腹便便

啤酒肚

领导老板

暴发户标签

四

北方气候寒冷

冬季长

穿衣厚

少外露

户外活动少

交流少

信息量少

封闭保守

发展缓慢

五

南方天气热

温差小

穿得少

多外露

户外活动多

交流多

信息量大

开放自由

发展快

六

北方人近山

食畜禽

牛、羊、猪、鸡

千里迢迢来聚首

风卷残云

人去盘空

为了交流

把酒问盏

边吃肉

边喝酒

边聊天

形成浓厚

饮酒文化

长年累月

豪气

酒量大

七

南方人靠海

吃海鲜

鱼、贝、蟹、虾

细嚼慢咽

边吃边聊

相互交流

彼此沟通

乐此不疲

形成浓郁

饮食文化

久而久之

平和

细腻

八

欧美人身材高大

床大

英雄有用武之地

九

人类发情期不受季节影响
穿衣
舍得

十

女人漂亮
男人愿望
正能量

人生宝典

一

坐着能进
色味香
蹲着能出
香蕉状
躺着能睡
自然醒
站着能动
不疲惫

二

监督出口
坚守入口
只要今天香蕉状
必定昨日色味香
日日出口香蕉状
一生健康不走样

三

抵御一次魔鬼冲动
超过一生慈悲善良
遏制一件卑劣行径
抵过百件好事名扬
躲避一场重大灾祸
胜过终身成就辉煌
阻止一个独裁暴君
胜出百万雄师出疆
避免一场恶性战争
跨越世纪繁荣富强

四

天下幸福美好千千万
健康为大
身边工作生活万万千
平安为上
有爱心
就有快乐
祝福天下人
健康
平安
快乐

五

车程车寿命

只要能耗油

就会有车程

只有少耗油

才能长耗油

限量消耗优质油品

增加车程

延长寿命

年龄人寿命

只要能吃喝

就会有生命

只有少吃喝

才能长吃喝

限量吃喝优质食品（水）

增长年龄

延长寿命

六

边吃边聊

饮食文化

边走边聊

旅游文化

边工作边聊

企业文化

边喝茶边聊

茶文化

边喝酒边聊

酒文化

边睡边聊

梦话

聊过去

传统文化

说现在

现代文化

谈将来

新兴文化

穿越时空

高维文化

010

圆文化

圆来如此

元宇宙文化

托斯卡纳华丽之都

金色阳光

红色土地

浅绿色橄榄树果园

浓绿森林广阔茂密

还有葡萄园和牧场

因景致迷人而旖旎

高耸尖塔呼应尖形拱门

《圣经》故事绘制花窗玻璃

连续半围合式建筑格局

小中庭花园伴露台设计

极致意式风情景观效果

受人们追捧而纷华靡丽

古老庄园沉淀了不朽经典

数百年漫长岁月经久磨砺

当人们寻求完美生活考验

相拥着悠然浪漫温暖惬意

朴实富足优雅般田园生活

是最美好居所的精神附依

物华天宝人杰地灵

文艺复兴发源圣地

但丁、彼特拉克、薄伽丘

达·芬奇、米开朗基罗、拉斐尔

曾经在这里聚首

思想家的摇篮

艺术之绿荫地

人类文化宝库

滋养智慧真理

意大利中部大区

佛罗伦萨亦首席

比萨塔镶嵌其中

哥特式建筑风靡

没有商业之繁华

无车马攘攘熙熙

托斯卡纳

华丽之都

世界名胜

无可匹敌

注：但丁、彼特拉克、薄伽丘，达·芬奇、米开朗基罗、拉斐尔，称文艺复兴前、后"三杰"。

没有海腥味的托斯卡纳海岛小镇

稀疏缓慢的人流

在岸边小镇路上

来来往往

偶然碰到商场

却有一半打烊

本想寻找一家海鲜馆

或者是海鲜"大排档"

满足口腹之欲

然大失所望

少有海鲜馆

没有海鲜味

我不解地问

这里是海岛小镇吗

没有诱人的海鲜味

是因为没有

海腥味

没有海腥味

是因为没有

鱼腥味

没有鱼腥味

是因为没有

血腥味

没有血腥味

是因为没有

海洋生物

被滥杀无辜之血与泪

第一次深潜

乘船前往
托斯卡纳海岛小镇不远处
世界著名深潜爱好者
深潜海央

初次在海洋中深潜
首次察觉无色透明大海
第一次目睹未知海洋生物和鱼类
第一回看到多姿多彩珊瑚与暗礁

太阳从高空透过海平面直射海底
万道霞光包裹静谧通透海洋世界
形成一束巨大无比色彩斑斓光柱
神秘莫测的万丈深渊则一览无余

我没有再等待未发生的故事
也不再慎重这个生平第一回
更没有节制还将会发生什么
也不在乎珍惜是否最后一次

不知道在什么地方
不知道是什么时间
不知道和谁在一起
不知道做了些什么

只觉得
不再怕沉入大海
不再会沉入大海
不再能沉入大海

像欢腾跳跃的鱼儿
像自由呼吸的珊瑚
像海洋世界的一员
亦无色透明的大海

大姐

敬爱的大姐

二战袭来

烽火连天

昔日男友

赴日抗战

守卫和平

疆场血染

大姐 Joyce

芳华梦年

七十五载过去

一身孑然

我本风雅

浮世清欢

最高礼遇

家什舒适

生活简单

特色水果

可口西餐

和蔼可亲

笑容满面

谈笑风生

心性自然

临走前我们提出帮助清理餐具

大姐微笑

婉言谢绝

我们不仅分享了精美晚餐

还收到贴心礼物

老大姐一直送我们到门前

最美舞伴

抹点口红

打些脂胭

华美服饰

精致打扮

笑容可掬

轻盈舒缓

霓虹灯下

轻音乐中

一曲曼舞

人生经典

最珍贵的书信

古老打字机键盘

敲打出肺腑衷言

跃过大西洋彼岸

邮递到北京东线

感谢你们来家做客

赞美我们生活烂漫

当年大姐

政府文员

芳年华月

转眼百年

人生如歌

光阴似箭

珍惜生命

享受每天

最美生活

心里阳光

自然乐观

起居有序

生活安然

去年换了一辆新车

今天

去超市购买生活用品

明天

与新朋老友出行结伴

前几天下午

86岁堂弟驾驶刚刚升级换代的新款"奔驰"

接上93岁大姐

赴高尔夫俱乐部参加新人婚礼

爱在

不孤独

和大地同在

信仰

不惧死

与日月共辉

祝福敬爱的大姐

健康

平安

快乐

2013 年 8 月

同是一棵树上的枝叶

——怀念帅旗君

同是一棵树上的枝叶

来自何方

一阵风雨来，几枝发芽、几枝翠绿、几枝零落

你是繁茂的一枝

你是劲拔的一枝

你是璀璨的一枝

雨里来、风里去，沐浴阳光

同是一棵树上的枝叶

来自远方

日出月落时，几枝发芽、几枝翠绿、几枝零落

你的繁茂呵护几多枝丫

你的劲拔增多几分翠绿

你的璀璨彰显锦上添花

昼里来、夜里去，一起成长

同是一棵树上的枝叶

去向何方

春来秋去时，几枝发芽、几枝翠绿、几枝零落

轻轻地在风雨中飘摇

慢慢地在日月里落幕

静静地在四季中歇息

春里来、秋里去，随风飘扬

同是一棵树上的枝叶

去向远方

一阵风雨来，几枝发芽、几枝翠绿、几枝零落

亦兄、亦师、亦友，伴君而来

亲情、乡情、友情，根植大地

昨天、今天、明天，浑然一体

雨里来、风里去，随君而往

2009 年 4 月 4 日（清明）

注：帅旗君，原为中国建设银行信息技术管理部副总经理。2009 年 1 月 28 日（正月初三）下午突发疾病，不幸辞世，享年 54 岁。当年清明，我与逝者家人赴北京八宝山墓地为帅旗兄扫墓，谨以此文缅怀。

我们还活着

—— 汶川地震周年祭

　　2009 年 6 月 12 日，我与四川省农行科技处长任键君，到四川遭受汶川大地震破坏最严重的北川县，目睹了一年零一个月前，北川县遭受 8.0 级大地震后的现场，真实感受了大地震的惨烈与悲壮。那一天，无情的大地震，左右晃、上下摇，山崩地裂，刹那间，整个县城变成一片废墟；紧接着，余震再次袭来，前后晃、左右摇，残存的建筑物几乎全部坍塌；再接着，南山咆哮而下的泥石流，再一次冲击已成一片废墟的城市，北山落下来的滚石，把逃出的生命又一次击倒；更为可怕的是，暴雨席卷着泥土混合形成岩浆，使掩埋在地底下空隙里，暂时存活的生命再次遭难，整个县城唯一能够看到几处斜立的楼房只有第三层以上，因为第一层、第二层楼房已塌陷在了地下（地下室）。北川县农业银行陈航副行长及身边几位当地的幸存者告诉我，当时的大地震像是把整个北川县"包饺子"了。曾经美丽、祥和的小城瞬间消失，两万余个鲜活的生命几乎被"清零"。看着听着，我恍然间感到：今天我们还活着，我们还健全、健康地活着，不仅仅是我们的幸运，更是他们用自己的生命、自己的伤残、自己的痛苦换之，他们是倒下的我们，我们是活着的他们。逝去的生命们，你们安息吧，这里还有我们，因为，我们还活着……

同是中华大地同胞

你们倒下了，我们还活着

看见一个个鲜活的生命骤然逝去的惨烈

我们似乎看到了什么

听到一声声与死亡抗争撕心裂肺的惨叫

我们仿佛听到了什么

想着一次次在漫长的灾难面前，渴望求生、坚持等待的悲壮

我们恍如想到了什么

同是中华大地同胞

你们倒下了，我们还活着

多少人，猝不及防，就已长眠于地下

多少人，被废墟掩埋，数着 1、2、3、4……在苦苦地挣扎

多少人，失其足、断其臂，在哭喊中，一天、两天、三天……等待着有人拉一把

多少人，从死亡边缘终于脱身，但眼前一片废墟，亲人不在、家园不见，却又倒下……

同是中华大地同胞

你们倒下了，我们还活着

如果，那些猝不及防，就已长眠于地下的是我们的父母

如果，那些被掩埋在废墟里，数着 1、2、3、4……苦苦挣扎的是我们的兄弟姐妹

如果，那些失足断臂，在哭喊中，一天、两天、三天……等待着拉一把的是我们的儿女

如果，那些从死亡边缘终得脱身，但眼前一片废墟，亲人不在、家园不见，却又倒下的是我们自己

我不知道我们将会是什么

同是中华大地同胞

你们倒下了，我们还活着

年轻的女工下班后给房主留下纸条："请将我的钟点工钱捐助给灾区"

法庭中难以判定的官司，在3分钟"国难日"默哀声中得以化解

监狱里狱友，从废墟中爬出来，果敢参加到救灾第一线的队伍里

所有生命不分国籍、不分肤色，无一不动容、无一不用心，应震救灾、众志成城

同是中华大地同胞

你们倒下了，我们还活着

我们不仅从惨烈中看到了大自然的强悍

我们还从惨烈中知道了人间的真爱

我们不仅从悲痛中看到了大地震的无情

我们更从悲痛中知道了人类的"自强不息"

同是中华大地同胞

你们倒下了，我们还活着

我们从生命的短暂中懂得了珍惜

我们从生命的渺小中领悟了感恩

我们从生命的脆弱中看到了人性的善良

我们从生命的无助中体会了人间的大爱

同是中华大地同胞

你们倒下了，我们还活着

是你们把死亡留给了自己，把生命留给了我们的父母

是你们把伤残留给了自己，把健全留给了我们的兄弟姐妹

是你们把悲痛留给了自己，把幸福留给了我们的儿女

是你们把毁灭留给了自己，把希望留给了我们人间

同是中华大地同胞
你们倒下了，我们还活着
我们与你们一起分担死亡与伤残的痛苦
我们与你们一起抚慰受伤与悲痛的心灵
我们与你们一起承担照顾年迈的父母和幼小孩子的责任
我们与你们一起共建失去的家园

同是中华大地同胞
你们倒下了，我们还活着
你们是倒下的我们
我们是活着的你们
我们为你们祈祷
我们与你们同在

2009 年 6 月 12 日

注：笔者认为，地震属于自然现象，不同于侵略者入侵，不宜以"抗"应对，而应采取"顺应"态度。面对地震等自然灾害，通过"抗"处理，一则态度不正确，没有敬畏感；二则是无效的、无意义的。因此，本书以"应震救灾"取代"抗震救灾"。

怀念兄长

——清明祭

一

你在清明那一端

我在清明这一边

隔着春天

怀着思念

夜晚兄弟姐妹们围着妈妈在大床上玩耍

你在床外端

我们在里边

白天我们在桌前自习

你在桌门端

我们在床边

每次我俩抬水

你在后面

我在前边

水桶总是靠近你那端

今年

我们都在春天里

你在四季那一端

二

你在清明那一端

我在清明这一边

香火邈邈

心系昨天

你手持十门课程全优成绩单

兴奋地告诉我获得了全年级第一

最终未被高中录取

毅然上山下乡"接受再教育"

工作中

电梯突然断裂坠落

你没有向单位提出任何要求

身残志坚

创造了一个又一个不菲业绩

你有一个智障女儿

不仅没有被拖累倒

深爱着女儿

获得了一个又一个骄人奖励

今夜

我们都在夜色下

你在月亮那一端

三

你在清明那一端

我在清明这一边

春雨纷纷

泪水涟涟

上周五我从北京赶来同你与家人聚首

3 月 22 日

祖父抗日殉难 68 周年当晚

我俩一起观看《洪帮大佬高振霄的传奇往事》首播

我作为嘉宾在屏幕里侃侃而谈

你却像个孩子兴奋不已

一连看了三遍

还嫌短

你早晨起来专为我做早餐

刚出门又打来电话询问我

是否忘记了手机和包

中午你继续烧菜做饭

晚上又蒸了我喜欢的鲜美可口的"苜蓿羊肉包子"

三天短暂日子里

兄弟姐妹们话语连绵

倾诉友情、真情、亲情

临行前吃着你亲手为我包的送行饺子

直到我返京途中

我俩还在互相发送那个首播视频网站

不料

这竟成了我们兄弟俩最终的声音和见面

今天

我们都在一起

你却在遥远的那一端

四

你在清明那一端
我在清明这一边
仰望星空
情越千年
兄长何曾远
回眸在心间
你完成了人生修行
又开始新生命旅程
我们承大家庭重任
共同努力未竟事业
我们要会善待自己
我们更要珍重人生
来年
待到清明雨纷时
喜迎桃花满园中
你那灿烂的笑脸

2013 年 4 月 4 日（清明夜）

注：吾兄中强，于 2013 年 3 月 27 日早晨 5 时许突发心肌梗死辞世，享年 58 岁。

难忘恩师

遥忆当年初见面，我正少年师英年。

停学三年始复课，一世情缘结校园。

坐堂六年耳目染，昔日教诲皆箴言。

循循善诱谆谆语，解疑释惑似春天。

可叹流年如水转，一去经年不复返。

千山万水追寻遍，为觅梦境过千帆。

客岁曾见恩师面，诲人不倦侧耳畔。

今日噩耗疾心首，犹如霹雳天地变。

长揖一拜谢师恩，学子湿襟泪满沾。

一瓣心香爱难忘，光启后人万古年。

2021 年 11 月

纪念"孙中山洪门文化与南社陈列馆"揭幕诗二首

　　欣悉"孙中山洪门文化与南社陈列馆"在江南古城姑苏揭幕。全球洪门联盟总会长、中国洪门五圣山第三代（现任）总山主刘会进博士与当地政府名人政要及诸多洪门、南社昆仲同来庆贺。笔者特奉上诗文《故地重逢　共缅英魂》《洪门缘起与愿景》以示祝贺、纪念。

故地重逢　共缅英魂

汉失中土危难华夏，汉留昆仲匡扶国家。

会进维新福利民众，汉声洪兴振兴中华。

民族复兴自强不息，炎黄文化延绵天下。

洪门南社故地重逢，共缅英烈魂系云涯。

洪门缘起与愿景

华夏之声大吕鸣，炎黄子孙接力行。

振兴中华，乃我汉留心声。

洪门维新五化启，不忘初心聚会进。

福利民众，亦吾昆仲憧憬。

2017 年 11 月

【释义】

1. 汉失中土危难华夏：此句言"洪门"之由来。"汉（漢）"失中土方为洪，山河破碎立洪门。洪门以"振兴中华"为使命，以"忠义"精神匡扶国家。

2. 汉留："洪门"最初称"汉留"，亦"汉人之遗留也"。

3. 汉声：洪门先贤、中国五圣山第一代副山主高振霄（字汉声），亦指炎黄子孙、华夏之声。

4. 洪兴：1936年中国五圣山第一代山主向海潜（字松坡）与副山主高振霄等洪门大佬在上海组织成立"洪兴协会"，其宗旨是为民族抗日"同心协力、复兴洪门"。

5. "振兴中华福利民众"是高振霄百年前为高氏家族所制定的家谱字派，也是我中华民族复兴之梦。

6. 会进：全球洪门联盟总会长、中国洪门五圣山第三代（现任）总山主刘会进博士。

7. 洪门维新：洪门领袖刘会进博士为洪门未来发展提出五大愿景，即洪门维新"五化"：企业化、社团化、国际化、公益化、合法化，亦即以"福利民众"为愿景。

脊梁

2021 年是辛亥革命 110 周年，是我的祖父高振霄 140 周年诞辰，同时是老人家抗日殉难 76 周年。谨奉诗文《脊梁》缅怀纪念。

取字汉声华夏乐章，楚风汉韵铁血儿郎。

革命元勋首造国节，甲种功臣首义金刚。

间关流离不堕初志，赞翊共和至可钦仰。

三府重臣护法中坚，匡时柱石建国栋梁。

维护法统颇著勋劳，功成身退杖履徜徉。

实业救国福利民众，振兴中华志洁行芳。

激浊扬清颇有骨气，针砭时弊清高自赏。

书生本色享有盛名，名垂不朽品重圭璋。

策反委员孤岛精魂，精忠报国痛失元良。

洪门先贤忠贞体国，抗日英烈中国脊梁。

高风硕德足资楷模，凤根独厚余泽方长。

树云泪陨蕙露神伤，爱兮难忘一瓣心香。

2021 年 10 月

【释义】

1. 革命元勋：1945 年 4 月 14 日《申报》发表题为《追悼革命元勋高

汉声》文章。

2. 首造国节：高振霄引经据典、力排众议，提出以武昌首义之日（10月10日）为中华民国国庆日，被誉为"双十首造者"（见《惟民》第十号，1919年10月12日）。

3. 甲种功臣："辛亥革命甲种功臣"之一。语出1913年《致北京稽勋局公函》。

4. 首义金刚："武昌首义八大金刚"之一。语出1911年《八大金刚》章回小说。

5. 间关流离不堕初志：语出1922年9月3日孙中山《复高振霄函稿》。

6. 三府重臣护法中坚：中华民国军政府鄂军都督府、中华民国第一届国会、非常国会，三届政府参议院议员；护法革命中坚力量。

7. 匡时柱石建国栋梁：语出1945年南京《大学生》杂志所刊《悼高汉声先生》。

8. 策反委员孤岛精魂：抗战时期成立抗日组织"策反委员会"，高振霄任委员，成为上海沦陷为孤岛后的抗日孤胆英雄。

9. 精忠报国：高振霄被日军杀害后，蒋介石题词。

10. 忠贞体国：高振霄被日军杀害后，宋子文题匾。

11. 高风硕德足资楷模：语出1945年4月14日《申报》文章《追悼革命元勋高汉声》。

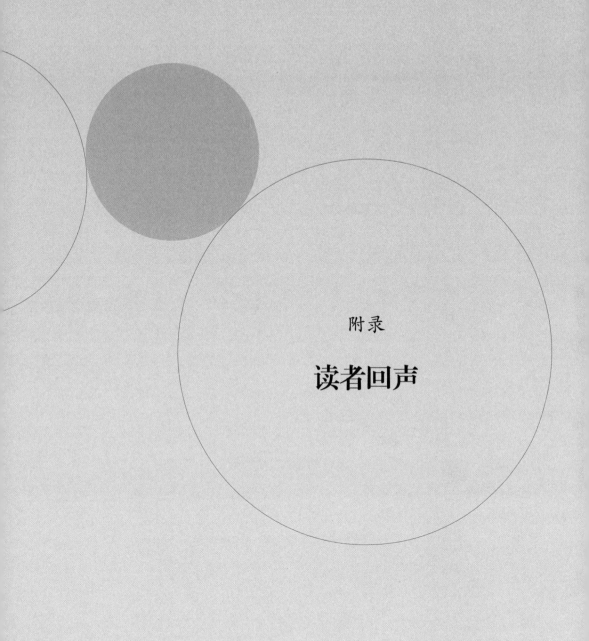

附录

读者回声

看山还是山

陈虔

《圆来如此》一书，主要围绕中自先生发现的"010定律"展开。从0到1再回到0（010），在数字表述中，则是二进制数增大或减小的不断的进位或退位现象。以0和1来描述我们周边的事物，就是描述现实中的各种现象，并赋予其含义和物理意义。例如，在计算机学语境中，我们用010描述一个信号的产生与消失；在数学语境中，我们用010描述从一点出发又回到原点的闭环图形轨迹；在生物学语境中，010描述了一个源于自然，从生到死，又回归自然的循环过程；在哲学语境中，010描述了一个无意识的生物细胞，诞生思维意识并走过一生，最终回归尘土、回归无意识，形成某种轮回……

中自先生在《圆来如此》这本书中，以圆和010这两个最基本的几何图形和数字符号，给我们分享了他用010所描述的一些现象、一些规律、一些过程，解读了他的感觉、思维和感悟，给我们满满的哲思。

实话说，初读中自先生的这本大作，读到一些与我作为一个理工男的物理学认知有所出入的内容时，自然会涌起一些不同看法，总有想纠正的冲动。但当读到《幸福是永远的现在 痛苦是过去和未来》这篇散文时，突然有些释然。我理解，作者这里说的宏观和微观，是时间维度上的"宏"与"微"。作者的一个观点：宏观中永远是现在，微观里只有过去和未来。对此深以为然，圆来如此。

《圆来如此》是一部文学作品，它不是科学专著、不是科普读物，也不是纪实文学。它是中自先生对人、对事、对物，对我们生存的环境、星球、太阳系的发展、运转、生死……有限的感悟，是对我们未能直接触及的宇宙万物、远古和未来的遐思，万事万物，圆来如此！

万物有始有终、万人有来有往、万事有因有果。"始、来、因"是"0"——起步；"终、往、果"也变为"0"——结束。中间的过程为"1"。

新的循环往复继续，圆来如此。

高先生经历了"看山是山、看山不是山"的过程，又回到了"看山还是山"的境界，他开始了新的心路历程。《圆来如此》是一部心力之作、感悟之作、睿智之作，值得我们细细品味、咂摸。

人生是一个不断和自己和解的过程

高华兵

两年前，作者发给我一篇散文《010定律告诉了我们什么？》。初看题目满是不解，二进制数是计算机数字表达方式，难道里面有什么特殊的含义，可以与物质的运动变化规律产生联系？

带着疑问，认真拜读《圆来如此》后，有了些许开悟。二进制数虽然是一种数的表达方式，但010数字背后，却蕴藏着物质运动与社会运行的普遍规律，或者说是一种宇宙观：物质从没有开始，到产生、到消亡；人从没有生命开始，出生、成长、成年、中年、老年，直到死亡；宇宙万物均从无到有再到无，从无生命到有生命再到死亡，始点即终点，终点亦始点，周而复始，循环往复。

不禁想起了，不忘初心、方得始终。

想起了，哲学三问：你是谁？你从哪里来？你要到哪里去？

想起了，事在人为，休言万般皆是命；境由心造，退后一步自然宽。

细品00、01、10，亦透视出010三个阶段或者描述事物变化、运动、发展的完整过程。从00到01，再归10，走过完整010，回归人性本初。

《圆来如此》让我们学会拨开繁杂，不仅看到事物的结果，还看到事物的过程。010定律告诉了我们人生是一个不断和自己和解的过程。

高中自其人其事其书

高丽

认识高中自是在 1975 年知识青年上山下乡运动时，我们同年被分配到农场的同一个大队不同小队。他给我的印象虽是少言寡语、笃定内敛，但很有领导才能，在知青中是领袖般的人物。毛泽东主席、周恩来总理去世，他组织知青悼念；知青中有人被欺负了，他当面去找村民讨说法，讨回知青的尊严。特别是他当时"一文一武"两次见义勇为行动，在我们知青中赢得了声誉并给我们留下了深刻的印记。

有知青经历的人都知道，知青返城工作靠贫下中农推荐，这个关系到知青未来出路的"杀生大权"，一旦被某些有权势的人掌控，他们便可以专横跋扈、为所欲为。M 是"地头蛇"似的人物，做事霸道，恃强凌弱，劣迹斑斑。坊间传言，当地稍有姿色的妇女均被他强占过或者性骚扰，知青们更是"谈 M 色变"。

面对当地多年形成的这股恶势力，高知青（暂时这样称呼）早已忍无可忍。1976 年春夏之交，他号召全体知青，勇敢地站出来与其作斗争。他组织几个骨干知青连夜写了三张"大字报"，揭露其欺辱村民与知青的恶劣行径 20 余条，说服全体 30 余名知青签名后，张贴在生产队队部的宣传墙壁上。第二天上午，高知青当着数百名村民及知青的面，在大庭广众之下宣读了 M 的各种丑恶行为。

盛夏的天气骄阳似火。高知青与部分社员早上 5 点钟乘解放牌大卡车出发，去附近城市瓦窑搬运瓦片。中午两三点间，正当大伙儿顶着火热的太阳，忍着极高的温度，快速运送瓦片时，突然闯过来五六个外来"入侵者"，他们一窝蜂地围过来，抢占高知青身后正在干活儿妇女的工作区域，接着双方发生争执。高知青如是说："其实那个在我身后接瓦干活儿的中年妇女，我也不熟悉，自始至终都不知道其姓名，如果是个男人，我也不去管了。如果旁边还有其他比我更强壮的男人，我可能也不会管的。但是，都不是。我没有了退路，不得不上前与他们理论。”

高知青先是以好言相劝，与那个看起来好像是头头儿的说明道理，我们大清早就在这里工作了，请他们离开。对方不仅不予理会，反而蛮横地对那个妇女动粗。高知青开始警告他，但无效。他变本加厉地将她推倒在地，高知青只能将他挡开。他突然向高知青扑来，一顿拳打脚踢。高知青边防卫边飞起一脚，将对方踹入两边都是瓦片堆起来的瓦墙过道中，随即两边的瓦片垮了下来，将其半身埋入瓦片中，他哇哇地乱叫。其他五六个20岁左右的同伙，据说是当地欺行霸市的“窑霸”，直向高扑来。高知青三拳两脚将对方打散，不假思索地顺手抄起身边一把铁锹冲出了瓦窑场地，直追对方挥舞起来。

被打散的“窑霸”们又会聚起来，并集结了更多的人，发动第三次进攻。扬言不但要灭了高知青，还要将停靠在场上已装满瓦片的五辆车全部扣下。

此刻的高知青像个电影中的大英雄，一个箭步冲上一辆装满瓦片的大卡车，站在车瓦上，右手高举铁锹，左手指着来犯者，高声喝道：“哪个有种的胆敢上来动一片瓦，定叫你粉身碎骨！”那些声称抢瓦、扣瓦的人，个个在汽车周边擦拳摩掌、跃跃欲试，咋咋呼呼的在地上打转转，没有一个人敢上来……

高知青保护了弱势妇女的生命安全，维护了团队的尊严，守卫了集体的财产，伸张了正义，做到了一个男人应有的担当。

第二天大清早，他变成了英雄人物。其英名家喻户晓，广为传颂。一名据说当年在江苏打日本鬼子的八路军老战士陈德高，说一腔江苏方言，老战士走到哪里就用江苏方言小调唱到哪里，他将高知青的名字替换原唱中的英雄名字，唱道：“自从某某地方来了个某某人，某某地方年年打胜仗，自从咱长胜大队出了个高……”陈老先生的“苏式版”“英雄赞歌”在我们下乡的那片热土上传唱了足有小半年之久。

现在老知青们说起这些往事，高知青难免流露出自责和反省。他说，虽然这两个事件均发生在过去特殊年代的特殊环境里，但是不免暴露出

"文革"一代人身上的戾气。这也是他经常讲我们这一代人一定要反省的原因。不管怎么说，在他身上我们更多看到的是一个男人的担当，一个男儿身上的正义之气与血性方刚。这在任何时间及任何地点都是不可置疑的。

此时，我们的眼前，仿佛又浮现出高知青的祖父，当年洪门大佬、抗日英烈高振霄为营救抗日将军文强，怒扇汪伪汉奸司令丁锡山耳光的场景；同时看到了高知青身上承继的他祖父的精神血脉、彰显的英雄先辈的铮铮风骨。

1977 年高考制度恢复，我们都以知青的身份参加了高考，我考取了医学院校，他被师范学校录取，学习物理专业。从此他进入了教育系统，后转型金融系统，从事 IT 行业工作。

知青时代他是令人敬佩的，职场上他是惜时敬业的，人生道路上他是精彩夺目的。他既从容淡定，又激情四射，对生活、对人生、对大自然充满了无限热爱，迸发出灵性的光芒。直到他退休赋闲在家中，内心自在，生命自然，生活自由，笔耕不辍，徜徉在人生归零的快乐圆中。

《圆来如此》的经典、精彩之处，是作者通过不断的观察、思考与自我审视、自我约束及内化式的训练，以独特的视角阐述了万物与人生均是"二进制数 010 圆"，继而形象地融入道家思想，总结出规律，抽象出"010定律"，并应用这个定律阐释了万物皆数、万数皆圆、万物皆圆的宇宙规律。引起我强烈的思想共鸣，直呼"大彻大悟，至高境界；天人合一，大道至简"。

在当今社会用金钱来衡量一切的价值观已深入部分人的骨髓时，这种以自身的生活体验和对人生的思考，感悟出"010 定律"并以此指导生活，感召人们不忘反思，懂得尊重，知道敬畏，学会感恩，珍惜拥有，活在当下，这些朴素的价值观，无疑是一剂值得推荐的药方。

一本伴我成长的好书

高原

《圆来如此》里的很多文章，我都熟悉，甚至直接参与过。

记得父亲的散文《爬山有感》获得"三等奖"后，他将装着 800 元奖金的红包塞到我手里，风趣地说道："感谢女儿给予'画龙点睛'般的指导，这篇获奖散文理应署我们父女俩的名字，最后我得名，你获利也算是公平。"

当时我正在读初三，父亲的初稿写好后，说是让我帮他修改。我的确认真拜读、仔细修改了不少。并对父亲毫不留情面地指出，"当我攀登陡峭山路的时候……/ 当我跃过较为平缓的山路……/ 当我走在平坦的路面上……/ 当我路经一片草地……你一连在四个排比句中用了四个'当我'，如此对情景的描述过分地张扬作者自己，是文章的忌讳之处"。父亲心悦诚服地表示同意并立刻删去了"我"字，我记忆犹新。

另外一篇散文《成功与成熟》，我也感到非常亲切。父亲告诉我，"人生没有失败，只有成功与成熟"。当时我不解地问道，"失败是成功之母"，怎么会没有失败呢？后来，随着年龄的增长，经历的事越来越多，我重温此文，才慢慢地醒悟父亲文章的含义。

"无论欢笑与哭泣 / 有欢笑就有哭泣 / 欢笑，是成功 / 哭泣，是成熟 / 无论健康与疾病 / 有健康就有疾病 / 健康，是成功 / 疾病，是成熟 / 无论聚与散 / 有聚就有散 / 每次聚，是一次成功 / 每次散，是一次成熟 / 无论进与退 / 有进就有退 / 每次进，是一次成功 / 每次退，是一次成熟"。短暂的哭泣是为了迎接下一个欢笑；暂时的疾病是期待更长久的健康；这次散是为了下次聚；这次退是为了下次进；1 归 0，终点即始点，才能有下一个圆的循环；1 归 0，是成熟，怎么能说是失败呢？完整的人生是丰满的 010 圆。我豁然开朗，"圆来如此"，万物人生原来都是圆。父亲的文章值得我一辈子学习与领悟。

还记得，2008 年春季的一个星期天，我刚刚参加完赴美留学的"SAT"考试（也称"美国高考"）。父亲让我陪他去北京师范大学历史学院中国通史博士班课堂听课，说是让我出国前，感受一下国内知名学府及教授授课的氛围。

　　父亲"醉翁之意不在酒"。他虽然做喜欢的事，同时将喜悦与我分享，但是我知道更多的是为了潜移默化地感染我、影响我、教育我。他让我帮他改稿，其实是变相地督促我提高文学修养，增强对文学的学习兴趣；他让我懂得成功与成熟，是为了让我能够蔑视困难，不畏困难，知难而进；他让我去名校参观，用意是让我看到父亲虽已年过半百，仍然在坚持不懈地学习、努力，让我自强不息。特别是当我看到父亲在北京师范大学"毕业纪念册"，上角是我们父女俩的合影，下方留言："一个父亲的使命，我将女儿从新疆带到了北京，送去了美国，交给了世界"。我感动地流下了眼泪，并为父亲的担当与豪迈而自豪。父亲笔耕不辍，在创作《辛亥功臣高振霄史迹录》《高振霄三部曲》《圆来如此》的十余年中，总是将历史中每一个新发现、写作中每一点新感悟，第一时间告诉我，与我交流分享。他更多的是家国情怀，想多给我留下一些宝贵的精神财富，让我不忘历史、珍惜拥有、更加自信地面对未来。

　　父亲的《圆来如此》是一本伴我成长的最好教科书。我为父亲新书付梓高兴并表示祝贺。

不忘感恩　珍惜拥有

郝新

　　人的一生，总有一些记忆值得珍藏，总有一些激情值得珍惜，总有一些道理值得感悟，总有一些梦想值得追求，总有一些帮助过自己的人值得感恩。感恩是一种人文素养。我们感恩是因为曾经索取和获得过——父母的爱、朋友的情、师长的教导……投之以桃，报之以李。滴水之恩，当以涌泉相报。所以感恩是一种修养，感恩是一种感情，感恩是一种良知，感恩是一种觉悟，感恩是一种境界……

一篇好的文章，不在于华美辞藻的修饰，不在于舞文弄墨的炫耀，贵在真情实感的流露，朴素思想的直抒胸臆。观其文如见其人，"永远的爱"写出了一种传统美德，一种自强不息精神，一种对人生执着的爱与生活智慧。鼓舞着激励着人们学会感恩，感恩祖国的精心培育、感恩父母的无私奉献、感恩老师的辛勤栽培。愿人人都拥有感恩的心，如此，我们的生活将更加阳光灿烂，社会更加和谐幸福。

珍惜拥有　活在当下

刘光仿

高先生出身名门。其祖父高振霄乃"中国近代民主革命家、洪门先贤、首义金刚、护法中坚、抗日英烈"。百年前，高振霄为高氏家族确立"振兴中华福利民众"字派。先生的女儿高原当属华字辈。高原在恋爱期间，美国男友 Ryan 将自己的中国名字定为高华恩，作为献给爱人的最好礼物之一。先生在女儿女婿婚礼上得意地说道："今天，女儿高原与女婿高华恩百年好合，我们的家庭不仅有了新成员女婿，还多得了一个儿子。"此语博得一片喝彩声，传为一段佳话。

先生率性洒脱。怀有赤子之心，言谈举止，自然流淌，行止由心，本性使然。先生调侃酒驾为何屡禁不止："人在微醺之状态，马路变宽了，红灯变绿了，警察不见了，车速变慢了"，使人遐想联翩。"人生八态——未发生时等待，第一次慎重，发生过节制，最后一次珍惜"，令人回味无穷。"党档当裆论——活在党下，廉洁自律，遵纪守法；活在档下，享有尊严，品格高雅；活在当下，珍惜拥有，自在潇洒；活在裆下，高端做事，低调做人"，值得深思。

先生勤于思考，善于总结提炼。很多高深的道理，他以简短的几句白话便能道破，且朗朗上口，便于记忆。因此，先生名言被大家广泛引用和传诵，有心者对先生的金句进行了整理，形成了语录，名曰"高子语录"，后来身边的人自然而然地尊称先生为高子。

先生大作《圆来如此》以"010圆"为主线，以文学创作手法书写散文、随笔、诗歌等，历经时间打磨，日臻完善，自成体系，独树一帜。

一百年前，先辈立下了"振兴中华福利民众"高氏宗谱；一世纪后，后裔发现了"万物皆圆，010定律"高氏定律。革命家振兴中华百年，高氏定律福利民众天下。向新时代高子学习，珍惜拥有，活在当下，享有尊严，自在潇洒。

工科生的浪漫

栾晓阳

中自先生第一次与我见面时，我在《金融作家》杂志任编辑，因为都在京城，我们便常当面交流。彼时中自先生的"010定律"还在萌芽阶段，尚未形成相关的体系，加之年青的我醉心于文字之美，对于哲学和思辨，并无多大兴趣。

转折发生在2012年。闲暇中，我翻到中自先生所著的《辛亥功臣高振霄史迹录》。我自幼对历史感兴趣，尤喜读历史类的书籍，那些王朝更替、人生浮沉的故事教会了我很多道理，也给我指明了人生方向。《辛亥功臣高振霄史迹录》一书，讲述的是中自先生的祖父高振霄的故事。高振霄先生既是辛亥革命功臣，又是抗日英烈，在近代中国的半个世纪中，如辛亥革命、护国战争、护法战争、北伐战争、抗日战争等，几乎所有的大事件，高振霄先生都参与过，真乃波澜壮阔的一生！

读罢此书，再见到中自先生时，仿佛变化了许多。眼前这位常常板着脸、严肃方正的工科男人老高，愈发可爱起来。自此之后，我与中自先生的交流真正开始多了起来，自然，也深入了许多。

我眼中的中自先生有三大爱好：饮茶、旅行和思考。他的这三大爱好，在本书中彰显无遗。

中自先生常约我到翠微公园旁的一处茶室，既谈风月，也论国事。中自先生讲述了自己申时喝"八好"茶的故事。每天下午三点，他通常会摒弃杂念，正襟危坐，喝上两小时功夫茶，直喝得身心通透、酣畅淋漓。所谓"八好"指的是茶好、水好、茶具好、茶艺好、环境好、人好、心情好、胃口好。这申时茶喝得颇有些天时地利人和的味道。

旅行在书中体现得更多。本书第三辑"花好月圆"是游记。中自先生以北京/海南为起点或终点，通过自驾的方式，走遍了祖国的大好河山，还有不少境外游的经历。行万里路，记录所见、所思、所感，这是作者对大自然风光的写照，更是对人与自然关系的解读。

思考，是本书的最大亮点。中自先生曾任过数学老师，在银行科技部门工作多年，人生的履历让他对数字特别敏感，他从数字入手，根据二进制数无穷累加 1 得出"0-1-0-1-0……"的无限循环，自圆其说，实现了"010 定律"的自洽，形成了万物皆圆的认知。由思考到哲学思辨，是人生迈出的一大步。

起于数学，喜欢历史，结缘文学，上升到哲学，我想，这算得上是一位工科生最大的浪漫。

禅味人生

毛南

与人相识是缘分。跟先生交流，如同跟智者对话，只言片语中，折射出人生的智慧；读先生的书，如同品一杯香茗，一壶一盏中，蕴藏着人生的哲理。

《圆来如此》就是先生十余年来对宇宙万物、人生社会的理解和感悟，书中很多"金句"就像"禅机"，读来经常令我恍然大悟、醍醐灌顶。

记得一次迎新春晚会上，先生与孙正乐女士在舞台上声情并茂地朗诵诗《成功与成熟》，唤起观众阵阵喝彩声和掌声。时隔十余年，依然印记在脑海，"人生从无到有是成功，再由有回到无是成熟／从节衣缩食到锦衣玉食是成功，从锦衣玉食到布衣素食是成熟／从平淡无奇到声名显赫是成功，从声名显赫到默默无闻是成熟／从'自由王国'到'必然王国'是成功，从'必然王国'到'从心所欲不逾矩'是成熟"。诗中讲述圆满的人生是从无到有即成功，再由成功到成熟即无，亦从 0 到 1，再由 1 归 0，是个丰满的 010 圆。这些道理，深刻影响了我的人生观和价值观。

《人生是圆》告诉了我们人生是个圆，但在不同阶段持不同态度。"青年时期，崇尚'法家'，做改革、创新、求变的'弄潮儿'；中年时期，崇尚'儒家'，和而不同，海纳百川；老年时期，崇尚'道家'，行云流水，道法自然"。既是认识论，又是方法论，令人受益匪浅。

先生极好品茗，《与茶结缘是人生莫大幸事》讲述了只有喝茶喝到通透时，方能品出真滋味，喝出真感动，喝出孩子般的天真。恍然间，仿佛品出了"茶禅一味"之真妙。人在草木中为茶，人茶皆来自大自然，茶人终要回归大自然；人在大自然中，返璞归真，方显现得真实、简单，岂不是禅吗？先生写道，"那是'不忘初心，方得始终'的人生境界，那是'返璞归真'的人生归宿，那是宇宙万物运动的永恒（010 圆）"。

我为先生的禅味人生，心悦诚服、心驰神往。

感悟人生　人生亦圆

彭俊宏

欣闻中自先生又有新作问世，颇为感慨。先生乃工科背景，长期供职于金融 IT 系统，近年来却能笔耕不辍，屡有佳作面世，著有《辛亥功臣高振霄史迹录》《高振霄三部曲》等，竟有数百万字之丰。高振霄早期创办夏报，是辛亥革命甲种功臣，武昌首义"八大金刚"之一。中自先生是高振霄的嫡孙，其为人处世、著书立说，书卷气、英雄豪气，颇有乃祖遗风。

读先生发来的《圆来如此》书稿，非常熟悉亲切。书中收录的不少文章创作于我们一起工作之时，如《爬山有感》《成功与成熟》《人生是圆》等等。先生在工作之余，曾创办"读书与文学俱乐部""健康与爱心俱乐部"，倡导健康、平安、快乐的理念，让我们一起共事的同人受益匪浅。多年后，大家虽各奔东西，但仍能时时联络，留恋一起工作时点点滴滴温暖、清澈的瞬间，回忆一同感受"010 定律""万物皆圆"思想萌发的片段。

闻道有先后，术业有专攻。《圆来如此》凝聚了中自先生对人生的感悟、哲思，用自然科学的语言阐述人生、社会，实现数学、物理、历史、哲学的贯通。万物皆圆，人生亦圆。圆是通达、平和、内心的平静。唯有平静的内心，才能领略生活之美、山河之壮、世间百态之脉络，欣赏"落霞与孤鹜齐飞，秋水共长天一色"，感悟"蝉噪林逾静，鸟鸣山更幽"。圆重在归零，从 0 到 1 再到 0，归零的过程是对人生进一步反思、修正、提升，是对人生体验的不断丰富和探索，以归零之心求精彩之实，以归零之心找存在之感。

夫人之相与，俯仰一世。蝼蚁一生、人生一世，或长或短，终将圆满，终将归零，但没有人愿意虚度，没有人需要"躺平"。唯有在有限的时间里，追随自己的内心，持续进行身体和资力上的投入，做时间的朋友，赋予时间意义，不断丰富生命的体验，感悟生命的价值，创造生命的精彩，画出完美的人生之圆。我想，这或许是中自先生《圆来如此》的一个初衷吧。

圆之悟

王欣

读《圆来如此》如同饮一坛陈年的老酒，只有历经岁月的积淀，才能品味出其中的醇美，感悟出内在的历久弥香。高先生常常从小事中发现大智慧，并凝结成精练而富有哲理的语言，因此身边的好友常呼其为高子，高子的话语也被收集为《高子语录》。高子语录富有哲理，通俗易懂，更增添了几分诙谐幽默，对于人生领悟、职业发展、团队建设都有着积极而重要的意义。

——"事做不到，话要说到；话说不到，心要尽到。"心力是无限的。这就是高子的人格魅力，也是圆的魅力，更是做人的真谛吧！

——"晚上喝酒放纵，早上醒来开始反省，反省过后，又为昨晚的放纵而压抑，压抑了一天，到了晚上又继续放纵。"多么精辟的解读！人生何尝不是在这样的循环之中，周而复始地不断成长与成熟。

——"认识你自己，凡事莫过度；妄立成功誓，远离成功祸。保持一颗平静、平淡、平常心，走好平实每一步。"

原来如此，源来如此，缘来如此，圆来如此。

谁读谁就能感受到的正能量

阎雪君

我和中自先生都是来自一个"母行"：中国农业银行。我俩都在一个"锅里"搅饭：中国金融作协。刚认识时，我知道他是一个作家。后来了解到，他是一名电脑科技专家。再后来发现，他是一名哲学家。几年前读《辛亥功臣高振霄史迹录》《高振霄三部曲》，我才清楚，其祖父高振霄是赫赫有名的辛亥革命功臣，他是实实在在的名门之后。读罢《圆来如此》方知，他不仅发现了"010定律"、万物皆圆这个普世规律，他还是世界上最伟大的物理学家爱因斯坦"第三代学生"。我禁不住感慨，中自先生真是德才兼备！他的德，圆来如此，是有传承的；他的才，圆来如此，是有渊源的。

中自先生新作《圆来如此》，以身边生活琐事、人生感悟等碎片化信息为来源，以万物皆圆、人生亦圆为主线，进行科学论证、哲学思辨，彰显了宇宙万物、自然生命、历史人生的宏大叙事。这是一部弘扬正能量、反省自律、人生励志的时代读本。

正能量颇受众人追捧、关注。作者从物理学定义了什么是正能量，揭示了正能量的本质，为正能量溯本求源、正名定分，诠释了一个具足正能量人的生命与社会意义。字里行间，犹如教科书科学严谨，宛若美文娓娓道来，令我耳目一新，尤为喜欢。

中国古典哲学提出"身心合一""天人合一"之境界，本质就是典型的"身、心、天"彼此之间能量波频率相似、相近、相同，合成能量波振幅增大，能量增加，即获得正能量。这是我看到的对正能量的最好正解。

010定律，同样符合人生发展规律，亦作"人生过程控制定律"。人生是否归零，是检验我们人生成熟度，也即圆满人生的标准之一。人生怎样才能算得上正确归零呢？作者给出了答案。一个健康成长、稳健发展、善始善终的人，必须不断地学习，不断反思自律。只有经过"反省、补课、修正"三方相辅相成才能得以实现。反省是尊重与珍爱生命及人生的态度与追求，补课是启迪与提高反省的觉悟与能力，修正是反省与补课的践行，只有通过该路径，方能达到圆满人生。我认为这不仅是一个人之发展需要，而且是民族、国家、人类之发展正道。

《圆来如此》是中自先生不负人生的一张精彩答卷，也是为我们时代绘就的一幅美丽、生动、感人的历史画卷，更是一部时代强者成长的励志篇。我仿佛已看到中自先生圆满的人生——010圆。

书海中一颗独特闪亮的明珠

闫星华

阅中自兄的《圆来如此》一书，我对生命、人生、社会及宇宙万物的姿态万千、变化无常，便有了更深入的感悟。在现实社会中，多数人感到迷茫，仿佛在云雾中行走，找不到前方的目标。而《圆来如此》为我们打开了一个和美世界。作者运用数学、物理、计算机等知识，阐述和定义了"万物皆圆（010）"及"010定律"，帮助读者认识宇宙万物世界和谐圆满，懂得世界上凡事有始有终，以便做好人生规划和控制。

我细品本书，犹如在夜深人静的时候，走出房间，来到凉台上，仰望天上一轮圆月，会感到内心与外界平静祥和。心中有一种圆满的惬意，有一种陶醉的情怀，此时的圆润胸怀，不会因极端、焦虑，而让心情失衡，人生宛如循环往复的圆，恰似宇宙之永恒，便情不自禁彰显出生命的通透、人生的自在、社会和谐及万物自然的通达。

该书是作者通过自身的经历、体验、感悟将碎片化信息加工成散文与诗歌的文学作品。作者特别提出，人生处在事业高峰时期，要做逆向思维（必要的反省）。作者认为只有积极补课、修正其行为，方能实现归零的圆满人生。

这本书，我认为语言精准，整篇布局科学合理，逻辑性强且有新意，文字叙述充满了哲理，细细品味，耐人回思，在世间洋洋洒洒的书海中，是一颗独特闪亮的明珠。愿读者像我一样喜欢它！

人生是个圆　来回皆圆满

姚沛年

有人说数学是枯燥的，这是因为大多数人没有发现其中的美。那一个个精确的数字，一幅幅优美的图形，一次次严谨的推理，给我们带来的无一不是视觉乃至精神上的盛宴！

中自先生提出的010定律，对二进制数进行总结、归纳、升华：将十进制的0、1、2、3、4、5、6、7、8、9、10、11、12……转换为二进制的0、01、10、11、100、101、110、111、1000、1001、1010、1011、1100……形成无数个010圆，引出飞驰的车轮、轮回的四季乃至自转并公转的月球、地球、太阳等，从而抽象升华至万物皆圆。

如时间，秒针从原点出发（0），绕着中心每转一圈（1），又重归于原点（0），进而分针转动一格（人间1分钟）；分针从原点出发（0），绕着中心每转一圈（1），又重归于原点（0），进而时针转动一格（人间1小时）；时针从原点出发（0），绕着中心每转一圈（1），又重归于原点（0），进而地球阴阳互换（人间12小时）；地球从原点出发（0），绕着太阳每转一圈（1），又重归于原点（0），进而地球转了一年（人间365天）；太阳从原点出发（0），绕着银河系的中心每转一圈（1），又重归于原点（0），进而太阳转了一银河年（人间2.25亿至2.5亿年）……

如空间，连接任意两个零维的点（0、0），则成一维的线（1），为010，一维的线包含无数个零维的点；连接任意两条一维的线（0、0），则成二维的面（1），为010，二维的面包含无数个一维的线；连接任意两个二维的面（0、0），则成三维的体（1），为010，三维的体包含无数个二维的面；给任意两个三维的体（0、0），增加时间的维度，则成四维空间（1），为010，四维空间包含无数个三维的体……

爬山是010，在山脚下是0，到达山顶是1，重回山脚又是0。

宇航员升空回落是010，在地面等待出发是0，抵达太空、进行空间探索是1，重回地面又归0。

蛟龙号潜水归来是010，在海面做好准备是0，下潜到海底、进行海底作业是1，重回海面又归0。

人生过程贵在不断地归零，每一次归零之后生命都会有一次升华。

高子·七里庄篇

赵卫宁

有丰台隐者，高人，动于七里庄近。窥生活真谛独到，探万物本质邃深。人皆云：潜藏经典，淡看世事，言则为著，语则中的。然处世箴言信手拈来，令闻者顿悟。众叹：化腐朽为神奇者，皆谓之为子。久之，高子大名油然生起。弟子、门客、贤人众，咸受其惠。

一日，高闻誉为子，惊恐曰："打人骂人不能糟蹋人，胡吃胡喝不能胡说。"

弟子讪曰："打人骂人不如糟蹋人，胡吃胡喝不如胡说。"

子曰：此乃真高人，不久收其为大弟子。并无奈曰："自己的事情自己办，不得给他人添麻烦。"

门客遇事易躁，欲纳高子言，曰："宜动静观乎？"子曰："未成之时要等待，第一次要慎重，既成之后要节制，最后机会要珍惜。"

贤人曰："待鬓白怎可迎娶？"

子温曰："最后机会要珍惜。"

门客曰："亦躁。"

子曰："晚上放纵，黎明反省，白天压抑，晚上再放纵……如此循也。"
门客恍然大悟，茅塞顿开。

子观人视物皆四维论，处对象，中看中用、中看不中用、不中看中用、不中看不中用；用干部，能干不惹事、能干惹事、不能干不惹事、不能干惹事；人生四重境界，身体欲望满足文明，头脑欲望满足文化，心灵欲望满足信仰，身体、大脑、心灵欲望皆满足乃天人合一、自然，人之最高境界。子自我标榜不中看中用，看透人生不消极。

高子·三路居篇

王晓宁

高子原居七里庄，近逶迤东去三路居村。何也？供职银号向东觅得新址，金唐国际金融大厦。概因大厦需修缮、布电缆、装工位，年末务必迁之，遂委高子副节度使督办。子赴任，往来穿梭，疲于奔命。

一日，弟子投奔高子，高子欲收，然多有滞绊，迟不能至。弟子伤心，子曰：莫急也，本人不想走，单位急放人，最低境界；本人想走，对方愿接收，虽速度快，仅为中级境界；本人想走，原单位不放，新单位猴急，虽慢却为最高境界。推及嫁娶，道理亦同。你乃最高境界，慢慢享受，急甚？弟子破涕为笑。

施工渐入尾声，几处头目小聚甚欢。兴致间，子微醺道，看得见有限看不见无限，年轻女子惊恐直呼不能活矣！子与众弟子推杯换盏心声迭起，句句由衷，尤夸得女弟子不知所措，频频举杯以饮示谢。子警示发生后欲节制，女弟子脱口道 No！俺欲也，众弟子直呼子老矣！吾辈年轻，正当期待。不时，酒又过三巡，门人皆醉，口中念念有词非节制，还要，期待……终某君被背上楼送至家门。女主人诧异追问，原来是女弟子"还要"

惹的祸。

翌日晨，门生电话互访昨夜安好？同床异梦乎？子曰：昨夜异床同梦者大有人在，此乃最高境界！七日后，直呼不能活矣，女弟子吐肺腑衷肠，吾悟道旬日终得重生。

当今教育，孩子成长与家长的纠结谁之过？子曰，孩子一两岁哭闹欲吃喝，长身体需要；三五岁乱跑，大脑发育扩大信息需要；十三四岁逆反，独立生活需要；十七八岁姑娘爱打扮小伙儿刚直勇敢，为寻伴侣为之。人生成长之必然，家长、社会应予包容。然孩子一乐（玩耍）家长愁，孩子痛苦（各种补习班）家长乐，乃当今中国家庭教育现象与模式。

010 定律告诉了我们圆来如此

朱晔

高老师新书《圆来如此》中的《010 定律告诉了我们什么？》一文，曾在"金融咨询网"发表，并获"2017 年中国金融文学散文奖"，该理论是全书的核心内容。

《010 定律告诉了我们什么？》这篇文章，我想谈两点认知。第一点，假如有"计算机文学"的类别，这篇文章应该算是一个很好的样板，即用计算机的语言把文学世界解读得如此简明，演绎得如此通透，是一个了不起的创新。第二点，"010 定律"将"二进制"数 0 与 1、中国《易经》阴与阳、道家思想无与有之要义，融会贯通，合成为"010 圆"思维，颇有普遍规律性。

高老师的另一部组诗，是用"010 定律"解释物、悟、看透、忘记、放下、舍得、道、人生等命题。这部组诗的名字叫《千里之行止于足下》，这是一部极富哲学思辨，又具有逻辑推理的诗歌，读来有一种如沐春风、如饮醍醐之感。

哲学是世界观和方法论的统一，"010 定律"就是世界观与方法论统一的最好应用之一。用"010 定律"去观察物质世界、精神世界、内心世界，你会发现它们虽多姿多彩、变化万千，而万变不离其宗——始终围绕着"0 与 1"进行着 010 圆无限次循环往复。

道生万物、万物归道；道法自然、自然而圆——圆来如此。或许这就是高老师的"010 定律"要告诉我们的哲学思考以及他对道祖老子 2500 年前留给后人问卷的回答。

人生似圆

——品读中自兄《圆来如此》新著有感

范振斌

白云苍狗渺尘烟

霜鬓青衫不计年

木凿随形规直曲

水行任器性方圆

始终如一遵公理

生死归零悟定禅

万物永恒成大道

循环往复顺天然

贺友中自先生《圆来如此》出版

龚文宣

又见文坛添华章

哲思隽永意韵长

著书留得山河在

字如钟吕音绕梁

春播还盼风雨细

秋收已然闻墨香

总道才子风流事

只缘胸怀少年狂

贺《圆来如此》出版

丰沛雪

高僧大德凡人修

中庸之道适者求

自在生活无拘束

乐善好施度春秋

贺《圆来如此》出版

张文钢

高山流水长
中庸禅有德
自信道无垠
心中安乐佛

贺《圆来如此》出版

朱文斌

高山流水韵生儒释道
中流一壶劲存精气神
自觉圆满明慧悟修游
著书立说禅偈零幺零

后记

　　2020 年初，新冠肺炎疫情袭来，笔者很长时间都被困在海南的家中。一方面，有大量写作时间；另一方面，有为特殊疫情时期留点文字记忆的冲动；第三方面，得知女儿怀孕消息，意味着年内新生命降生及家庭每个成员生命意义升华，喜不自禁，愿新生命诞生、新书付梓成为这个不平凡日子里的"喜事临门"，以示祝贺、祝福与纪念。

　　此书写作过程比较顺利，确定书名却出现了瓶颈。由于内容比较分散，又意在突出以圆为主题及其哲学思考，先后拟书名"010——人生亦圆""走进圆的世界""原来都是圆"，不免感到都有管中窥豹之弊。

　　人的活动分为三个层次，体行、脑思维、心悟。心悟是人类社会活动发展升华过程的必然及达到的最高境界。写作亦然，它不是一个简单的体行运动，也不是一个复杂的脑思维活动，而是悟性顿开的智慧萌发与自然流淌。以悟开篇，用心写作，是文学创作的源泉与最高形式，终点即始点，亦即 010 圆。

　　遵从多年养成的生活习惯，坚持天天"三部曲"。第一曲，在家喝申时茶到酣畅淋漓。第二曲，在熟悉的院落散步至身心自然通透合一。走着走着，豁然开朗。或许是看到了，或许是听到了，或许是想到了，或许是悟到了，发现所有人不都是在转圈吗？无论是在公园里散步，还是在去工作的途中，还是在回家的路上，每个人的生命活动轨迹都是在画圆。

　　仰望星空，放眼世界，月亮是圆、地球是圆、太阳是圆、宇宙是圆；春夏秋冬是圆、花开花谢是圆、潮起潮落是圆、云卷云舒是圆；"返璞归真"是圆、"道法自然"是圆、"不忘初心方得始终"是圆、"看山是山，看水是水；看山不是山，看水不是水；看山还是山，看水还是水"是圆；聚散是圆、生死是圆、生命是圆、人生亦圆。探其究竟，宇宙万事万物皆遵从"010 定律"，终点即始点，哈哈！"圆来如此！"我欣喜万分、惊叹不已，"众里寻他千百度，蓦然回首，却在灯火阑珊处"。真是"踏破铁鞋无觅处，得来全不费工夫"。

感谢天天"三部曲"中的第一曲喝茶、第二曲散步，赢来第三曲写作悟性顿开——《圆来如此》命名大功告成。

有缘在美丽宜人的清水湾与杨明生先生相逢。我们一起在海滩上散步，在雅居乐海上艺术中心音乐厅喜迎 2020 新年，在岸边观赏日落，在餐厅品茗小酌。明生先生既是我尊敬的老领导，又与我亦师亦友。我不仅收到他赠送我的《凝思漫笔》《杨明生诗词选》，还经常收到他发给我的高水准的诗词、书法、照片以及古今中外经典名著赏析与评论，受益良多，特别感谢他在百忙之中为本书欣然作序。

笔者与徐祖哲先生是以辛亥革命志士后裔的身份，在参加纪念辛亥革命胜利百年活动中结缘的。先生不仅是"中国计算机发展史上的践行者与见证人"，而且是辛亥革命志士、中国著名哲学家、思想家、新儒家开山祖师、国学大师熊十力先生的外孙。先生秉承先辈遗风，虽耄耋之年，仍精神矍铄、侃侃而谈、笔耕不辍。现正在忙碌于《溯源中国计算机续集》出版及撰写《我的外公熊十力》新作，令我十分敬仰。先生看到我的新书，甚是高兴，欣然为书撰序。先辈情缘、今日聚首，我倍加感恩与珍惜。

感谢恩师曹谷崖先生对我的文学创作给予的鼓励与支持，书中能够留下先生珍贵文字是我莫大的荣幸与满足。

金融作协主席阎雪君、常务副主席龚文宣、副秘书长朱晔、理事继成跃先生与《金融文坛》主编闫星华、副主编范振斌、副主编栾晓阳等在京为本书成稿召开了专题座谈会，各位代表对本书给予了客观的评价并提出中肯意见，我据此进行了不少修改。在此对诸位表示衷心感谢。

由于本书涉及某些学科边界内容，笔者提前征求过部分读者意见，得到了读者的及时回复并收到不同的建议及书评，我表示衷心感谢。为了增强阅读效果，责任编辑张永俊老师特为本书增加了附录，将具代表性的作品彰显于此。需要说明的是，为了不做分别，采用的文章仅署名，不标识作者的社会身份，并按照作者姓氏首字母顺序排列（个别人由于叙事顺序原因，例外）。另外，考虑到书的总体篇幅，为避免重复，仅摘录了读者反馈文章的部分内容，尚祈见谅。

最后，特别感谢王辉、毛南、张尚国、谷轶波、张永俊先生为本书出版作出的专业指导及付出的努力。

2022 年 3 月于北京